KB253088

THE **RECORD** OF **RETURNER**
현중 귀환록

FUSION FANTASTIC STORY
푸른 하늘 장편 소설

천중 귀환록 2

푸른 하늘 장편 소설

초판 1쇄 찍은 날 § 2011년 11월 23일
초판 1쇄 펴낸 날 § 2011년 11월 30일

지은이 § 푸른 하늘
펴낸이 § 서경석

편집부장 § 권태완
편집책임 § 박우진

펴낸곳 § 도서출판 청어람
등록번호 § 제1081-1-89호
등록일자 § 1999. 5. 31
어람번호 § 제1-1299호

주소 § 경기도 부천시 원미구 심곡2동 163-2 서경B/D 3F (우) 420-822
전화 § 032-656-4452 팩스 § 032-656-4453
http://www.chungeoram.com
E-mail § chungeoram@chungeoram.com

ⓒ 푸른 하늘, 2011

ISBN 978-89-251-2698-2 04810
ISBN 978-89-251-2696-8 (세트)

THE RECORD OF RETURNER

현중 귀환록

푸른 하늘 장편 소설

FUSION FANTASTIC STORY

2

조용히 좀 살자

Contents

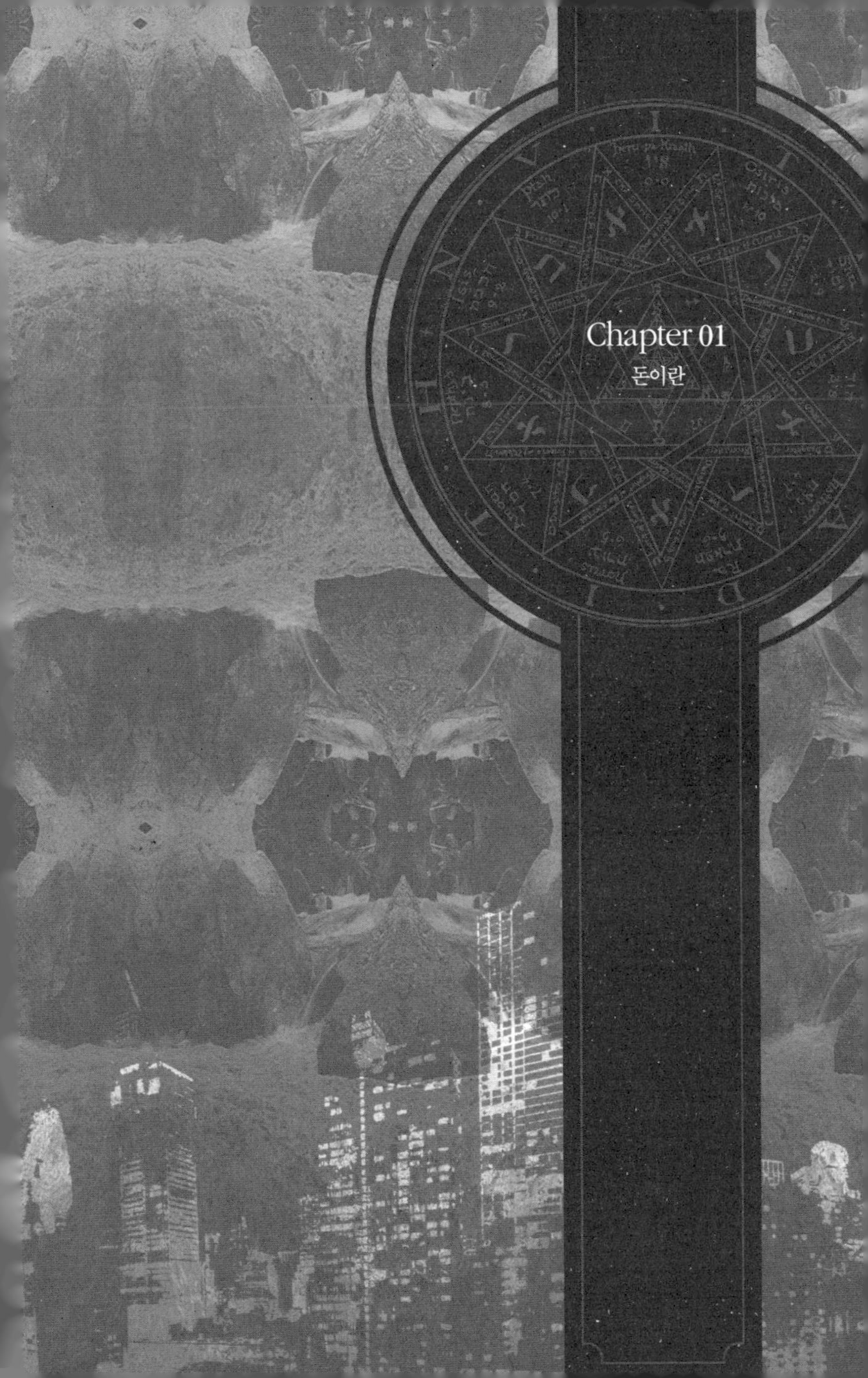

Chapter 01
돈이란

갑작스럽게 울려 퍼진 최강석의 비명 소리에 느긋하게 1층에서 대기하던 보디가드들과 밖에서 경비를 서던 녀석들까지 모조리 최강석의 방으로 뛰어들었다.

그리고 그들의 눈에는 바닥을 기어다니는 최강석이 보였다.

"어서!! 앰뷸런스 불러!! 어서!!"

스무 명의 보디가드 책임자로 있던 남자가 급히 소리치자 멍하니 있던 보디가드들은 갑자기 부산스럽게 움직였다.

부러진 팔은 급하게 만든 임시 부목으로 고정시켰다. 움직이지 않는 다리 때문에 그들은 최강석을 업어서 급하게 차를 타고 별장을 벗어났다. 앰뷸런스를 불렀지만 기다리기에는 부러진 팔의 상처가 심상치 않다고 판단한 것이다.

보디가드들의 판단은 솔직히 정확했지만 병원에 도착해서 급히 모든 검사를 해본 결과 웃기게도 뒤로 꺾이면서 완전히 팔꿈치 인대가 찢어져 버린 것 외에는 몸에 아무런 이상이 없었다.

오밤중에 비상이 걸린 대동그룹에서는 회장부터 최강석의 아버지인 최태식 이사를 비롯해 가족 모두가 급히 강원도 평창 쪽으로 갔다. 그들은 최강석을 N대 세브란스 병원으로 옮겼지만 결과는 마찬가지였다. 도저히 수술로 어떻게 할 수 없을 만큼 팔꿈치가 엉망이 된 것이다.

거기다 찢어진 인대가 재생이 되지 않았다. 이건 의학적으로 있을 수도 없는 일이었다.

인간의 몸은 다치면 당연히 자연 재생을 시작한다. 어차피 수술이든 의학 기술도 모두 기본적으로 인간의 자연 치유 능력을 바탕으로 할 수 있는 것이다.

그런데 최강석은 그 기본적인 것이 통용되지 않는 상태에 있는 것이다.

"어떻게 된 거냐!"

최태식이 답답한 마음에 최강석에게 소리쳤지만 반쯤 얼

이 나가 버린 최강석은 무표정하게 정면만 응시할 뿐이었다. 어제만 해도 멀쩡하던 아들이 갑자기 병신이 되어 돌아왔다. 그것도 하반신은 알 수 없는 이유로 걷기는커녕 일어서지도 못하게 된 것이다. 그것만으로도 하늘이 무너지는 최태식인데, 거기다 아들의 오른팔이 치료가 되지 않는다고 한다.

"이게 말이 된다고 생각해? 치료가 안 된다니!! 국내의 내로라하는 의료진이 있는 곳인데 어째서 치료가 안 된다는 거야!"

곧 대동그룹을 물려받을 아들이다. 데릴사위로 들어와 이사직에서 온갖 서러움을 참으며 때만 기다리던 그의 모든 희망은 바로 아들이었다. 그런데 그런 아들이 병신이 된 것도 모자라 쇼크로 인해 정신 상태까지 이상해진 것이다.

이대로라면 대동그룹은 최태식의 손에서 벗어난 것과 마찬가지였다.

남들은 우스갯소리로 말하는 국내 50위 그룹이지만 그건 말로만 떠들기 좋아하는 호사가들이나 하는 소리다. 실제로 한 그룹의 수장이 되는 것은 하늘이 내린다고 해도 과언이 아닐 만큼 쉬운 게 아니다. 그 증거로 현재 대동그룹의 회장으로 있는 하주혁 회장만 해도 어떤 인물인가? 고물상에서 시작해 현재의 위치에 있는 인물이다.

카리스마도 대단해서 최태식은 하주혁 회장 앞에서는 신

음 소리 한 번 크게 낸 적이 없을 정도다.

하지만 아무리 냉정하고 카리스마가 넘치는 하주혁 회장도 핏줄만은 어쩔 수 없는지 최강석에게만은 한없이 인자하고 웃음을 보여주었다. 마침 하주혁 회장의 직계로는 아들이 없기에 최강석은 이미 어릴 때부터 그룹을 이어받을 준비를 했던 것이다.

그리고 최강석도 하주혁 회장이 원하는 대로 머리도 뛰어났고, 특히나 아이디어와 화술이 뛰어나 직급은 실장이지만 대동그룹 안에서 실질적인 힘은 하주혁 회장 다음으로 막강했던 것이다.

그런데 그런 아들이 망가져 버렸다. 그것도 철저하게 망가진 것이다.

"도대체 어떤 놈이!! 어떤 놈이!! 내 아들을!!"

이가 부서지도록 깨문 최태식이었지만 그 어떤 것도 발견하지 못했다.

최강석의 지저분한 뒤처리를 담당했던 최 부장은 현재 테른이 데리고 있었고, 여자를 섭렵할 때 최대한 흔적을 남기지 않기 위해 주도면밀하게 계획했던 모든 것이 지금에 와서야 오히려 안 좋게 작용했다. 그러다 보니 이번 일에 현중이 연관되어 있다는 증거마저 철저하게 숨겨졌다.

거기다 다음날 언론이 어떻게 알았는지 조간신문부터 인

터넷까지 '대동그룹의 후계자, 하루아침에 불구에 바보가 되어 발견되다' 라는 자극적인 제목으로 도배가 되었고, 대동그룹은 대동그룹대로 난리였다.

"최강석 실장이 역시 후계자였구만. 하주혁 회장님의 외손자라더니."

비밀리에 이미 최강석이 누구인지 알 만한 사람은 다 알고 있는 사실이었지만 문제는 그 후계자가 하루아침에 병신, 바보가 된 사실이 전국적으로 밝혀진 것이다.

당연히 대동그룹의 아침 회의는 하주혁 회장의 노발대발한 음성으로 시작되었다.

"어떤 놈이냐!! 어떤 놈이 감히!! 대동그룹의 후계자를 저따위로 만들었단 말이냐!!"

새벽에 최태식의 연락을 받고 완전히 망가진 최강석을 보고 온 하주혁 회장은 하늘이 무너지는 느낌을 받았다. 승승장구하면서 자신이 원하는 대로 잘 자라주던 외손자가 갑자기 병신이 되었다는데 그 어떤 할아버지가 놀라지 않겠는가. 하주혁은 곧바로 아침부터 이사진까지 모두 불러 모았다.

"찾아내라! 대동그룹을 얼마나 우습게 봤으면!! 으드득!! 무조건 찾아내라!!"

80이 넘은 노구임에도 눈에서 쏘아져 나오는 카리스마는 전 간부진을 긴장시켰고, 최태식은 그중에서 가장 안절부절

못했다.

“최태식 이사!”

“네, 회장님.”

집에서는 장인이지만 회사에서는 하주혁 회장이었다. 공과 사는 확실하게 구분해야 된다는 게 평소 하주혁 회장의 신조라서 회사에서는 절대로 장인어른이라는 말을 하지 못했다.

거기다 최태식은 데릴사위라 별다른 힘도 없었다.

“강석이 녀석의 주변을 조사해서 나에게 올리게.”

“네, 회장님.”

단 한마디만 남기고 회의장을 나간 하주혁 회장을 뒤로하고 모든 임원진은 땅이 꺼져라 한숨만 내쉬는 지경이었다.

“도대체 이게 무슨 날벼락이란 말이오?”

자회사에 사장으로 있는 사람들까지 모두 모여 열두 명의 간부는 자다가 벼락 맞은 심정이 꼭 지금 같을 것 같다는 생각이었다.

“최태식 이사.”

“네, 한명희 사장님.”

최태식을 부른 한명희 사장은 대동그룹에서 가장 파워가 강하고 밥줄이라고 할 수 있는 대동전자를 책임지고 있는 사장이다. 샐러리맨으로 시작해 초고속 승진을 했고, 당당히 자신의 능력으로 대동그룹의 가장 핵심인 대동전자의 사장으로 취임한 것이 바로 작년이다.

"도대체 어떻게 된 건가? 최강석 실장, 정말… 신문과 뉴스에 나온 게 진실인가?"

원래대로라면 한명희 사장이 이렇게 최태식에게 반말을 할 수 없었다. 하지만 사회생활이라는 게 약한 모습을 보이면 물어뜯기는 정글이나 마찬가지다. 솔직히 최강석만 아니면 다음 대동그룹을 이어받을 후보에는 한명희 대동전자 사장도 있었다. 그도 하주혁 회장의 첫째딸과 결혼한 데릴사위였지만 최태식과는 너무나도 달랐다. 대동그룹이 위험할 때마다 나서서 돌파했고 가족 외에 하주혁 회장이 믿는 간부 중 하나이기도 했다.

최강석이 병신이 되어버린 지금 최태식은 그저 낙동강 오리알보다 못한 존재일 뿐이었다.

"네. 저도 새벽에 갑작스럽게 연락받았습니다."

"허, 큰일이군, 큰일이야."

한명희 사장은 안타깝다는 듯 위로하는 척했지만 그의 눈은 전혀 안타까운 감정이 들어 있지 않았다.

데릴사위로 살며 눈칫밥으로 대동그룹 본사 이사 자리에 앉은 최태식이 모를 리가 없었다.

'한명희 네놈이… 감히 나를 우습게 봐? 젠장할!'

속으로는 거짓으로 위로하는 한명희 사장의 얼굴을 당장 날려 버리고 싶었지만 참아야 했다.

어떻게든 최강석이 일어서야 최태식 자신도 힘을 가지게 되는 것이다. 지금은 한명희에게 덤비는 것 자체가 계란으로 바위 치는 것이나 마찬가지였다.

물론 최강석의 불행한(?) 사고는 대동그룹의 주가에도 영향을 미치긴 했지만 아직 하주혁 회장이 있고 한명희 대동전자 사장도 있어서 그날 저녁에 다시 정상으로 회복하긴 했다.

그런데 현중이 최강석을 반병신으로 만들면서 홍지연의 고생길이 열리게 되었다.

"아가야."

"네, 회장님."

홍지연은 병원 입구에서 하주혁 회장을 배웅하면서 인사했다.

"강석이 녀석을 잘 부탁한다."

"회장님, 걱정하지 마세요."

하주혁은 날벼락처럼 병신이 되어버린 최강석 때문에 가슴이 아팠지만 그래도 그 곁에 홍지연이 약혼자로 있다는 것이 얼마나 다행인지 몰랐다.

하주혁 회장이 알고 있는 홍지연의 모습은 한없이 착하고 바르고 다소곳한 성격으로 대동그룹의 며느리로 전혀 손색이 없었다.

원래대로라면 홍지연과 하주혁 회장과의 연관성이 전혀 없었다. 하지만 홍지연이 고등학교 다닐 즈음 이미 여자를 밝혔던 최강석이 홍지연을 눈독 들였고, 접근해서 사귀게 되었다. 홍지연도 고등학생답지 않게 돈을 잘 쓰고 크게 간섭도 하지 않는 최강석이 만나기 편해서 만났었다.

하지만 결정적으로 홍지연의 인생을 바꾼 사건이 있었는데 그게 바로 하주혁 회장이 쓰러졌을 때였다. 급성 골수 백혈병에 걸려 버린 하주혁 회장은 치료법이 오직 골수이식뿐이였다.

하늘이 도왔는지 우연히 하주혁을 병문안 왔던 홍지연이 검사를 받았다가 적합 판정을 받았고, 그녀가 하주혁 회장을 살린 것이다. 이것이 계기가 되어 하주혁의 마음을 얻은 홍지연은 결국 결혼 이야기까지 나오게 된 것이다. 자수성가해서 홀로 그룹을 세운 하주혁 회장은 출신 따위는 별로 따지지 않는 인물이기에 가능한 일이었다.

"나를 살려준 것도 고마운데… 이번에는 강석이 때문에 네가 고생하겠구나."

"아닙니다, 회장님. 결혼만 안 했다 뿐이지 이미 강석 씨는 제 지아비입니다."

말하는 하나하나가 얼굴에 미소를 짓게 만드는 홍지연을

그렇게 뒤로하고 하주혁 회장은 회사로 돌아갔다. 홍지연은 그대로 최강석이 머물고 있는 가장 위층의 개인용 병실로 들어갔다.

여전히 창문 밖만 바라보는 멍한 모습의 최강석이 보였다. 그런 모습을 보는 홍지연은 정말 억장이 무너지는 심정이었다.

털썩.

힘없이 최강석의 침대 옆에 앉은 홍지연은 온몸의 힘이 쭉 빠지면서 한숨만 나왔다. 현중과의 일만 해도 머릿속이 복잡한데 자고 일어나니 최강석이 반병신이 되어 있는 데다가 하루 종일 멍하니 창밖만 바라보는 바보가 되어버렸다. 거기다 문제는 그 병수발을 자신이 들어야 한다는 것이다.

이미 대동그룹에서 홍지연의 집에 알게 모르게 도움을 많이 준 상태였고 약혼식도 했다. 이제 와서 홍지연이 최강석을 떠나서 살아간다는 것은 거의 불가능에 가까웠다.

그나마 최강석이 멀쩡할 때 그는 회장 자리를 무사히 넘겨받기 위해서, 홍지연은 대동그룹이라는 든든한 배경을 얻기 위해 서로 손을 잡았다.

그들에게 사랑이란 건 이미 의미가 없었다. 야심이 강한 최강석과 최강석 못지않은 홍지연은 서로 필요에 의해서 만나고 살아가야 할 운명을 스스로 택한 것이다.

다만 이렇게 끝날 줄은 몰랐지만 말이다.

"강석 씨… 내 말 들려?"

"……."

들려오는 대답은 역시나 없었다. 별장에서 무슨 일이 있었는지 홍지연은 알지 못했다. 아마 대충 자주 사용하는 마약으로 광란의 파티를 벌렸을 거라고 짐작할 뿐이다. 그런 행동이 싫어서 아직 최강석과 잠자리도 하지 않은 홍지연이다. 하지만 이제는 하고 싶어도 할 수가 없었다.

하반신 불구에 남자로서의 능력을 완전히 잃어버렸다는 말을 들은 게 세 시간 전이다.

"현중을 잊어야겠군, 이제는 정말……."

홍지연은 현중을 좋아했었다. 그리고 군대 제대하고 처음 만난 현중의 달라진 모습은 오랜만에 그녀의 가슴을 두근거리게 만들기에 충분했다. 하지만 이제 정말 잊어야 했다. 최강석을 자신이 돌보지 않는다면 대동그룹은 분명히 자신과 자신의 가족을 헌신짝처럼 버릴 것을 누구보다 잘 알고 있기 때문이다.

결국 마지막까지 홍지연은 사랑보다는 돈을 택했다.

*　　　*　　　*

　대략 며칠 동안 대동그룹의 후계자에게 생긴 사고로 시끄러웠지만 그것도 잠시 뒤에 거짓말처럼 잠잠해졌다. 원래 세상이라는 게 워낙 바쁘게 돌아가고, 사건사고만 해도 하루에 수십 건이 생기는 현대 사회였기에 누구도 이상하게 생각하지 않았다.

　"아, 이제 뭘 하지."

　그나마 한동안은 그럭저럭 바쁘게 지냈는데 막상 최강석까지 처리를 하고 나자 심심해진 현중은 여전히 주식 프로그램 앞에서 웃고 화내고 짜증내는 테른의 뒷모습을 보면서 문득 한 가지 잊고 있던 사실을 기억해 냈다.

　"테른."

　―네, 마스터.

　방금 전까지 모니터 앞에서 삶의 희로애락을 표현하던 테른은 사라지고 무표정한 모습의 테른이 현중 앞에 조용히 무릎을 꿇고 있었다.

　"제이슨에 대해서 알아낸 것은?"

　저번에 마나를 사용했던 제이슨이 생각나서 물었다. 그러자 기다렸다는 듯 테른이 말했다.

　―우선 그의 출신 내력이나 그런 것은 크게 마스터께서 궁금하지 않으실 것 같아서 생략하고, 단전을 알아보던 중에 약간 이상한 것이 있어 조금 더 알아보는 중입니다.

"이상한 거?"

테른은 매혹술로 사람의 마음에 침투해서 모든 것을 스스로 말하게 하는 능력을 가지고 있었다. 물론 현중처럼 눈이 마주치는 순간 마음을 무조건 읽어내는 능력 정도는 아니지만 사용하기에 따라서는 테른의 매혹술이 더욱 효과를 발휘하는 경우도 많았다. 그런데 이상한 것이라면 제이슨도 모르는 것을 테른이 발견했다는 말이었다.

─네, 마스터. 제이슨이 단전을 얻게 된 것은 4년 전 미국의 어느 의사를 만나게 되면서부터라고 말했습니다.

"의사?"

전혀 뜻밖의 말에 현중이 되물었다.

아니, 되물을 수밖에 없었다. 물론 산토스나 페이토처럼 단전이 확실하게 자리 잡은 건 아니지만 제이슨도 단전을 가지고 있었다. 그렇기에 당연히 어디서 이름 모를 기인이나 무도가를 만났거나 내공심법을 알고 있는 사람에게 배웠을 것으로 생각했던 현중의 예상을 완전히 벗어난 대답인 것이다.

─네, 마스터. 매혹술로 알아본 결과 제이슨은 간단한 외과수술로 미약하지만 마나를 다룰 수 있는 단전을 얻었다고 했습니다. 그래서 지금 조금 더 알아보는 중입니다.

"허참, 간단한 외과 수술로 단전을 얻어? 무슨 그런 말도 안 되는……."

단전이 어떤 것이던가? 뼈를 깎는 수련의 결정체다. 시시하게 수련해서는 단전의 단 자도 겪어보지 못하고 죽는 사람이 많을 정도로 단전이란 무도가들에게 꿈의 경지요, 모든 것이나 마찬가지다. 단전을 가지고 있느냐 없느냐에 따라서 발휘되는 능력이 하늘과 땅 차이가 나니 어쩌면 당연한 것인데, 그걸 외과 수술로 뚝딱 만들었다는 제이슨의 말을 믿을 수가 없는 것이다.

─저도 마스터의 생각과 같기에 조금 더 제이슨의 몸을 살펴보는 중입니다. 다만 마스터께서 단전을 파괴해서 시간이 약간 걸릴 것 같습니다.

"쩝, 실수했군."

테른의 말은 단전이 멀쩡했다면 아마 쉽게 알아낼 수 있었다는 말도 되었다. 물론 테른이 현중에게 투정을 부리거나 핀잔을 주기 위해서 저렇게 말한 건 아니다. 철저하게 현중 앞에서만큼은 논리적이고 사실만 말하기에 저렇게 말을 한 것일 뿐이다.

현중도 그런 테른을 알기에 쉽게 자신이 실수했다는 것을 받아들였다.

그 후로 현중은 복학하기까지 남은 시간 동안 우선 공부에 열중해 볼까 하는 생각에 언어를 먼저 시작했다.

"원래 이렇게 쉬웠나?"

현중은 영어는 기본이고 테른이 꼭 필요하다고 말한 프랑스어, 독일어, 힌두어, 중국어 등을 공부하는 데 크게 어려움을 겪지 않는 자신을 뒤늦게 발견하고는 기분이 조금 묘했다.

원래 현중은 그리 머리가 나쁜 편은 아니지만 6개 국어를 자유롭게 할 만큼 뛰어나진 않았다. 부모님이 어릴 때 사고로 돌아가시고 친척이라고는 한 명도 없는 상황에서 그나마 죽마고우였던 명석 아저씨가 생활비와 학비를 주셨기 때문에 고등학교도 무사히 마치고 대학까지 들어간 게 아니던가? 문득 이런 생각을 하니 명석 아저씨가 고마웠다.

아버지 친구라는 것 빼고는 별다른 연이 없는 자신을 끝까지 대학은 나와야 한다고 하면서 학비와 생활비를 지원해 준 것이 얼마나 대단한 일인지 어릴 때는 몰랐다.

아니, 생각할 겨를이 없었다.

학비야 원래 정해져 있기에 그때그때 정확하게 보내주지만 생활비는 변동이 좀 심하고 그리 풍족하지 못했던 것이다. 그러다 보니 부모님이 돌아가신 고등학교 1학년부터 아르바이트를 꼬리처럼 달고 살았다. 하지만 웃긴 게 그렇게 바쁘게 살아도 지연과 연애를 하면서 할 건 다 하고 살았다는 것을 지금에서야 알게 된 것이다.

"누가 그러더니 정말로 바쁘고, 돈이 없고, 시간이 없어서 연애를 못한다는 말은 모두 핑계일 뿐이었던가."

두 달 만에 영어, 독어, 중국어를 마스터하고 마지막 일본
어 복습을 끝낸 책을 덮으면서 현중은 잠시 자신이 살아온 시
간을 되돌아보았다.

그리고 가장 힘든 시간에 옆에서 든든한 힘이 되어준 명석
아저씨를 그냥 모른 체할 수 없다는 결론을 내리고는 이미 공
부는 마쳤지만 명석 아저씨를 도와줄 방법을 생각해 봤다. 하
지만 사업이 어떻게 되고 어떤 식으로 돌아가는지 현중으로
서는 도통 알 수가 없었다.

솔직히 지금 돈도 모두 테른이 벌어다 준 것이지 자신은 쓰
기만 할 뿐이지 않는가?

그리고 돈 버는 것에 관해서는 테른이 모든 면에서 현중을
앞지르고 있음이 확실했다.

"테른."

—네, 마스터.

테른은 현중의 부름이 끝나자마자 바로 옆에 나타났다.

"너도 알지? 내가 가장 힘들 때 도와준 분이 있다는 걸."

—네, 박명석이라는 분으로, 현재 천산모터스에 2차 하청
으로 부품을 납품하고 있는 사업체를 운영하고 있는 걸로 알
고 있습니다.

"명석 아저씨 공장이 천산모터스에 납품했었구나. 그리고
2차 하청이었나?"

현중은 자동차 부품 공장을 한다는 것까지만 알았지 그 납품 대상이 천산그룹의 천산모터스였다는 것을 모르고 있었다. 얼핏 들은 정보만 기억할 뿐이었다.

"명석 아저씨 공장 재정은 알고 있어?"

테른의 성격과 정보력이라면 충분히 현중의 주변 인물에 대해서 어느 정도 정보를 가지고 있을 것이 당연하기에 물어본 것이다.

―현재 박명석 씨의 세운정밀은 은행 부채가 1억 정도 있습니다. 하지만 개인이 운영하는 공장으로 2차 하청이라는 것과 천산모터스와의 관계가 15년째 계속되고 있다는 것을 생각하면 오히려 순조롭게 운영되는 수준으로 판단됩니다.

"그래? 의외로 아저씨 사업 수완이 좋으신 모양이네."

그래도 어렵거나 힘든 건 아니라는 테른의 말에 약간 마음은 놓였다. 실제로 자동차 부품 공장은 국내 근로자를 찾아보기 힘들었다. 워낙 힘들고 쉬는 날도 규칙적이지 않다는 것이 문제였다.

부품 물량에 대해서 1차 하청에서 오더를 받아내면 납품 날짜에 맞춰서 최대한 부품을 찍어내야 하는 게 2차 하청의 현실이었고, 그러다 보니 퇴근 시간은 제멋대로에 야근은 밥 먹듯 하지만 크게 돈이 되는 것도 아니었다. 그러다 보니 자연스럽게 외국인 노동자를 박명석의 세운정밀에서도 쓰는 중이었다.

개인 사업체치고는 제법 많은 스무 명이나 되는 인원을 자랑하지만 사장인 박명석과 경리 및 사무 일을 보는 박명석의 딸, 그리고 공장장을 제외하고는 열일곱 명이 모두 외국인 근로자였던 것이다.

인건비가 거의 국내 근로자의 1/2~2/3 수준이니 3D업종에 속하는 부품 공장에서는 당연하게 외국인 노동자를 썼다. 다만 일부 악덕 업체 때문에 조금 시끄럽긴 했다.

"명석 아저씨 은행 부채를 갚아줄까."

은행 부채가 1억이라는 것은 개인 사업자에게 엄청난 부담이었다. 급하게 돈이 필요할 경우가 자주 생기는 개인 사업자에게 1억의 부채란 은행 대출에 있어 걸림돌이 될 수밖에 없고, 그러다 보면 결국 울며 겨자 먹기로 사채에 손을 댈 수도 있기 때문이다. 그리고 사채에 손을 대고도 무사히 사업체를 꾸려 나가는 개인 사업자는 많지 않았다.

사업이라는 게 남자에게는 로망이지만 그와 동시에 하나의 도전이기도 했다.

—마스터께서 원하시면 바로 처리하겠습니다.

물론 테른을 시키면 간단하게 처리할 수 있었다. 하지만 이건 엄연히 그동안 자신을 도와준 명석 아저씨를 돕는 일이다. 그저 앉아서 테른을 시킨다는 건 경우가 아니다.

"아니야. 내가 직접 움직이지, 뭐. 그동안 명석 아저씨가 도와준 것만 해도 이미 1억 원의 가치는 넘었으니까."

돈의 액수를 떠나서 원래 사람이란 가장 힘들 때 도와준 사람을 잊지 못하고 고마움도 몇 배로 늘어나는 법이다. 어느 날 갑자기 고아가 되어버린 고등학교 1학년생 현중에게 세상의 그 누구도 손을 내밀어주지 않았다. 하지만 어릴 때부터 보아온 아버지의 친구 분 명석 아저씨는 선뜻 손을 내밀어 같이 살자고 했다.

하지만 이미 고등학생이고 머리도 굵어진 현중은 아무리 그래도 같이 사는 것까지는 아니라는 생각에 결국 고시원을 택해서 혼자 살았고, 학비와 약간의 생활비만 도와달라고 했다.

어릴 때의 고집일 수도 있지만 왠지 들어가 사는 게 싫었던 것이다. 눈치 보며 사는 것도 싫었고, 아무리 좋은 분들이라도 결국은 남이라는 생각에 자신이 부담이 되는 게 싫었던 어린 현중이었다.

"테른, 현재 명석 아저씨가 빚진 은행이 어디지?"

―한마음은행입니다. 중소기업을 전문으로 대출해 주는 은행입니다.

"그럼 테른이 벌어준 돈은 어디 은행이야?"

엄연히 돈 번 건 테른이다.

─마스터, 저에게는 어차피 돈은 의미가 없습니다. 이미 모든 것이 마스터의 것입니다.

"알아. 그래도 돈 버는 사람은 따로 있다는 것을 말하는 거야. 어디야, 은행이?"

─현재 국산외환은행에 250억 넣어놨습니다. 그리고 스위스 G은행에 2,500억 예치되어 있습니다.

생각보다 돈이 여유가 있다는 생각에 고민할 것도 없이 움직이기로 했다.

"내일 국산외환은행으로 가서 명석 아저씨 부채 처리할 테니 준비 좀 해줘."

─네, 마스터.

그렇게 별일 없이 다음날이 되었고, 현중은 평범하게 청바지에 티셔츠, 그리고 점퍼 하나를 걸치고 나가려다 곧 다시 들어와서는 야구 모자 하나를 꺼내 머리에 썼다. 아무래도 여자들의 시선이 귀찮았기 때문이다.

하지만 아무리 야구 모자를 쓴다고 해도 그 모습까지 어울려서 길 가던 여자들의 시선을 붙잡을 것이라고는 생각지 못한 현중이다.

"소용없는 짓이었군."

현중은 밖으로 나온 지 10분 만에 모자를 써도 주위의 시선이 자신에게 집중되는 것을 느끼고는 그냥 웃어버렸다. 성격상 귀찮은 것을 싫어할 뿐이지 굳이 자신이 가진 힘을 감추거나 숨기려고 한 적도 없고 그럴 생각도 없었다. 얼굴도 못나든 잘나든 가릴 생각은 없었다.

다행히 가까이 국산외환은행이 있었다. 안에 들어가니 역시나 은행은 평일에도 사람들이 많다는 걸 실감했다.

"대기 인원이 12라……. 앞으로 열두 명이나 있다는 거군."

그냥 1억을 찾아서 한마음은행으로 가 명석 아저씨의 부채를 갚아 버리면 되는 일이라 느긋하게 기다리기로 했다. 어차피 남는 게 시간인데 뭐가 바쁘겠는가. 한데 현중의 외모는 은행 안이라고 다를 건 없었다.

힐끔.

힐끔힐끔.

현중을 곁눈질로 훔쳐보는 여직원부터 남직원을 시작으로 대기하고 있는 고객들도 모두 현중을 한 번은 쳐다보는 것이었다. 개중에는 아예 대놓고 쳐다보는 여자도 있었다.

"연예인인가?"

"아니야. 아마 지망생이겠지. 근데 정말 괜찮다."

훤칠한 키와 뚜렷한 이목구비, 갸름한 턱선, 탄탄한 근육으로 이루어진 몸 때문에 간단하게 입은 옷임에도 마치 모델이 사진 촬영을 위해 입은 듯 주위 사람들에게 비춰진 것이다.

그런 상황에 아무리 야구 모자를 써봐야 오히려 하나의 패션 아이템으로 보일 뿐이었다. 보통 사람들이 옷이 날개라는 말을 하지만 현중에게는 오히려 반대로 몸매가 날개였다.

띵동!

대략 30분을 기다린 결과 현중은 자신의 대기표와 같은 번호를 보고는 그곳으로 다가갔다. 여직원은 다가오는 현중을 보고는 급히 머리를 손가락으로 다듬고 옷맵시를 만지더니 방긋 웃었다.

"어서 오십시오, 고객님. 무엇을 도와드릴까요?"

그리고 그런 은행 직원을 향해 현중은 살짝 웃으면서,

"돈을 옮기러 왔습니다."

"네, 고객님. 여기 옮기실 계좌번호와 고객님의 성함과 액수를 적어주세요."

현중은 직원이 주는 용지를 받아서는 순식간에 써서 다시 직원에게 주었다.

"잠시만 기다려 주십시오, 고객님."

현중만 그런지 모르지만 이상하게 은행 직원이 친절하다고 느끼는 중이었다.

원래 친절하긴 하지만, 뭐랄까, 말투 하나하나에 정성이 느껴진다고나 할까? 아무튼 현중이 느끼기에는 그랬다.

탁탁, 탁탁.

현중이 준 용지를 열심히 입력하던 여직원은 갑자기 현중의 얼굴을 한 번 바라보고 자신의 모니터를 한 번 바라보더니 벌떡 일어섰다.

"죄송합니다, 고객님. 잠시만 기다려 주세요."

뭐가 그리 급한지 후다닥 뛰어서 뒤쪽에 지점장이 앉아 있던 책상으로 가 뭐라 말을 몇 마디 했다. 그러자 지점장이 깜짝 놀라면서 벌떡 일어나 재빨리 현중의 곁으로 다가왔다.

"김현중 고객님, 어서 오십시오. 이곳의 지점장입니다. 죄송합니다. 저에게 전화 한 통만 하셨으면 제가 직접 마중 나갔을 텐데 번거롭게 이곳에서 기다리게 했습니다. 잠시 들어가시죠."

너무 뜻밖의 모습으로 대해주는 지점장의 모습에 현중은 잠시 고개를 갸웃거렸지만 곧 지점장을 따라 은행 안쪽에 마련된 응접실용 사무실로 들어갔다.

그런데 그런 현중의 뒷모습을 보던 은행 직원들은 저 깐깐하고 콧대 높기로 유명한 지점장이 땀을 뻘뻘 흘리면서 90도로 인사하는 모습에 무슨 일인지 궁금해하며 방금 현중을 담당했던 여직원에게 몰려들었다.

"뭐야? 저 깐깐한 지점장이 왜 저런다니?"

잘생기고 멋진 남자이긴 했지만 지점장이 고개를 숙일 만큼은 아니라고 생각했던 직원들에게 현중을 담당했던 여직원은 조용히 컴퓨터 모니터를 보여주었다.

VVIP 고객 명단.

국산외환은행은 환전과 함께 외국으로 돈이 들어오고 나가는 일이 잦다 보니 VIP 고객이 많은 편이었다. 한 번 돈이 움직이면 몇 십억에서 몇 백억까지 하루에 여러 번 움직이는 곳이 바로 국산외환은행이었다. 물론 서울 중심에 있는 이 지점에는 그렇게 자주 큰돈이 움직일 일이 없었다.

현중이 나타나기 전까지는 말이다.

"VVIP 고객이었어?"

직원들은 놀라서 입을 다물지 못했다. VVIP 고객은 그냥 돈만 많이 은행에 넣어준다고 되는 게 아니었다.

VIP 고객은 보통 돈을 많이 저축해 주는 고객이지만 VVIP 고객은 돈을 움직이는 사람들이 대부분이고, 그들이 움직이는 돈의 액수는 적게는 몇 십억에서 많게는 몇 백억이었다.

그리고 이 지점에서 처음으로 250억이라는 돈이 움직인 것이다. 그것도 개인이 움직인 돈이 그 정도였다.

"…엄청난 부자라는 거네?"

"말을 말아야지. 진짜 부자는 티를 내지 않는다고 하더니 정말이었구나."

보통 좀 있는 사람들은 옷부터 명품으로 치장해 겉만 봐도 돈 좀 있어 보이는 사람들이 대부분이다. 하지만 현중은 너무나 평범했다. 너무 잘난데도 돈이 있다고 사치를 부리지 않는 진정한 부자라는 인식이 직원들에게 강렬하게 각인되었다. 아마 다음에 현중이 은행에 온다면 지점장이 먼저 마중 나올 것이 뻔했다.

물론 현중은 절대 의도하지 않았고 한 적도 없다. 자신이 벌어들인 돈이 아니니까 크게 관심이 없었기 때문이다.

"좋아하시는 차라도 있으십니까?"

사무실로 들어온 지점장이 친근하게 물었다. 지점장은 날렵해 보이는 인상이지만 눈빛은 선명한 것이 자기가 맡은 일은 확실히 끝내는 타입으로 보였다.

"아니요. 전 그냥 평범한 커피면 됩니다."

"네, 알겠습니다."

지점장은 잠시 뒤쪽으로 가 인터폰으로 커피 가져오라는 말만 하고 급히 현중이 앉아 있는 앞에 앉았다.

"김현중 고객님, 이렇게 저희 지점을 찾아주셔서 감사드립니다."

"뭐 감사할 것까지야. 그냥 돈을 옮기려고 왔을 뿐입니다."

"네?!"

돈을 옮긴다는 말에 갑자기 지점장의 표정이 굳으면서 깜짝 놀랐다.

"혹시 거래 은행을 바꾸려고 하십니까?"

지점장은 지금 심장이 두 근 반 세 근 반 날뛰는 중이었다. 그동안 지점장으로 있으면서 평범하게 실적을 올려오던 중에 현중으로 인해 전국의 모든 지점으로부터 부러움을 받는 위치에 올라간 자신이 아닌가? 그런데 그런 큰 고객이 돈을 옮긴다니 이건 있을 수 없는 일이었다.

어떻게든지 잡아야만 했다. 하루에 현중이 움직이는 돈이 얼마던가? 수십억은 그냥 기본이고 어떨 때는 수백억도 움직인 적이 한두 번이 아니다. 모두 뉴욕 증시에서 오가는 돈이기에 그 수수료만 해도 지점 하나를 세우고도 남을 정도였다. 그런데 그런 큰손이 돈을 옮긴다고 말한 것이다.

여직원은 현중의 이름과 계좌번호를 치자 VVIP 고객 명단이 뜨기에 곧바로 지정잠에게 보고를 올렸다. 때문에 지점장은 현중이 왔다는 것만 알고 얼마를 옮기는지는 알지 못해서 이런 오해를 한 것이다.

"은행을 바꿔요? 아, 그건 아닙니다."

"아, 하하하! 네."

"제가 아는 분이 한마음은행에 빚이 좀 있더군요. 그래서 한마음은행에 1억 정도 옮기려고 합니다."

"네, 바로 처리해 드리겠습니다. 필요한 서류는 제가 다 알아서 하겠습니다. 혹시 그분의 성함과 계좌를 알 수 있습니까?"

"그거라면 아까 여직원에게 써서 주었습니다만."

"아, 네, 잠시만 기다려 주십시오."

그렇게 휑하니 밖으로 나간 지점장은 자신이 손수 뛰어서 여직원에게 현중이 적은 용지를 받아서는 한마음은행에 직접 전화를 걸어 그쪽 지점장과 일사천리로 일을 처리해 버렸다.

한편 사무실에 혼자 남은 현중은 지금까지 은행에서 이런 대접을 받아본 적이 없기에 약간은 어이없으면서도 웃음이 나왔다.

"돈이 좋기는 좋구나."

정말 돈이 없을 때는 느끼지 못할 작은 변화였지만 그 작은 변화가 모두 돈으로 이루어졌다는 게 우습기도 하면서 한편으로는 서글펐다.

그러면서 드래곤 로드이자 이계의 대륙에서 현중의 친구였던 발리스터가 했던 말이 문득 생각났다.

"인간은 스스로 만든 것에 가치와 생명을 부여하고 나중에는 그것에 복종하며 사는 특이한 존재지."

그 말이 처음에는 이해가 되지 않았지만 방금 은행 지점장의 행동과 돈의 위력을 생각하면 너무 딱 맞아떨어지는 것이다. 돈을 만든 건 필요에 의해서이다. 하지만 결국 그 돈 때문에 살아가는 인간의 모습이 지금의 현실이다.

"역시 몇 만 년 사는 드래곤의 존재는 그 의미만으로도 이미 존경할 만한 가치가 있다는 거군."

드래곤이 그저 마법의 생물이라는 수식어와 괴팍하고 이기주의적이라는 느낌은 인간의 기준일 뿐이다. 드래곤은 모든 것을 다 포함해서 인간을 판단하니 어떻게 보면 이기주의일 수도 있지만 보는 관점이 다를 뿐이라는 결론을 내린 현중이었다.

"오래 기다리셨습니다."

환하게 웃으면서 들어오는 지점장의 말에 무심코 벽에 걸린 시계를 보니 겨우 2분도 채 지나지 않았다. 확실히 빠르긴 했다. 간단한 공과금 납부만 해도 운이 없으면 대기부터 시작해서 한 시간 이상을 잡아먹는 게 기본인데 말이다.

"그리고 이건 일전에 말씀하신 카드입니다."

—제가 전에 마스터의 모습으로 변해서 은행을 찾아왔을 때 만들어달라고 했던 겁니다.

순간 의문이 들기가 무섭게 테른의 설명이 귓가에 이어졌다.

지점장은 현중에게 카드에 대해서 설명을 시작했다.

"이건 저희 국산외환은행과 스위스에 있는 G은행이 동시에 만든 겁니다. 고객님께서 이미 스위스 G은행에 계좌를 가지고 있고 그쪽에서도 흔쾌히 허락했기에 만들 수 있었습니다.”

사실 테른은 마스터인 현중이 혹시라도 외국에 가더라도 카드 사용에 어려움이 없었으면 하는 마음에 세계 어디서나 통하는 카드를 하나 만들어달라고 지점장에게 부탁했었다.

없어도 만들어줘야 할 은행에서는 즉각 G은행에 연락을 넣어서 이야기를 꺼내자 오히려 G은행 쪽에서 쌍수를 들고 환영한다는 게 아닌가?

세계에서 알아주는 스위스 G은행은 중립국가답게 나라는 작지만 그곳 은행에서 보관하는 금이나 돈의 가치가 어마어마했다. 그리고 자연히 세계에서 알아주는 사람들만 상대하다 보니 은행치고는 콧대가 높기로도 유명했다.

그래서 국산외환은행에서는 현중이 혹시라도 카드 하나 만들어주지 못하는 은행이라고 다른 곳으로 옮기거나 아예 외국으로 자본을 가져갈지도 모른다는 생각에 물고 늘어질 작정으로 연락했는데 기다렸다는 듯 반기자 제법 놀랐다.

하지만 나중에 알아본 결과 국산외환은행을 통해서 움직이는 돈보다 테른이 스위스 G은행을 통해서 움직이는 돈이 가볍게 두세 배는 넘었고, 어쩔 때는 천억 원의 돈도 움직인 적이 몇 번 있었던 것이다.

스위스 G은행으로서도 현중은 확실히 VVIP였다. 그런데 보통 웬만한 큰손들은 G은행에 돈이나 재산을 넣게 되면 기본적으로 멤버십 카드를 발급받게 되었다.

소위 은행들의 손님 잡기와 서비스의 일환으로 이미 세계적으로 인지도가 높은 G은행의 카드는 카드를 사용할 수 있는 곳이라면 세계 어디서나 사용할 수 있고, 신용카드 하나로 그 사람의 능력을 나타내는 기준이 되었다.

모두 3단계 등급으로 있는데, 실버 멤버십과 골드 멤버십이 가장 많이 풀리는 것이고, 마지막으로 프리미엄 멤버십 카드가 있었다. 실버와 골드 등급은 각자의 색으로 금방 알아볼 수 있지만 프리미엄 등급은 신용카드인데 특이하게 투명했다.

그리고 지금 지점장이 현중 앞으로 내민 카드가 바로 G은행에서 발급하고 국산외환은행에서 제휴를 한 프리미엄 멤버십 카드인 것이다.

"우선 이것을 사용하실 때 전국 어느 지점을 사용하시더라도 수수료가 붙지 않습니다."

당연했다. 테른이 한 번에 움직이는 돈의 수수료만 해도 엄청나기에 겨우 카드 사용 수수료 정도로 쩨쩨하게 굴다가 현중이 다른 은행으로 옮기면 결국 손해는 국산외환은행이었다.

"거기다 카드 사용의 한도액이 없습니다. 카드에는 김현중 고객님의 사진이 각인되어 있어서 타인의 사용 자체가 불가

합니다. 사인은 처음에 한 번 입력하시면 그 사인과 다른 경우 단 10원도 결제가 불가능합니다.”

현중이 지점장이 내민 카드를 보니 정말 정밀하게 현중의 지금 얼굴이 신용카드의 한쪽에 각인되어 있었다. 거기다 한도액도 없다니 이게 그 말로만 듣던 무제한 카드라는 것인가 하는 생각이 살짝 들긴 했지만, 지금 당장 이걸로 쇼핑을 할 일도 없었기에 그냥 사용하기 편한 카드 하나 생겼다고 생각했다.

만약에 외국에서 지금 현중이 가지고 있는 프리미엄 멤버십 카드를 한 번이라도 사용한다면 그 위력을 알게 되겠지만 아직 현중은 외국을 나간 적도, 나갈 일도 없었다.

“그리고 이건 박명석 씨에게 있던 은행 대출 완납 서류입니다.”

원래 이런 걸 챙겨주지 않지만 은행 지점장은 그저 은행에서 오래 근무한다고만 되는 게 아니었다. 눈치만으로 현중에게 필요할 거라고 생각해서 일부러 서류를 챙겨준 것이다.

“이런 것도 있군요. 고맙습니다, 지점장님.”

서류를 받고 보니 명석 아저씨에게 그냥 ‘돈 1억 제가 갚았어요’ 라고 말하는 것보다는 서류를 보여주는 게 이해시키기 쉽고 편할 것 같아서 기분 좋게 받았다.

“그럼 이만…….”

은행 문 앞까지 나와서 90도로 인사하는 은행 지점장의 배웅을 받으면서 밖으로 나온 현중은 주변의 시선을 뒤로한 채 바로 명석 아저씨의 공장인 세운정밀로 가려 했다.

하지만 그런 현중의 걸음은 곧 멈추었는데,

부아앙!

끼이익!

몸매가 그대로 드러나는 착 붙는 가죽 점퍼에 스키니 진을 입고 검은 헬멧을 쓴 여자가 오토바이를 현중 바로 앞에서 딱 멈췄다.

맹렬히 달려오다가 멈추는 테크닉도 대단했지만 멈춘 오토바이의 여자가 헬멧을 벗는 순간 주변의 모든 시선이 집중되었다.

"위험하게 운전하시는군요."

마치 남의 일처럼 말하는 현중의 무덤덤한 목소리에 헬멧에 엉켜 있던 금발을 손으로 대충 정리한 그녀가 똑바로 현중을 바라보면서 물었다.

"김현중 씨 맞죠?"

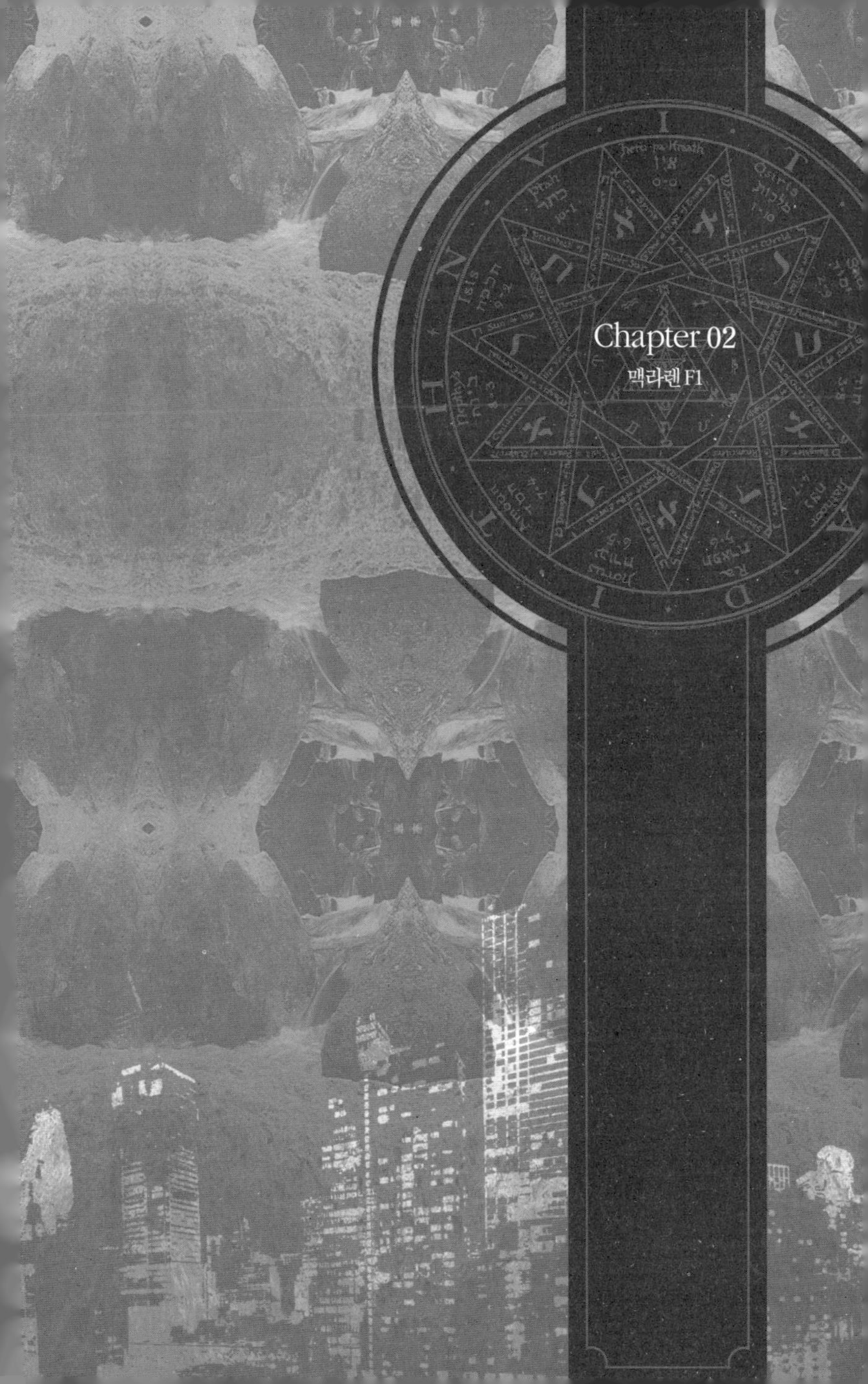

Chapter 02
맥라렌 F1

　유창한 한국어였다. 마치 한국에서 태어나 자랐다는 느낌을 받을 정도로 발음이 정확했고, 악센트도 서울 표준어라고 믿을 정도였다. 보통 외국인들이 한국어를 배울 때 자신들 국가의 악센트를 버리지 못하는 경우가 대부분이다.

　한국어는 세계 어느 나라 언어의 발음보다 평균적으로 높고 낮음을 정확하게 표현해야 의미 전달이 빠르게 되는 언어다. 뜻을 전하는 일본어와 중국어, 악센트가 지역마다 다른 영어권과 달리 한국어는 악센트만으로도 수십 가지 의미를 담고 있는 언어이기에 외국인들이 한국어를 배울 때 가장 어려워하는 게 바로 발음이다.

하지만 현중의 눈앞에 있는 금발 미녀는 목소리만 듣는다면 한국 사람으로 착각할 정도였다.

"전 그쪽을 모릅니다."

상냥하게 묻는 미녀의 말과 달리 현중은 말투부터 이미 여인을 배려하는 듯한 말투가 아니었다. 하긴 상식적으로 사람의 바로 앞에서 오토바이를 멈추는 위험한 묘기를 벌인 사람을 상냥하게 대한다는 것도 웃기는 일이지만, 남자라는 동물은 원래 미인에게 약한 법이다.

한 가지 예로, 미녀가 자전거를 훔치기 위해 사람들이 많이 다니는 대로변에서 혼자 힘쓰고 있으면 남자들은 열 명 중 열 명이 모두 미녀가 열쇠를 잃어버려서 자전거 자물쇠를 끊고 가져가려 한다고 생각한단다. 즉, 본능적으로 미녀에게 약한 게 남자라는 동물이다.

그런데 현중은 무심했다. 처음 헬멧을 미녀가 벗을 때 주변의 모든 시선을 느꼈지만 단 한 사람, 현중만은 그녀의 오토바이를 보고 있었다.

"후훗. 뭐 대충은 그럴 거라 예상했어요. 어때요? 잠시 시간 있어요?"

느닷없이 나타나서 시간 있느냐고 하는 미녀를 보면 당연히 'YES' 라고 해야겠지만 현중은 여전히 오토바이만 보면서 차갑게 대답했다.

"내가 왜 모르는 사람과 만나야 하지?"

명백하게 하대를 하는 현중의 모습에 미녀는 여전히 미소를 잃지 않으며,

"알렌 스핏, 혹시 기억하나요?"

"알렌 스핏?"

당연히 기억했다. 지구로 돌아온 현중의 머릿속에 가장 강렬하게 인상을 남긴 노인이었으니까 말이다.

"알렌 스핏이 일전에 현중 씨에게 실례를 했더군요."

알렌 스핏이라는 이름이 나오자 현중은 그제야 고개를 들어 오토바이에서 금발의 미녀에게로 시선을 돌렸다. 그는 그녀와 눈동자가 마주치는 순간 천심통을 발휘했고, 곧이어 의미 모를 미소를 지으면서 조용히 입을 열었다.

"마리아 스핀 바로슈 백작이라……. 영국의 귀족께서 어쩐 일로 나를 찾아온 거지?"

"……."

오토바이를 몰고 현중을 위협했던 금발의 미녀는 바로 일전 알렌 스핏과 같은 차에 있던 마리아 스핏 바로슈 백작이었다. 영국 왕실의 검이라고 불리는 그녀는 영국 왕실로부터 웨펀 마스터라는 칭호를 받았을 만큼 검에 있어서는 천재였다.

"나를 알고 있다니 대단하네요."

보통은 처음 보는 사람이 자신에 대해서 정확하게 말하면 당황하거나 놀라게 마련이다. 하지만 눈동자가 잠시 흔들렸을 뿐 마리아의 표정은 그대로였다. 거기다 오히려 능숙하게 그 자리에서 크레이브 턴(앞바퀴는 브레이크를 잡고 뒷바퀴만 회전시켜 한 바퀴 도는 턴)을 해서 뒷자리를 현중에게 보이더니,

"타요."

현중의 대답은 아예 안중에도 없는 듯 무작정 타라고만 하는 것이다.

"전 그쪽과 만날 이유가 없습니다. 그럼."

타라는 소리에도 현중이 그대로 몸을 돌려 걸어나가려고 하자 설마 자신의 에스코트를 가볍게 무시할 줄은 몰랐는지 그녀는 결국 숨겨뒀던 한 수를 꺼냈다.

"포스를 다루는 사람이 현중 씨뿐이라고 생각해요?"

파아악!!

일반인과 다름없던 마리아의 몸에서 엄청난 마나의 향기가 쏟아져 나왔다. 전에 만났던 산토스, 페이토와는 그 질과 양이 달랐고, 제이슨과는 비교도 되지 않을 만큼 순수하면서도 향이 진해서 결국 현중의 발걸음을 잡는 데 성공했다.

마나의 향기를 맡은 현중의 뇌리에 떠오르는 단어는 오직 하나였다.

소드 마스터!

대륙에서도 검의 지배자로 칭송받는 위치에 있는 자들이다. 일인 군단이라고 불리며 소드 마스터가 전쟁터에 나오는 순간 전세가 뒤집어지는 일도 허다했다. 거기다 소드 마스터는 되고 싶다고 해서 되는 그런 위치가 아니었다. 하늘이 내린다고 해서 다들 '검의 지배자' 라 부르는 것이다. 그런데 특이한 것은 대륙에서도 소드 마스터는 모두 남자였다.

여자가 될 수 없다는 이유는 없지만 기본적으로 운동 능력이 남자와 여자가 다르기에 대륙 역사상 여성 소드 마스터는 단 한 번도 없었다.

하지만 지구에서, 대륙에도 없었던 여성 소드 마스터가 현중의 앞에 나타난 것이다.

당연히 현중의 흥미를 건드리기에는 충분하다 못해 넘쳐 났다.

"마스터로군."

천심통을 통해 이름과 귀족이라는 것만 나타나기에 그 외는 그냥 평범한 사람이려니 했는데 소드 마스터였다면 이해가 되었다. 자신을 관조하고 다루는 데 아마 최고의 자리에 있을 것이다. 거기다 현중의 감각에도 걸리지 않을 만큼 확실하게 마나를 갈무리하는 실력도 대단했다.

대륙의 소드 마스터들이 워낙에 마나를 뿌려대고 다니기 때문에 알기 쉬운 것도 있지만, 마족들의 마나를 감지하는 일에 특화된 현중은 내공심법으로 단전을 만들어 마나를 갈무리해 숨기면 그 감지력이 둔해지는 단점도 있었다.

80년 만에 속성으로 치우천황무를 완성하면서 생긴 한 가지 단점이긴 했는데, 대륙에서는 그걸 느끼지 못했지만 마리아 스핀 바로슈를 만나면서 단번에 현중은 자신의 단점을 깨달았다.

'완성한 게 아니었군.'

치우천황무는 모두 일곱 개의 단계로 나누어져 있었다.

북두칠성에서 그 의미와 힘을 상징하는 것을 가져왔는지 첫 번째 탐랑(貪狼), 두 번째 거문(巨門), 세 번째 녹존(祿存), 네 번째 문곡(文曲), 다섯 번째 염정(廉貞), 여섯 번째 무곡(武曲), 마지막으로 가장 패도적이고 강력한 파군(破軍)이 치우천황무를 나누는 총 단계였다.

현재 현중은 파군의 경지까지 이미 달성했다고 생각했다. 북두칠성도 총 일곱 개의 별로 이루어져 있기에 그게 끝인 줄 알았다. 그런데 순간 마리아의 기도를 느끼지 못했다는 사실에 자신은 치우천황무를 완성한 게 아닐지도 모른다는 의문이 든 것이다. 대륙에는 힘을 과시하기 위해 마나의 향기를 일부러 풍기면서 다니는 게 기본이라 마리아처럼 숨기는 경우는 처음 접했다.

"이제 저에게 흥미가 좀 생겼나요?"

누가 봐도 여자가 현중에게 추파를 던지면서 유혹하는 모습이지만 주위의 남자들은 그런 현중을 부러워하면서도 적개심을 내비치지 않았다.

뭐 어차피 현중은 상관하지도 않지만 그래도 왠지 마리아의 뒤에 타고 싶다는 생각은 들지 않았다. 워낙에 첫인상이 좋지 않은 것도 있었지만 알게 모르게 거부감도 들었다.

"오늘은 바빠서 나중에 보죠."

자신의 실력까지 공개하면서 현중에게 접근했던 마리아는 결국 한숨을 내쉬면서 잠시 현중을 물끄러미 바라보더니 곧 웃었다.

"나보다 강하군요."

강자는 강자를 알아보는 법이다. 아무리 현중이 숨기고 있어도 마리아는 현중이 강하다고 판단했다. 그 증거로 마리아가 자신의 마나를 퍼뜨리는 순간 주변의 평범한 사람들은 모두 자신도 모르는 사이에 멀찌감치 물러난 것이다.

사람은 본능적으로 위험이나 강자를 존경하지만 다가가기 어려워하는 경향이 있다. 그리고 소드 마스터의 기도를 평범한 사람들이 이겨낼 리가 없다. 하지만 현중은 오히려 기도를 느끼고는 웃었고, 자연스럽게 받아서 넘겨 버렸다.

지금까지 마리아보다 육체적으로 강한 사람은 없었다. 스물세 살의 나이에 영국 황실에서 직접 백작의 작위와 영국의 검이라는 칭호를 그냥 내려준 것이 아니다. 하지만 그런 영국의 검이 현중을 보고 최소 자신보다 강할 것이라고 스스럼없이 말한 것이다.

강자는 특히 자존심이 강하다. 아니, 강자에다 귀족이면 그 자존심은 일국의 왕이라도 꺾기 힘들다. 그건 대륙이나 이곳 지구나 마찬가지였다. 지금 당장 현중만 해도 누구 밑으로 들어가는 걸 싫어하지 않는가? 그리고 그런 강자들이 죽기보다 싫어하는 것이 바로 자기보다 강한 자를 인정하는 것이다.

하지만 마리아의 눈에는 시기나 질투 같은 감정은 들어 있지 않았다. 그저 현중을 향한 무한한 호기심만 드러내 보일 뿐이다.

그리고 그런 마리아를 향해 현중은 씨익 웃으면서,

"그쪽보다 약했다면 강제로 끌고 갔겠군."

"후훗, 딩동~ 정답입니다."

서슴없이 말하는 마리아의 말에 현중은 그냥 웃고 말았다. 하지만 왠지 지금은 저들과 엮이고 싶지 않았다. 아니, 엮이면 평범하게 학교를 졸업하겠다는 기본적인 목표도 이루지 못할 것 같은 막연한 느낌이 현중의 발목을 잡는 걸지도 몰랐다.

"알면 나를 건드리지 말았으면 좋겠군. 그쪽과 난 사는 세계가 다르니까."

"과연 그럴까요? 제 생각에는 아니라고 보는데. 대한민국에서 개인 재산만 따지면 아마 한국이 자랑하는 서열 1위의 단군그룹의 회장보다는 못해도 열 손가락 안에는 들지 않나요?"

석유 회사 하나를 가지고 있으니 이미 그것만으로도 개인 재산은 어마어마하다. 그리고 무엇보다 대한민국에 세금을 전혀 낼 필요가 없다. 국산외환은행에 있는 현금 외에는 모두 뉴욕 주식이나 스위스 G은행에 있으니 세금을 낸 적이 없다.

"먹고살려면 돈이 필요하니까. 그리고 아무래도 그쪽 일행인 것 같군."

현중의 눈동자가 마리아를 벗어나 길 건너로 향하자 마리아도 무의식적으로 한번 슬쩍 돌아보았다. 산토스와 페이토의 모습이 보였다.

아마 혼자 나간 자신들의 스승인 마리아를 찾아다니다가 이제야 발견했을 것이다. 하지만 아직 현중에게 용무가 남은 마리아는 고개를 돌려 현중에게 계속 이야기를 했다. 그러난,

"현중……. 이런, 사라졌군."

소드 마스터로서 기도를 모두 끌어올린 상태에 있는 자신 앞에서 현중이 흔적도 없이 사라졌다. 그런 현중을 생각하자 마리아는 긴장이나 전율보다는 이상하게 재미있는 남자라는 판단만 가득했다. 역시 소드 마스터답게 강자를 보면 경계하기보다 호승심이 먼저 일어나는 것이다.

“마스터!!”

“마스터!!”

제법 빠르게 마리아 곁으로 다가온 산토스와 페이토는 허리를 굽히면서 인사하고는,

“왕실에서 전갈이 도착했습니다.”

“왕실에서? 역시 오늘은 아니었나.”

그냥 사라진 현중이 아쉽긴 했지만 왕실에서 전갈이 왔다는 것은 뭔가 중요한 일이 터졌다는 말이다. 결국 이번 현중과의 만남은 포기하기로 했다. 하지만 마리아는 왠지 현중과 계속 만날 것 같은 느낌이 들기에 웃으면서 포기할 수 있었다.

“오늘만 날은 아니지.”

간단하게 한마디만 남기고 강한 엔진음을 울린 오토바이는 도로 속으로 사라졌다. 그리고 산토스와 페이토도 곧 자신의 차로 가서는 마리아의 뒤를 따랐다.

한편 마리아의 시야에서 벗어난 현중은 그리 멀지 않은 건물 옥상에 서서 떠나는 마리아를 바라보고 있었다.

“마리아 스핀 바로슈라. 소드 마스터를 이룬 여성 검사라…….크크큭, 재미있어, 정말. 대륙에서도 나온 적 없는 여성 소드 마스터라니 말야.”

마리아를 바라보는 현중은 정말 재미있는 듯 흥미를 느꼈

다. 마리아는 자신의 마나를 갈무리해서 감추는 능력도 수준급이었다. 아무리 현중이 방심하고 있었다고 하지만 설마 소드 마스터 정도의 마나를 감추고 있을 정도면 분명히 내공심법을 배웠다는 결론이 나온다. 내공심법 없이 마나를 단전이나 몸 안에 감추는 방법은 없었으니까.

"왠지 또 만날 것 같은 느낌이 이상하게 걸리네."

솔직히 흥미있고 재미도 있지만 아직은 지구에 돌아온 지 얼마 되지 않은 시간이다. 조용히 평범한 일상을 지내고 싶은 마음이 더 앞섰으리라. 하지만 마리아와의 인연이 이게 끝이 아니라 이제 시작이라는 느낌이 현중에게 강하게 다가왔다.

"뭐 만날 운명이라면 만나겠지. 인연이 이끄는 대로."

굳이 거부하지 않지만 지금은 아니었다.

죽은 부모님의 소원대로 대학교 졸업장은 따야 할 게 아닌가? 천애고아로 서로 사랑해서 결혼한 부모님은 살아가는 데 바쁘다 보니 두 분 다 중학교만 졸업하고 평생을 살아오셨다. 대한민국 부모들답게 학구열이 너무나도 대단해서 없는 살림에도 최소한 학원 한 개 정도는 보냈고, 현중도 그런 부모님의 기대에 부흥하기 위해서 제법 성적이 괜찮게 나왔다. 웬만한 성적 가지고는 입학원서도 못내는 곳이 바로 N대였다.

사고로 부모님이 돌아가시고 나자 현중은 세상에 적응하기 위해 공부에 더욱 열중했고, 부모님이 입버릇처럼 말하던 국내 유명 대학교 졸업장만은 꼭 따고 싶은 마음이었다.

여러 가지 의미로 N대의 졸업장이 현중에게는 돌아가신 부모님의 유언이나 마찬가지인 것이다.

―마스터.

"응?"

잠시 상념에 잠겨 있던 현중의 의식을 깨운 것은 테른이었다.

―제이슨에게서 이상한 것이 발견되었습니다.

"이상한 거라면… 어제 말하던 그거?"

―네, 마스터. 제이슨의 몸 안에서 마나석이 발견되었습니다. 이미 파괴되어서 그 능력을 잃어버렸지만 마나석이 확실합니다.

"마나석?"

현중은 테른의 말에 급히 몸을 돌려 오피스텔로 방향을 잡아 축지법으로 사라졌다. 단 한 걸음뿐이지만 현중은 오피스텔의 거실에 서 있었다.

―오셨습니까, 마스터.

테른은 기다렸다는 듯 다가와서 현중에게 작은 구슬을 내밀었다.

"이게 마나석이야?"

―네, 마스터.

테른은 마족이다. 당연히 마나석과 같은 마나를 품은 물건에 민감한 반응을 보이니 당연히 현중도 의심을 하지 않았다. 하지만 막상 현중의 손바닥 위에 있는 탁한 검은색에 가까운 구슬을 보니 마나석이라고는 생각되지 않았다.

"보기에는… 그냥 돌 같은데. 그리고 지구에 마나석이 있을 리가 없을 텐데 말야."

현중은 자세히 구슬을 바라보면서 자신의 마나를 일으켜 구슬에 집중해 봤지만 그저 허공에 흩어질 뿐 마나석 특유의 마나를 흡수하는 반응도 일어나지 않기에 점점 의문이 들기 시작했다.

—만들어진 마나석입니다.

"응?"

전혀 뜻밖의 말에 현중이 테른을 바라보자,

—그건 인간들이 만든 것으로 판단됩니다.

"마나석을 만들어? 그것도 지구에서? 말도 안 돼."

마나석은 대륙에서도 만드는 게 불가능했다. 만약에 대륙에서 마나석을 만들 수 있었다면 마족들과 싸움에서 그렇게 일방적으로 밀리지는 않았을 것이다.

그만큼 마나석은 용도와 활용성이 무궁무진했고, 사용하기에 따라서는 그 어떤 무기보다 무서운 게 마나석이 아니던가? 그런데 그걸 만들어? 대륙에서 살다 온 현중으로도 이해하기 힘든 말이었다.

　—저도 처음에는 그냥 일반적으로 인간들의 몸에 생기는 담석으로 생각했는데 그 크기가 담석이라기에는 크고 모양이 너무 일정해서 알아본 결과 마나석이었습니다.

　테른의 말을 듣던 현중은 잠시 손 안의 구슬을 보더니,

　"왠지 귀찮을 것 같지? 이 이상 파고들어 가면?"

　현중의 말에 테른도 고개를 끄덕이면서,

　—휘말리면 높은 확률로 귀찮아질 가능성이 있습니다.

　"그래, 아직은 아니야. 나, 돌아가신 부모님 유언은 이뤄야지. 우선 이건 네가 보관하고 있어봐."

　현중이 슬쩍 테른에게 제이슨의 몸에서 나온 부서진 마나석을 던져주자 곧바로 아공간을 열어서 능숙하게 받는 테른이었다.

　—마스터, 그럼 이제부터 무엇을 하실 겁니까?

　"뭘 물어봐? 아주~ 평범하게~ 너무나도 평범하게 대학 생활 1년 남은 거 마치고 졸업해야지. 그래야 돌아가신 부모님한테 최소한 할 말은 있지 않겠어?"

　테른도 현중이 왜 그렇게 복학에 집착하는지 이미 대륙에서 생활하면서 들었기에 잘 알고 있었다. 하지만 테른이 생각할 때 지구는, 특히 대한민국은 있는 자들의 나라였다. 돈이 있고 권력이 있고 힘이 있는 자들이 편하게 사는 나라가 바로

대한민국인 것이다.

이건 너무나도 객관적이고 냉정하게 본 테른의 판단이었다. 테른은 인간도 아니고 지구에서 살아온 존재도 아니었기에 냉정하게 판단 내린 것이다. 그 판단 아래, 테른이 주식으로 돈을 이렇게 벌어들인 이유는 모두 현중을 위해서였다.

어차피 현중은 대륙의 황제 자리도 버리고 지구로 왔지만 테른이 보기에는 지금 현중의 생활이 결코 만족스럽지 못한 것이다.

최대한 현중의 명령을 따르긴 하지만 지구의 엄청난 정보를 습득하면서 조금씩 눈이 떠진다고 해야 할까? 테른의 이성이 움직이기 시작한 것이다.

거기다 현중이 누구던가? 대륙의 영웅이자 통일제국의 황제였던 남자다.

그리고 테른 자신이 섬기는 주인이 아닌가? 당연히 지구로 오면 멋지게 세계를 휘어잡지는 않지만 뭔가 할 줄 알았는데 현중은 그저 거슬리는 녀석만 손봐줄 뿐이다.

—마스터.

"응?"

—지금 생활에 만족하십니까?

"응? 무슨 말이야?"

테른답지 않게 갑자기 진지하게 물어보니 현중도 살짝 진지하게 이야기를 듣기 시작했다.

―현재 마스터께서는 생각하신 것보다 큰 힘을 가지고 계십니다. 물론 원한다면 이곳 지구를 정복하는 것도 문제는 아닐 겁니다. 하지만 그건 마스터께서 원하지도 않으실 거라 생각합니다.

"잘 아네. 난 그런 거 귀찮아. 미쳤냐? 위에서 군림하게? 머리 아파. 아랫것들 조잘거리는 소리 듣고, 뭐 처리해 주세요, 도와주세요, 살려주세요… 생각만 해도 골이 터진다."

이미 대륙에서 5년 동안 황제로 있을 때 지겹도록 당했던 일이라 진저리가 난 현중이다.

―하지만 다른 건 가능하지 않습니까?

"다른 거?"

―현재 마스터 명의로 당장 현금으로 쓸 수 있는 돈이 5,000억입니다. 오늘 국산외환은행에서 카드를 받으셨을 겁니다.

"카드? 아, 이거. 받았지."

현중이 카드를 꺼내 테른에게 던져주자 테른은 잠시 살펴보더니 곧 주문을 외웠다.

―스트랭스! 심벌! 워핑! 홀딩!

순식간에 카드에 네 가지 마법을 새기고는 다시 현중에게 두 손 가지런히 내밀자, 현중이 그것을 받아 들고는 물었다.

“뭐야? 카드에 갑자기 웬 마법이야?”

─혹시나 몰라서 강화 마법과 위치 추적 마법, 그리고 주인 인식 마법을 넣었습니다.

테른의 말에 현중도 순간 뭘 번거롭게 그런 걸 하느냐고 생각하다가 세상살이 어떻게 될지 모르니 그냥 기특하게 보기로 했다.

─마스터, 그 카드는 현재 1,001장만 있습니다.

“1,001장? 신용카드가 그렇게 귀했나?”

현중은 그냥 쓰기 좋은 신용카드로 생각하고 있었고, 테른은 역시나 무신경한 현중의 성격이라면 그럴 줄 알았다는 듯 설명을 시작했다.

장장 15분에 달하는 카드에 대한 설명이 끝나자 현중의 표정이 제법 달라져 있었다.

“이게… 그런 거야?”

─네, 마스터.

“나 참, 세계의 큰손이라고 불리는 사람들이 쓰는 카드란 말이지? 내가 그렇게 컸나?”

슬쩍 말하면서 테른을 보자 테른은 웃으면서,

─제가 조금 전에 말씀드린 세계 정복 따위 싫으시다면 다른 걸 하십시오. 마음껏 말입니다.

굳이 카드를 만들어가면서까지 설명하는 테른의 눈치를

보니 대충 무슨 말인지 알 만했다.

"맘껏 돈을 써보라 이거구만?"

—네, 마스터.

"돈 쓰는 것도 쓸 줄 알아야 쓰는 거지. 쩝."

솔직히 현중은 크게 돈을 쓸 줄 몰랐다. 아니, 지구에서 살 때는 생활고에 시달려서 아껴야 했고, 대륙에서는 드래곤 레어에서만 생활했으니 초반에는 돈을 쓸 일이 없었다. 그리고 대륙에 나와서 마족과 싸울 때도 뒤에서 도와주던 귀족들이 모두 알아서 처리해 주니 실제로 현중이 돈을 쓴 적이 없는 것이나 마찬가지였다.

그냥 이거 먹고 싶다, 저거 좋네, 괜찮네 한마디면 이미 현중의 수중에 있는 것이나 마찬가지였으니까 말이다.

즉, 현중은 가진 힘과 능력과 성격에 비해서 의외로 돈을 쓸 줄 모른다는 단점이 있는 것이다.

그건 현중 자신도 모르고 있었고, 테른만 알고 있었다.

—지구 속담에 태어날 때부터 돈 쓸 줄 아는 사람은 없다고 했습니다. 그냥 쓰시면 됩니다.

"아니야. 이건 테른 네 취미로 번 돈이니까."

—마스터, 저의 영혼부터 모든 게 마스터의 것입니다. 잊지 마십시오. 마스터께서는 마족 중에 공작의 지위를 가진 저 테른의 주인이시며 대륙의 모든 마족을 공포에 떨게 만든 블랙

스피어이시다는 것을.

현중은 테른의 입에서 블랙 스피어라는 말이 나오자 피식 웃었다.

하긴 대륙에서 한때 그렇게 불린 적도 있었다. 마족들은 손가락에 오러를 씌워서 때려잡은 마족마다 똥침을 놓아 소멸시키는 자신을 블랙 스피어라고 부르면서 공포에 떨었다.

"오랜만이네, 그 이름."

—마스터.

혹시 테른은 그가 대륙을 그리워하는 게 아닌가 하는 생각이 들었지만 곧 현중의 인상이 찡그려지면서 한숨이 나왔다.

"대륙의 기억 중에 꼭 카일라제 그 녀석이 생각나서 재수가 없어져, 정말. 쳇."

—대륙의 모든 존재를 통틀어서 주신 카일라제님을 그 녀석이라고 부르는 존재는 마스터가 유일합니다.

대륙에서 현중은 주신 카일라제의 신탁을 받고 신검까지 받았지만 시간 날 때마다 주신 카일라제에 대해서 쌍욕을 서슴지 않기로 유명했다.

"그 녀석, 입에도 담지 마라. 기분 나빠지려고 하니까."

—네, 마스터.

테른은 현중의 짜증내는 모습을 보면서 속으로 웃었다. 어찌 되었든 그 덕분에 테른을 만났고, 현재 현중의 인생이 완전 바뀐 게 아닌가. 현중이 싫어하든 말든 테른은 카일라제에게 감사했다. 현중이 아니라면 이미 진작에 소멸했을 것이 분명하니까.

"그보다 나보고 돈 좀 팍팍 쓰라고?"

—네.

"돈 쓰는 것도 뭘 알아야 쓰지."

—그래서 제가 몇 가지 준비했습니다.

마치 현중이 이 말을 하기 기다렸다는 듯 테른은 아공간에서 한가득 사진과 유명 잡지부터 시작해 자신이 고르고 고른 것들을 현중 앞으로 내밀었다.

한순간 거실을 가득 채운 사진 때문에 현중이 입을 벌리자 테른은 오히려 웃으면서,

—마스터, 이건 1차분입니다.

"뭐?"

—마스터를 세계 최고의 남자로 만들기 계획의 1차 분량입니다.

"나를 세계 최고의 남자로? 하!"

할 말을 잃어버린 현중이었다.

"너… 설마 지구로 와서 세운 거냐?"

지금 말한 세계 최고의 남자 만들기 계획을 물어보자 오히려 고개를 흔들면서,

─대륙에서부터 생각했습니다. 다만 대륙에서는 이미 영웅이고 황제이셨기에 그냥 저 혼자만의 생각으로 그쳤습니다만. 지구에서는 그럴 필요가 없으니까요.

"……."

말없이 테른을 바라보던 현중이 조용히 말했다.

"너 은근히 음흉하다. 언제 나 몰래 이런 거 세웠냐?"

─마스터를 위한 것입니다.

"그래서 이렇게 수많은 자동차 사진을 거실에 쏟아부은 거야?"

─남자의 로망은 바로 스포츠카! 그것도 비싼 스포츠카가 지구 남자들의 로망이라고 들었습니다. 당연히 마스터께서도 스포츠카 서너 대쯤은 있어야 합니다.

단호하게 말하는 테른을 보니 왜 오자마자 주식을 한다고 설치고 미친 듯이 돈을 벌어들였는지 알 만했다. 이런 속셈이 있는 줄 이제 알았다는 듯 잠시 멍하니 테른을 바라보던 현중은 웃고 말았다. 어찌 되었든 테른은 자신을 위해서 한 것이니까.

"음?"

거실에 널브러져 있는 수많은 자동차 사진 중에 특히나 현중의 시선을 끄는 차가 한 대 있었다.

테른이 준비한 사진의 차들은 세계에서 내로라하는 스포

츠카 회사의 간판 스포츠카뿐이었다. 람보르기니, 재규어, 베이룽, 페라리, 맥라렌 등등 수많은 차가 많았지만 현중의 눈엔 검은색의 수려한 몸체를 뽐내는 한 대의 슈퍼카가 보였다.

현중이 사진을 집어 들자,

—맥라렌 F1이라는 슈퍼카입니다.

"슈퍼카?

—네, 스포츠카는 솔직히 저가형이라고 생각하시면 됩니다. 슈퍼카는 그 부품부터 모든 게 수작업으로 이루어지고 많이 생산하지도 않습니다.

자동차를 아는 사람들이 들으면 혀를 깨물 말을 서슴없이 하는 테른이었다. 1~6억씩이나 하는 스포츠카가 저가형이라고 말하는 테른은 절대로 현중에게 현재 맥라렌의 가격을 말하지 않았다. 그렇기에 현중은 사진과 함께 테른이 건네준 맥라렌 F1의 설명을 읽어보는 중이었다.

장황하게 여러 가지 설명이 많았지만, 모두가 최상이라고 자부하는 부품부터 최고라고 자랑할 만한 기록들을 가지고 있었다. 경주용 자동차 디자이너인 고든 머레이가 설계했다는 것부터가 이미 예사 자동차는 아니었다.

하지만 이 모든 설명을 함축하면 도로용이지만 경주용 차와 유사한 점이 많았다. 차체 높이가 114cm로 꽤 낮고, 운전석도 경주용 차처럼 차의 중앙에 있다. 운전자의 체형에 맞게 운전석과 핸들, 페달 등을 맞춤 제작하도록 된 것도 이 차의 장점이다. 3인용으로, 중앙의 운전석 뒤쪽으로 두 개의 자리가 더 있다. 1998년까지만 주문 생산되었다고 설명이 되어 있다.

설명을 읽어보니 정말 스포츠카와 슈퍼카가 뭔지 구분도 잘 못하는 현중이 봐도 대단한 차로 보였다. 거기다 겨우 100대만 생산되었다고 하니, 즉 현재 2000년인 시점에서 새것은 없다고 생각해야 했다.

―마스터, 맥라렌 F1이 마음에 드십니까?

현중의 시선이 맥라렌에서 떠나지 않고, 거실을 가득 메운 수많은 스포츠카와 슈퍼카는 이미 하나의 쓰레기로 취급되고 있었다. 현중의 마음을 눈치챈 테른은 조용히 거실에 있던 사진들을 모조리 치워버리고는,

―원하신다면 당장 구할 수도 있습니다.

"당장?"

―직접 가서 구입하면 됩니다. 마스터의 카드는 전 세계 어디서나 사용 가능합니다. 그리고 실제 생산은 100대라고 하지만 만들어진 100대 모두 팔린 것도 아닙니다. 알아본 결과 팔린 것은 90대 정도입니다. 즉 1~10대 정도는 아직 남아 있다는 말입니다.

"음."

솔직히 보지 않았다면 모르지만 사진을 보고 자신의 차가 될 수 있다는 생각을 하자 현중도 역시나 마음이 흔들리긴 마찬가지였다.

─맥라렌 F1의 별명이 꿈의 자동차, 즉 드림카라고 합니다.

계속 테른의 부추김을 듣고 있던 현중은 곧 생각을 굳혔다. 까짓것 테른이 쓰라고 벌어준 돈이고 어차피 테른에게 돈은 의미가 없었다. 하지만 현중은 달랐다. 이곳에서 살아가려면 돈은 필수고 돈이란 게 원래 많으면 많을수록 좋지 나쁠 것은 없지 않던가?

뭐 똥파리가 많이 날아다니면서 귀찮게 하긴 하겠지만 그 정도는 이미 문제가 되지 않을 정도의 능력이 있기에.

"사러 가자!"

─넵, 마스터.

현중이 결국 맥라렌 F1에 홀려서 슈퍼카를 사기로 마음먹자 테른은 승리의 미소를 혼자 조용히 지으면서 일어섰다. 그는 잠시 현재 재고로 남아 있는 맥라렌 F1을 파는 곳을 찾아보겠다고 하고 방에 들어가더니 금방 나왔다.

─의외로 가까운 곳에 있었습니다.

"가까운 곳?"

─네. 일본에 현재 한 대가 있다고 합니다. 원래 일본 재벌

이 사기로 해서 들여왔는데 일이 잘못되었는지 팔리지 못하고 전시장에 머물러 있다고 합니다.

"일본이라……."

그렇게 먼 거리도 아니고 테른의 텔레포트라면 금방 왕복할 거리이기에 결국 당장 가기로 했다.

"이럴 때는 정말 마법이란 게 참 편해."

현중은 마법에 대해 다른 건 별로 부럽지 않은데 이렇게 이동할 때는 아직 축지법의 제약 때문인지 약간의 부러움이 생기는 편이었다.

―이미 제가 마스터의 손과 발입니다.

"알아. 그냥 나 스스로가 할 수 있으면 좋겠다는 생각을 했을 뿐이야. 가자."

테른을 따라 도착한 곳은 일본의 수도 도쿄였다. 제법 멀리서 도쿄타워가 보였기에 도쿄라고 생각했을 뿐 크게 서울과 다를 게 없다는 느낌을 받았다.

간판이 한문과 일본어로 쓰인 것과 차들이 왼쪽 차선으로 다닌다는 것 외에는 정말 자신이 일본에 온 건지 살짝 의심도 해볼 정도로 너무나 서울과 흡사했다.

"대한민국이 많이 발전을 한 건가, 아니면 일본이 그대로인 건가."

그냥 현중 개인적인 느낌이었다. 거리를 걸어도 굳이 일본 사람이라고 다르게 생긴 것도 아니었다. 다만 이곳에서도 현중을 흘낏거리는 사람들이 제법 있긴 했다. 하지만 서울에서처럼 대놓고 쳐다보지는 않고 힐끔 보다가 멀리서 다시 한 번 보고 하는 정도였다.

"훗, 배려의 나라라는 별명답군."

일본의 별명이 생각났다.. 일문과를 나왔으니 당연히 일본 문화에 어느 정도는 사전 지식이 있었고, 지금의 일본을 가리키는 단어인 배려에 대해 너무나 잘 알고 있기에 웃음이 나온 것이다.

배려라는 것은 어떻게 보면 정말 좋은 말이지만 그건 겉만 봐서 그렇다는 것이다. 실제로 일본의 배려는 자신이 상처 입지 않기 위해, 자신이 귀찮아서, 자신이 피해를 입지 않기 위해 하는 보여주기 위한 배려였다. 히키코모리(은둔형 외톨이)가 그냥 생긴 게 아니었다.

가족간에도 쓸데없는 배려가 만연하다 보니 자식이 방에 들어가서 나오지 않으면 부모가 들어가질 않는다. 그게 보통 일본 가정의 모습인 것이다.

한국이라면 방문을 잡아 뜯고 들어가서 두들겨 패서라도 끌고 나오겠지만 일본은 이미 옛날부터 보여주기 위한 배려라는 게 뿌리 깊이 박혀 있기에 일반 가정에서는 자식이라도 함부로 대하지 않는 것이다.

즉, 자식이 자라는 방향을 말로만 알려줄 뿐 방치나 마찬가지였다.

"일본이란 나라, 참 답답하구나."

현중이 지금 일본을 보는 느낌을 말하자면, 자유롭고 끝없는 대지가 펼쳐진 곳에서 마음껏 달리다 갑자기 좁은 계곡에 갇힌 느낌이라고 하면 정확할 것이다.

이런저런 생각을 하면서 테른을 따라 걷다 보니 제법 커다란 건물 1층과 2층을 하나의 층으로 합친 것 같은 규모의 전시장이 보였다.

─여깁니다. 일본에서도 알아주는 수입차 전문 매장입니다. 국내에는 현재 맥라렌 F1을 확보할 만한 곳이 없기에 일본으로 선택했습니다.

"그래? 그리 비싼가?"

아직 맥라렌 F1의 가격을 모르는 현중은 람보르기니나 페라리도 전문적으로 취급하는 수입차 전문 매장이 있는 걸로 아는데 맥라렌 F1을 확보할 수 없다는 테른의 말에 살짝 고개만 갸웃거릴 뿐 그리 깊게 생각하지 않았다.

"어서 오십시오, 손님."

부드러우면서도 정확한 발음으로 현중에게 다가와 고개를 숙인 30대 초반의 여성이 딜러인 듯 현중을 맞이했다.

"맥라렌 F1이 있다는 이야기를 듣고 왔습니다만."

현중의 입에서는 이미 유창한 일본어가 술술 나왔다. 그동안 공부한 것이 헛되진 않았다. 그래도 딜러는 현중의 말을 듣는 순간 억양의 차이로 외국인이라는 것을 눈치챈 듯했다.

"외국 분 같은데 일본어가 유창하시네요."

살짝 매력적인 미소를 보이면서 칭찬하는 딜러에게 현중은 그냥 웃을 뿐이었다.

"잠시만 기다려 주세요. 맥라렌 담당자가 따로 있어서 불러오겠습니다."

제법 큰 수입차 전문 매장답게 각 스포츠카 회사마다 전문 담당자가 따로 있는 듯했다.

잠시 기다리는 동안 녹차가 나오고, 테른과 현중은 조용히 녹차를 마시면서 전시되어 있는 스포츠카를 구경했다.

전시장이 큰 만큼 람보르기니, 디아블로, 엔초 페라리도 있고, 포르쉐는 언제나 인기있는 모델인지 두 대나 전시되어 있었다.

"오래 기다리셨습니다. 제가 맥라렌 담당자입니다."

상냥한 목소리에 현중이 고개를 돌리니 이제 갓 스무 살은 되었을 법한 앳된 얼굴의 미인이 단정하게 정장 차림에 올림머리를 한 채 현중에게 다가왔다.

"맥라렌 F1을 찾으셨다고 들었습니다."

"네. 이곳에 계약이 취소된 한 대가 있다고 들었습니다."

"그렇습니다만, 그게 몇 시간 전에 다른 분이 계약을 이미 하셔서 현재 당장은 없습니다."

"그래요?"

테른이 알아본 것은 아무래도 인터넷상의 정보이니 약간의 시간적 차이가 있었던 모양이다. 없다는 데 굳이 이곳에 더 이상 있을 이유도 없었다.

"그럼 영국으로 가봐야지. 테른, 가자."

현중이 미련없이 일어서자 맥라렌 담당자도 당황한 듯 현중을 불렀다.

"고객님, 지금 당장 영국으로 가셔도 맥라렌 F1은 매장에 없을 겁니다."

"그게 무슨 말이죠?"

그냥 불러 세우는 말 같지는 않아서 걸음을 멈춘 현중이 조용히 고개를 돌리자,

"맥라렌 F1은 거의 주문 생산이라고 생각하시면 됩니다. 시중에는 100대가 생산되었다고 알려져 있지만 실제는 96대만 생산이 되었습니다. 그리고 몇 시간 전에 팔린 한 대까지 포함해서 91대가 이미 주인이 있습니다. 이미 생산이 중단된 단종 모델이라 더 이상 생산하지도 않아서 영국의 맥라렌 매장에 가셔도 아마 찾지 못하실 겁니다."

"음……."

현중은 일본 딜러의 말을 들으면서 잠시 생각했지만 이미 유려한 곡선이 매력인 맥라렌 F1에 마음이 빼앗겨 버린 뒤라 많이 알려진 페라리가 현중의 눈에 들지도 않았다. 포르쉐도 별로 취향도 아니고. 실제로 현중은 뭐 하나에 꽂혀 버리면 그걸 꼭 가지기 전까지 다른 것은 눈에 들어오지 않는 타입이었다. 그렇기에 맥라렌 F1을 현재 매장에서는 찾을 수 없다는 딜러의 말을 곰곰이 생각했다.

이미 천심통으로 딜러의 마음을 읽어보니 거짓말이 아니라 정말 매장에서는 구하기 어려운 모델이 되어 있긴 했다.

"그쪽에서 맥라렌 F1 구할 수 있습니까?"

현중이 딜러를 향해 말하자 기다렸다는 듯 환하게 웃으면서,

"세상에 생산되지 않은 차라면 모르지만 아직 재고도 있는 맥라렌 F1은 충분히 구할 수 있습니다. 다만 가격이 초반에 생산된 가격보다 많이 올랐습니다."

"많이 올랐다……. 한국의 화폐 단위로 설명해 주겠어요?"

복잡하게 달러로 말하면 환율을 따져 다시 계산해야 되니 그냥 간단하게 딜러에게 알아서 계산해서 알려달라고 하자 그는 조금 놀라는 눈치였다.

"한국 분이셨습니까?"

"네."

간단히 대답한 현중의 모습에 딜러는 테른과 현중을 잠시 살펴보더니 곧 돌아오겠다고 하고는 잠시 사라졌다가 금방 돌아왔다.

"이것입니다."

딜러가 건네준 것은 맥라렌 F1의 가격 변동과 한국 환율로 변환된 액수가 적힌 서류였다.

초기 생산할 때는 한국 돈으로 9억 정도였는데 생산이 중단되면서 단종 모델과 소량 생산의 프리미엄이 붙어서 현재 25억까지 오른 상태였다.

"생각보다는 비싸군."

이미 현중은 몇 천억도 벌고 1~2억 정도는 빚 갚는 데 쓸 정도로 약간은 돈의 액수에 둔감해져 있긴 했다. 다만 숫자로 표시된 돈이 피부에 와 닿지 않을 뿐이었다. 아마 현금으로 100만 원을 주면서 당장 현중에게 쓰라고 하면 몇 주 동안 고민할지도 몰랐다.

주식으로 인해 몇 십억이나 몇 백억, 최근에는 1조 원까지 자주 들으면서 쉽게 접하다 보니 차 한 대 가격이 25억(2000년 기준)이라는 것도 비싸다는 생각보다 원래 슈퍼카라는 이름으로 불리는 스포츠카가 이 정도는 되겠지 했을 뿐이다.

어렵게 살던 현중이 스포츠카를 볼 일이 있겠는가? 당연히 사전 지식이 없었다.

테른도 이미 그걸 알고 있기에 현중에게 비싼 스포츠카 사진만 골라 보여준 것이었다.

"네, 가격이 좀 많이 올랐습니다."

딜러는 현중이 가격을 보고 어떤 반응을 보이는지 유심히 살펴봤다.

이곳 매장에서 일하다 보니 벼락부자가 된 사람들도 제법 많이 봤다. 당연히 과시용으로 비싼 스포츠카나 슈퍼카를 찾는 이들이 많았지만 거의가 람보르기니를 사는 편이었다.

어쩔 수 없는 게, 가격과 희귀성에서 람보르기니는 양산형 스포츠카에 가까운 반면 맥라렌 F1이나 엔초 페라리 같은 경우는 오직 소량 생산만을 하기 때문이다.

그리고 한 번 단종되면 아무리 인기가 좋아도 다시 생산하는 일이 없었다.

즉, 그들의 자존심인 것이다.

그렇기에 지금 현중이 찾는 맥라렌 F1도 원래의 가격에서 많이 오른 상태였다. 더 이상 생산되지도 않는 모델이니 프리미엄은 당연할 것이다.

그리고 거의 대부분의 사람들은 맥라렌의 현재 가격을 보고는 고개를 저으면서 포기하는 경우가 많았다. 실제로 그들은 실제 출고가만 알고 오는 경우가 대부분이었던 것이다.

출고가만 봐도 솔직히 싼 편은 아니지만 현재 프리미엄이 붙은 가격에 비하면 싼 편이었으니까 어느 정도 재력이 있는 사람이라면 크게 마음먹으면 살 만했다. 하지만 현재 시세는 그것의 두 배를 넘어서고 있으니 다들 포기하는 것이다.

하지만 딜러가 본 현중은 놀라거나 흔들림이 없었다.

즉, 벼락부자나 그런 것은 아니라는 말이고, 그런 사람들은 특히나 돈에 크게 구애를 받지 않는 성격이 대부분이라 딜러의 입가에 미소가 번졌다.

맥라렌 F1 같은 경우 희소성 때문에 구매자가 생길 경우 수수료가 제법 괜찮았기 때문이다.

"어떻게 하시겠습니까, 고객님?"

"언제까지 구할 수 있죠?"

현중이 깊게 생각하지도 않고 물어보자 딜러는 역시나 자신의 생각이 맞았다고 생각하면서,

"이번에 팔린 것도 3개월 정도 걸렸습니다. 정확하게 말씀드릴 수는 없지만 1~3개월 정도의 시간이 걸릴 것으로 생각됩니다. 다만 중고라면 당장 며칠 안으로도 구할 수가 있습니다."

현중은 중고라는 말에 잠시 고민하는 듯하다가 테른을 보니 절대로 중고는 안 된다는 압박이 전해져 고개를 저었다.

"중고는 그리 내키지 않는군요."

"네. 그럼 우선 계약금으로 저희 매장에 어느 정도를 주셔야 합니다만 어떻게 하시겠습니까?"

워낙에 고가의 물건이고 가끔이지만 사겠다고 해놓고 나 몰라라 하는 경우도 있기에 계약금을 꼭 받아야만 했다.

"계약금 같은 건 필요없고, 한국의 모든 절차까지 해서 저에게로 보내주실 수 있나요?"

"네? 네, 당연히 가능합니다. 한국에도 저희 지점이 있습니다. 하지만 그러시면 약간 가격이 올라갑니다만……."

한국에서야 수입차를 매장에서 사면 딜러가 무료로 등록 절차 등을 알아서 해주지만 일본은 아니었다. 그것도 수수료를 따로 받는 것이다. 지독하게 더치페이하는 나라이기도 했다.

"상관없습니다. 모두 계산해 주세요."

하면서 현중의 품에서 프리미엄 멤버십 카드가 딜러의 손에 전해지자 딜러는 당황했다.

"네? 네, 잠시만 기다려 주십시오."

설마 몇 십억이나 되는 돈을 한 번에 다 결제해 달라는 말을 들을 줄은 몰랐던 것이다. 거기다 방금 현중이 내민 카드는 딜러도 본 적이 있었다. 그래도 아직 세계에서 상위 0.001%만 가지고 있다는 프리미엄 멤버십 카드를 받아보는 게 흔한 건 아니라 믿지 못했다. 그녀는 즉시 자신의 책상으로 가서 현중이 내민 카드를 조회해 보곤 놀라서 자빠질 뻔했다.

"스위스 G은행… 1001번째 프리미엄 멤버십 회원? 개인 정보 검색 불가? 뭐야, 이거?"

워낙에 상위 사람들을 상대하는 곳이다 보니 어느 정도 고객의 명단을 확보하는 편이라 보통 신용카드만 긁으면 그와 관련된 간단한 정보는 뜨게 마련이다. 하지만 현중이 내민 카드에는 오직 두 줄의 문장뿐이었다.

자신의 매장에서 개인 정보가 검색이 되지 않는 인물이라면 거물도 그냥 거물이 아니었다. 정확하게 1001번째 스위스 G은행의 프리미엄 멤버십 회원인 것이다.

그냥 제법 돈 좀 있는 사람으로 생각했던 딜러는 얼이 잠시 나갔다가 돌아왔다.

평범한 청바지에 티셔츠 차림이었지만 준수하고 잘생긴 얼굴이라고 생각했던 딜러는 한순간에 현중이 세계 최고의 남자로 보이기 시작했다. 스위스 G은행 프리미엄 멤버십 회원이란 것만으로도 개인 재산이 자신은 상상도 못할 정도일 것이다.

딜러는 곧 자신이 봉을 잡았다는 생각이 들었다. 그런 사람들은 절대 한 대로 만족하는 법이 없었다. 취미와 사용 용도에 따라 몇 대의 스포츠카 아니면 세단을 보유하는 게 기본

아니던가? 즉각 딜러는 자신의 옷과 머리를 정돈하고는 현중에게로 가 영수증을 내밀었다.

"총 수수료까지 해서 한화로 27억 2500만입니다."

"음……."

생각보다 많이 비싸긴 했다. 뭔 차 한 대에 27억씩이나 들어가는지. 거기다 구하기도 쉽지 않다는 말에 귀찮을 것 같아서 매장에 부탁했는데 그 결과 돈이 더 나갔다.

"연락처를 남겨주시면 저희가 미리 연락드리겠습니다."

현중은 딜러가 내민 명함 두 장 중 한 장에 자신의 휴대폰 번호를 적어주고는,

"한국 번호이니 한국에 들어오면 전화주세요."

"네, 그럼 나중에 뵙겠습니다."

의외로 간단하게 차를 사는 일이 끝난 현중은 매장의 전 직원이 배웅하는 극진한 인사를 받으면서 매장을 나왔다.

"돌아가자, 집으로."

왠지 일본이란 나라가 답답하다는 것을 느낀 현중은 그대로 한국으로 돌아왔다.

그리고 복학할 때까지 조용히 집에서 공부하고 쉬면서 지내기로 했다.

잠시 명석 아저씨에게서 전화가 왔지만 증빙 서류와 함께

군대 가기 전에 주식을 사둔 게 대박이 나서 그냥 임의로 처
리했다고 둘러대면서 일부러 전화를 끊었다. 명석 아저씨 성
격에 당장 찾아온다고 했지만 이사를 해서 찾지 못할 것이다.

그 후 현중은 모처럼 정말 조용히 집에서 휴식을 취하면서
지내긴 했다. 물론 그것도 복학하면서 원치 않게 끝났지만 말
이다.

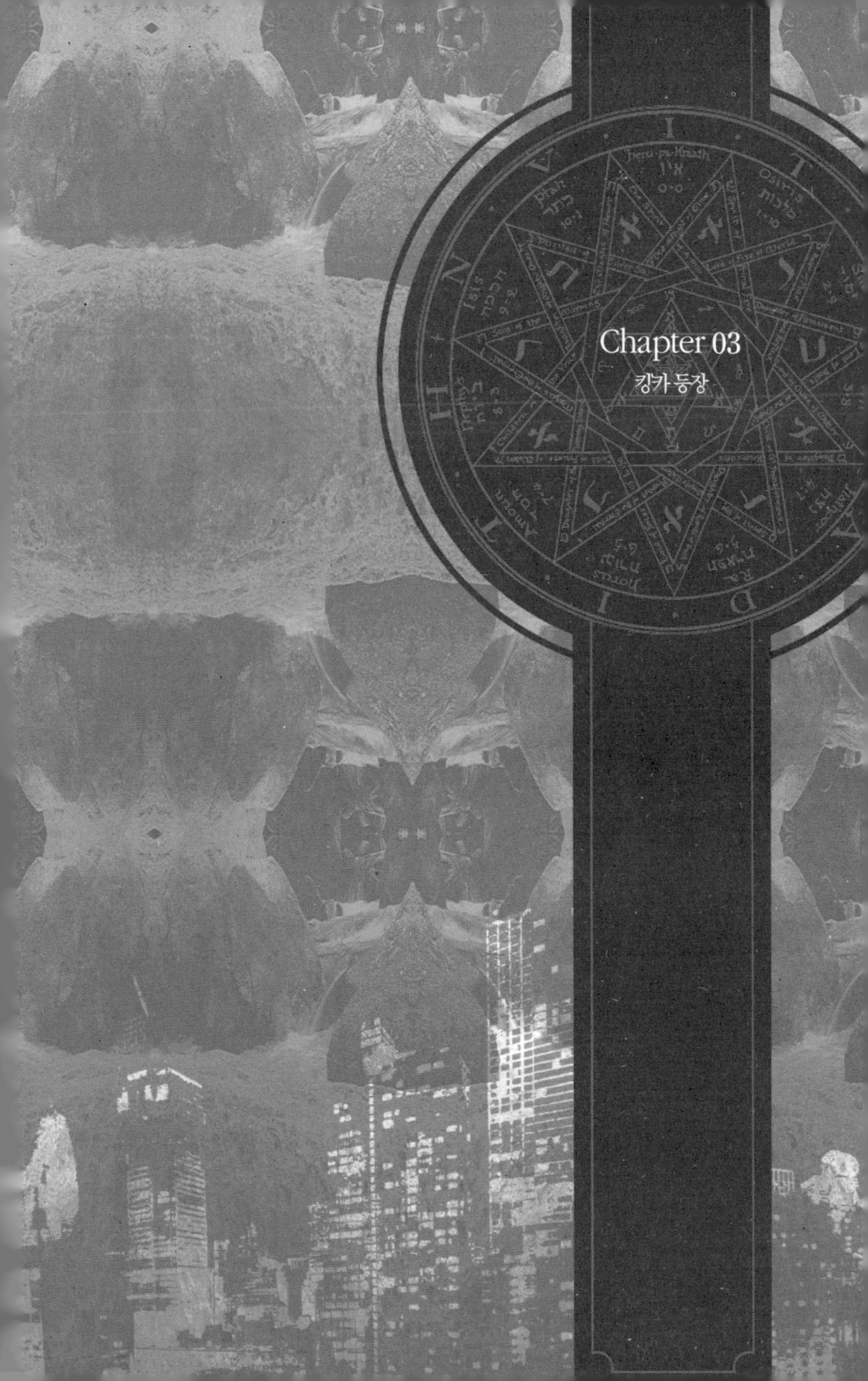
Chapter 03
킹카 등장

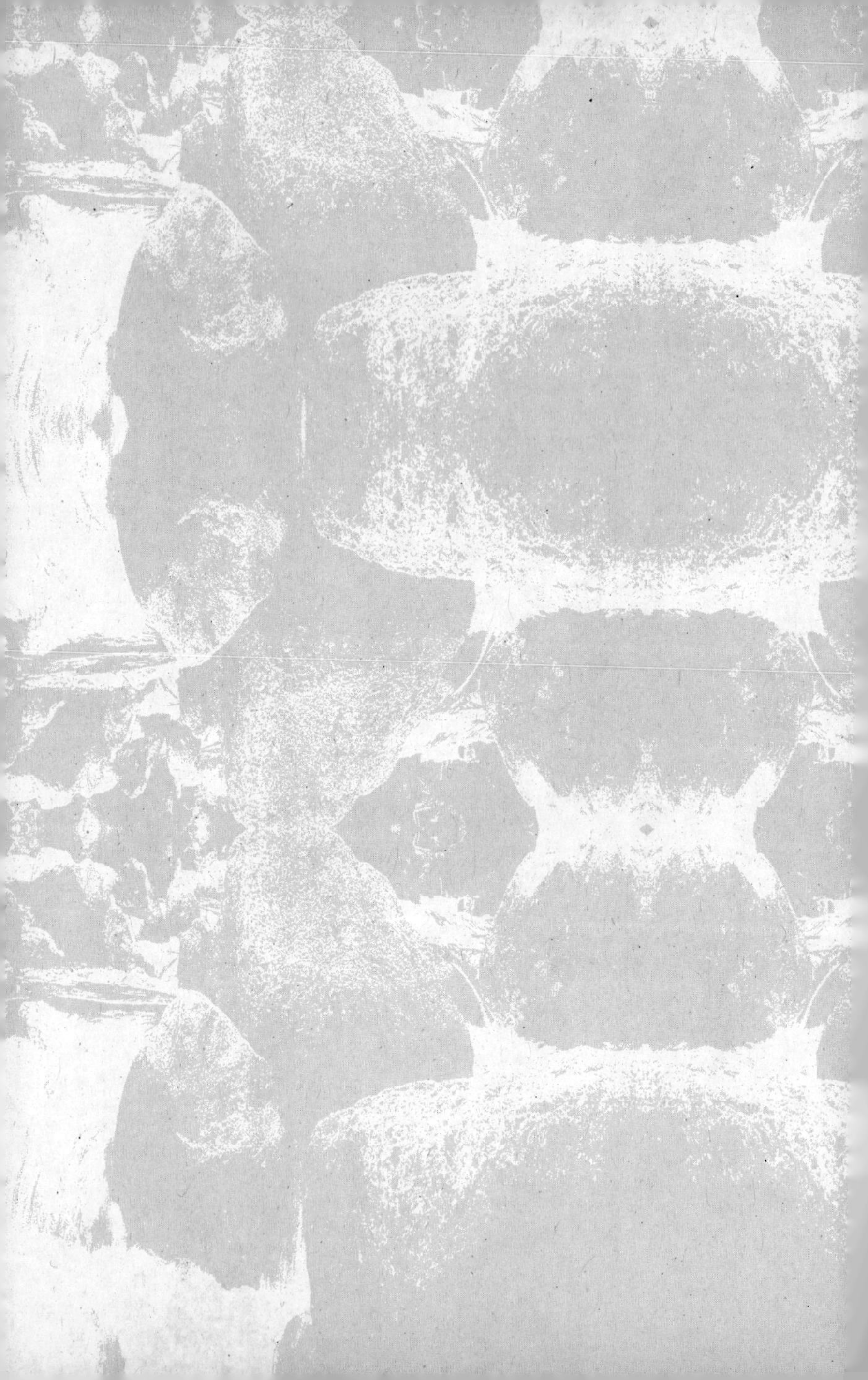

“들었어?”

“뭐?”

“이번에 일문과에 복학한 선배 중에 완전 초 킹카 있다는 거.”

“정말?”

마침 학교 입구를 들어오던 현주는 개강한 지 불과 며칠 만에 학교에 복학한 킹카로 인해서 시끄러운 소문을 듣게 되었다.

“누군데?”

　현주도 킹카라고 하니 왠지 관심이 가는지 친구 연주에게 물어보자,

"기집애, 언제는 연상은 싫다더니."

현주는 연상을 별로 좋아하지 않는 성격이었다. 하지만 이상하게도 한번 깊은 잠을 자고 난 이후로 그 성향이 바뀌어 버렸다.

현중이 기억을 완전히 지워 버렸지만 사람의 마음까지는 어떻게 하지 못하는 듯했다. 그저 깊은 잠을 자고 난 것이라고 기억하도록 테른이 기억 조작을 조금 하긴 했다.

"일문과 4학년에 김현중 선배야."

"김현중? 일문과? 음, 병철 오빠랑 같은 과네?"

"아, 그 군화 거꾸로 신은 너의 잘난 사촌오빠 말이지?"

연주가 약간 비꼬는 듯 말하자 현주는 오히려 더 화를 내면서,

"내가 생각해도 기가 막혀. 나 참, 군대 가서 뭔 군화를 거꾸로 신는지 말야. 미친놈이지, 완전."

"호호호, 아무튼 너도 웃겨. 사촌이면 가족인데 가족 편을 안 들고 말야."

"무슨 소리. 여자가 여자 편 안 들면 누가 들어줘? 그리고 고무신 거꾸로 신은 것도 아니고 적반하장으로 군화를 거꾸로 신은 놈이 나쁜 놈이지. 안 그래?"

"호호호, 그래, 네 말이 맞아. 아무튼 기집애, 성격 하고는. 그보다 너, 한번 가볼래?"

연주의 부추김에 현주가 고민하는 듯하는 모습을 보이자 연주가 쐐기를 박았다.

"첫 시간 공강이잖아. 가보자. 그 선배, 공부 장난 아니게 한다더라. 좀 범생이 같은 성격이지만 괜찮아 보이지 않아?"

"범생이? 음, 난 범생이 타입은 별로인데……."

"호호호, 너도 보면 달라질 거야. 벌써 3학년 퀸카로 알려진 유진 선배가 찍었다고 소문이 파다해."

현주는 이미 N대에서 유명한 콧대로 알아주는 전유진이 복학생을 찍었다는 소문에 결국 한번 가보기로 마음먹었다.

"가자!"

"야! 기집애, 뺄 때는 언제고 지가 먼저 뛰어가네. 나 참."

연주는 현주의 뒤를 따라 힐을 신은 채로 잘도 뛰었다.

현주는 고민한 시간이 무색하게도 제법 일찍 일문과 4학년 강의실에 도착했다. 벌써 수많은 여자들이 모여 있어서 쉽게 4학년 강의실을 찾을 수 있었다.

"벌써 장난 아니네."

현주가 놀란 듯 말하자 연주는 오히려,

"저거 많이 준 거야. 오늘 첫 시간 공강은 우리 과만 있잖아. 어때, 도강할래?"

"도강? 음, 일문과 교수가 누구였지?"

"사와이치 교수잖아. 의외로 출석 안 부르고 여학생이 도강하는 건 오히려 반기는 그 살짝 엉큼한 노친네 알잖아."

"후후훗, 좋아. 도강하자."

현주와 연주는 바로 도강하기로 마음먹고 강의실 앞으로 갔지만 이미 강의실이 꽉 차서 도강할 빈자리가 없었다.

"유명 연예인이 학교 온 것도 아닌데 장난 아니네."

연주도 설마 도강할 자리가 없을 줄은 몰랐던 모양이다. 현주는 별수 없이 돌아가려고 하는데 문득 강의실 창문 쪽에 앉아서 멍하니 창밖을 보는 남자를 봤다.

"야, 뭐해?"

갑자기 걸어가다 멈춘 현주 때문에 부딪칠 뻔한 연주가 물어보자 대답도 없이 어딘가를 바라보는 현주의 모습에 연주도 같이 그 방향을 바라보았다.

"아~ 기집애, 혼이 나갔구만."

"응? 누구야, 저 사람? 혹시……?"

"그래, 저 사람이야. 4학년 복학생이자 복학생은 모두 아저씨라는 선입견을 완전히 깨뜨린 김현중 선배."

"……"

연주의 설명에도 대답이 없자 현주를 바라본 연주는 피식 웃어버렸다.

"완전 맛이 갔구만, 맛이 갔어. 야!"

탁!

"아파! 왜 때려?"

"정신 차려, 이것아. 저 선배 노리는 애들이 이미 공식적으로 다섯 명이나 돼."

"치, 뭐 내가 노린다고 했냐?"

현주는 연주에게 맞은 어깨를 손으로 쓰다듬으면서 왠지 자신의 시선을 붙잡는 현중의 옆모습에서 시선을 뗄 수 없었다.

뭔가 말로는 설명할 수 없는 이 기분을 어떻게 표현해야 할지 몰라서 그냥 보고만 있었던 것이다.

"그보다 저 선배, 굉장한 부자라더라."

연주가 현중의 강의실을 벗어나면서 조용히 말하자 현주는 급격히 관심을 보였다.

"부자? 무슨 소리야?"

"이리 와봐. 내가 보여줄게."

연주는 현주를 데리고 1-4동의 건물을 나가서 개인 주차장으로 갔다. 연주의 손에 이끌려 도착한 주차 경비 건물 바로 옆에 서 있는 검은색의 미려한 곡선을 뽐내는 스포츠카 한 대가 보였다.

"저거 보이지?"

"저거? 저 스포츠카? 그게 왜?"

"저 차 주인이 바로 김현중 선배야."

연주의 말에 현주는 화들짝 놀랐다. 아무리 차를 잘 모르는 현주라도 제법 비싸 보인 것이다.

"저거… 비싸겠지?"

"어머! 너, 모르니?"

현주의 모르는 듯한 반응에 연주가 놀리듯 웃으면서 놀란 척 제스처를 취하자 현주는 새침하게 노려봤다.

"호호호, 기집애가 성질은. 저거 국내에 한 대뿐인 차야."

"…국내… 한 대?"

"응. 내가 신문부 애들한테 알아봤는데, 장난 아니라더라. 차 값만 25억이래."

"헉!! 25억?!"

현주는 한순간 몸이 휘청거려 발목이 꺾일 뻔한 것을 겨우 추슬렀다.

"말도 마라. 학교에서 저 차 때문에 김현중 선배가 유명하게 된 거니까. 일본 유명 수입차 매장의 담당 딜러가 학교까지 찾아와서 공손하게 차와 키를 넘기고 돌아갔는데, 맥라렌 F1이랬나? 아무튼 저 차 때문에 학생회장까지 나와서 구경하고 난리였잖아."

"학생회장? 호호호호, 그 잘난 척하던 김주현 그 녀석 말야?"

현주는 김주현 생각을 하자 고소하다는 듯 웃었다. 이미 학교에서 이사장의 손자라는 타이틀로 있는 척 없는 척 다 하면서 유세를 떠는데 그 모습이 보기 싫어서 안티 팬이 제법 되는 녀석이었다.

"더 웃긴 건 뭔지 알아?"

연주가 그게 끝이 아니라는 듯 말을 시작하자 현주는 조용히 귀를 기울였다.

"김주현 그 녀석이 현중 선배가 타고 다니는 차가 부러웠는지 똑같은 걸 사달라고 졸랐다나 봐. 그런데 가격 때문에 포기했대. 그래서 그 녀석이 타고 다니던 람보르기니 보고 요즘 애들이 뭐라는 줄 알아?"

"뭐라는데?"

"노란색 때문에 오픈 택시라고 불러. 하도 여자들을 바꿔 가면서 태워서."

"호호호호호, 진짜 웃긴다. 완전 똥 됐네, 김주현은."

현주가 마치 자신이 한 방 먹여준 듯 시원하다는 투로 말하자 연주도 크게 웃었지만 역시나 경비의 날카로운 눈빛 아래에 도도하게 서 있는 맥라렌 F1을 보고서는 한숨을 쉬었다.

"저 도도한 맥라렌에 타게 되는 여자는 누굴까?"

"그러게. 끝내주겠지?"

"말이다 뿐이니. 아마 학교 내에서 유명인사가 될 거야. 김현중 선배가 처음으로 차에 태운 여자라고 말야."

그렇게 여자들의 수다가 한참 이어지다가 곧 현주와 연주는 남는 시간을 카페에서 때우려고 생각했는지 학교 밖으로 사라졌다.

한편 개강을 하고 복학을 한 현중은 맥라렌 F1 때문에 뜻하지 않게 유명인사가 되어버린 것에 한숨만 쉬고 있었다.

"어쩌다 조용한 내 학교생활이 이렇게 시작과 동시에 끝나는 거냐."

맥라렌 F1이 학교로 배달 오던 날 그 반응은 정말 폭발적이었다. 국내 한 대뿐인 차다. 차 값만 25억짜리 차가 겨우 복학생 앞으로 배달 왔으니 누군들 궁금하지 않겠는가? 당연히 과학생은 물론이고 교수들과 이사장까지 나와서 차 구경을 할 정도였다.

그리고 맥라렌 F1을 본 사람들의 공통적인 반응은 단 하나였다.

우~와!

말도 없이 오직 감탄사만 연속으로 내뱉을 뿐이었다.

하지만 정작 그런 감탄사를 듣는 현중은 뭔가 시작부터 틀어진 느낌에 한숨만 나올 뿐이다.

매장에서 차를 배달할 테니 어디로 가느냐는 질문에 마침 학교에 있어서 생각없이 학교로 와달라고 했을 뿐인 것이 실수였던 것이다.

거기다 지금 뒤를 가득 메우고 있는 수많은 여학생도 현중을 한숨짓게 만드는 이유 중 하나였다.

일문학 자체가 인기가 괜찮은 편이지만 이상하게 일문과 강의실은 다른 외국어 계열 강의실과 달리 제법 구석에 위치해 있었다. 그리고 여학생이 비율적으로 많은 편이긴 했지만 지금 현중이 보고 있는 상황을 연출할 정도로 여학생이 절대로 많지는 않았다. 현중과 몇몇 남학생을 빼고는 모두 여학생이 앉아 있을 판인데 더 웃긴 것은 매시간마다 자리가 모자라서 대신 자리를 맡아주는 애들까지 생겼다.

한 번은 현중 빼고 모조리 도강 신청자들로 강의실을 채운 적도 있었다. 원래 수강해야 되는 학생들이 친구나 아는 동생들의 부탁으로 하루나 이틀 정도 자리를 비워준 것이다.

하지만 원래 출석을 부르지 않는 일문학 교수는 결석 처리하기보다 오히려 학생이 꽉 차서 좋다며 수업에서 열변을 토했다.

그런 일문학 교수 별명은 봉다리였다. 출석도 안 부르고 학점도 잘 주는 편이라 학생들 사이에서는 봉이라고 부르던 것이 어느 순간 봉다리로 변한 것이다.

그보다 웃긴 상황은 바로 이거였다.

"…차라리 마족 대군과 맞장 뜨는 게 편하지, 이거 원."

25억짜리 맥라렌 F1을 타고 다니는 현중에게 누구 하나 쉽게 다가가지 못하는 것이다. 모두의 시선이 현중에게 집중되는 것은 어쩔 수 없었다. 물론 신경 쓰지 않으려고 했지만 그것도 하루 이틀이지 보름이 넘어가면서 아무리 귀찮은 걸 싫어하고 둔감한 편인 현중이라도 모를 수가 없었다.

그러다가 결국 용기있는 자가 원래 미인이든 돈이든 미남이든 뭔가를 얻는다는 말이 있듯 현중에게 다가선 사람이 나타났다.

"선배."

"응?"

학년은 같지만 이미 군대를 다녀오느라 2년 휴학한 상태라서 학번으로 2년 선배이니 선배가 맞긴 했다.

"처음 뵙네요. 학생회장을 맡고 있는 김주현입니다."

"그래."

현중은 그냥 대충 대답하고 말았다. 눈동자를 마주치는 순간 읽은 김주현의 마음속은 현중을 자기 맘대로 자신의 라이벌이나 경쟁 상대로 생각하고 있는 것이다.

"선배, 복학생 중에 가장 유명하시더군요. 굉장하시네요."

김주현은 유난히 복학생이라는 말을 강조했다.

"그러네."

현중은 그냥 귀찮아서 대충 대꾸만 해줄 뿐이었다.

그런 현중의 행동이 김주현의 성질을 건드렸는지 살짝 주먹을 꽉 쥐는 모습을 보였지만 저런 녀석이 아무리 난리쳐도 현중은 눈 하나 깜짝할 이유가 없었다.

"선배, 저희 학생회에서 같이 일해보지 않으시겠습니까? 부회장 자리가 현재 비어 있거든요."

"부회장? 훗."

현중은 김주현의 말에 피식 웃었다. 자신이 분명 학생회장이라고 했다. 그런데 선배라고 부르면서 부회장으로 와서 같이 일해보자고 하는 것 때문이다.

누가 봐도 기가 막힌 말을 하는 김주현은 오히려 웃으면서 거절할 리가 없다고 얼굴을 하고 있는데, 그 김주현의 건방진 모습이 현중은 그냥 귀여울 뿐이었다. 새파랗게 어린 게 별것 아닌 자존심을 세우려고 하는 것이다.

"바빠."

단 한마디로 일축해 버리자 갑자기 얼굴이 굳어진 김주현은 현중을 보면서,

"선배, 아무리 좋은 차를 가지고 계셔도 유지하려면 취직을 하셔야 하지 않나요? 4학년이시니 곧 졸업하시면 취직도 하셔야 할 텐데 제가 도와드릴 수 있습니다만. 뭐, 저희 할아버지 친구 분이 대동그룹의 회장이시거든요. 그래도 거절하

실 건가요? 제가 조금만 도와드리면 쉽게 취업하실 수 있는데
요."

　현중은 자기 배경을 말하면서 다가오는 그의 행동을 보니,
참 우습기도 하고 귀엽기도 하고 한편으로는 저걸 그냥 둘까
말까 고민도 했다. 하지만 그보다 더 웃긴 건 김주현의 입에
서 나온 대동그룹이라는 단어였다. 이제는 끝난 인연이라 생
각했는데 참 질긴 인연인가 보다, 대동그룹과는.

　"학생회장이면… 이름이 김주현이라고 했지?"

　"네, 선배."

　김주현은 현중이 생각을 바꿨다고 생각했다. 현재 현중에
대해서 그도 알아볼 만큼 알아봤다. 하지만 그저 주식을 조금
해서 돈을 벌었다는 것 정도만 알 수 있었다.

　사실 이미 현중의 웬만한 주식은 테른이 장기적으로 보고
남겨둔 것으로 한국에는 겨우 10억 정도의 가치뿐이었다.

　요즘 세상에 10억 가지고는 장사 한 번 할 정도의 돈밖에
되지 않는 액수라 이렇게 김주현이 당당하게 현중에게 제시
하는 것이다. 이미 G은행에서 먼저 현중에 대한 정보를 어느
정도 차단하고 관리하고 있는 상황이라 김주현 같은 녀석이
현중의 정보를 모두 알 수는 없었다.

　스위스 G은행의 프리미엄 멤버십의 회원이 되는 것은 이
미 G은행에서 자신들이 최우선으로 모든 걸 관리하겠다고

나선 것이나 마찬가지였다. 그리고 워낙에 철저한 G은행의 관리 덕분에 프리미엄 멤버십 회원들끼리도 누가 회원인지 잘 모르는 경우가 대부분이었다. 그만큼 관리에 만전을 기한다는 것이다. 혹시라도 정보가 새어 나가 다른 곳에서 고객을 빼간다면 결과적으로 손해는 G은행만 보는 것이기 때문이다.

“이리 와봐. 가까이. 조금만.”

현중이 김주현을 슬쩍 가까이 오라고 불러서는 귓가에 조용히 속삭였다.

“꺼져.”

“…네? 지금 뭐라고… 하셨…….”

“한국말 몰라? 꺼지라고.”

현중의 꺼지라는 말에 심하게 당황한 듯 얼굴까지 붉어진 김주현은 싱글거리면서 웃는 현중을 보고는 자신을 놀렸다는 것을 뒤늦게 알아차렸다.

“선배, 저에게 이래서 결코 좋을 게 없을 텐데요.”

어쭈? 이제는 협박까지 하는 모습을 보여주었다.

“후훗, 귀엽게 노는구나. 하지만 넌 뭘 가지고 있지?”

현중이 웃는 얼굴을 지우고 갑자기 일어섰다. 제법 큰 편인 김주현보다 살짝 현중이 더 컸다.

“김주현 넌 뭐지?”

“무슨… 말을…….”

갑자기 돌변한 현중의 태도에 김주현은 당황하면서 주변의 눈치를 살폈다. 원래 자신의 계획은 이게 아니었다. 기세 좋게 현중을 학생회로 끌어들여 밑에 두거나 아니면 이사장으로 있는 할아버지의 힘을 빌려서 찍어 누르려고 한 것이다.

지금까지 N대학의 누구도 자신의 말을 거역한 적이 없기에 학교에서는 거의 무소불위의 권력을 휘두르던 김주현에게 현중은 완전 색달랐다. N대 총장도 사실 김주현의 집안에서 일하던 사람을 취임시킨 것이라 N대 안에서 김주현은 왕이나 다름없었다.

“넌 이사장이라는 할아버지를 빼면 뭐가 남지?”

“무슨 소리를 하는 겁니까, 선배?”

원래 권력에 쉽게 취하는 자일수록 소인배가 많았고, 권력을 휘두르는 맛을 알수록 겁이 많아지는 게 인간이다. 즉, 잃어버릴 게 많기 때문에 겁도 많다는 말이다.

지금 김주현은 강의실에 있는 여학생들의 눈치를 살피고 있었다. 거기다 현중이 자기 생각대로 움직여 주지 않자 당황했다. 더욱이 아까 그냥 나갔어야 하는데 꼴에 자존심을 세운다고 현중에게 협박을 한 것이 실수였다.

“이사장이라는 할아버지가 없으면 쥐뿔도 없는 새끼가 감히 선배를 협박하나? 응?”

"제, 제가 언제 선배를 협박했다고……. 생사람 잡지 마십시오."

이미 김주현과 현중의 대화는 강의실 전체에 들리고 있었다.

"방금 너한테 잘못 보이면 좋을 게 없다는 말, 무슨 뜻이지, 후.배.님?"

"그, 그건… 허, 험험."

결국 똑바로 바라보는 현중의 눈빛을 견디지 못한 김주현이 황급히 강의실을 박차고 나가 버렸다. 그런 김주현을 바라본 현중은 피식 웃고는,

"아무튼 대륙이나 여기나 간덩이는 쥐벼룩만도 못한 것들이 설치네."

이미 김주현은 강의실을 나가는 순간 현중의 뇌리에서 사라졌다.

하지만 그런 김주현과 현중의 싸움은 그것을 본 여자들이 더욱 현중에게 열광하는 계기를 만들어줬을 뿐이다.

하지만 수업이 거의 끝나갈 무렵 현중은 N대 총장의 호출을 받아야만 했다.

"아, 좀 조용하게 학교생활을 하고 싶다. 정말."

이미 대충 어떻게 된 건지 테른에게 들어서 알고 있는 현중은 그냥 무시할까 하다가 그래도 졸업장은 받아야 했기에 가

보기로 했다.

호출한다는 말을 전해준 학과 조교를 따라 현중이 강의실을 나갔다. 그러자 강의실에 있던 여학생 전부가 현중을 따라 강의실을 나가 버리는 웃기지도 않는 상황이 벌어졌다.

똑똑.

"김현중 학생 데려왔습니다."

"들여보내."

총장실 안에서 총장의 답이 들려왔다. 뭔가 못마땅한 듯 목소리가 툴툴거리는 느낌을 받은 현중이 안으로 들어가자 총장은 거만하게 소파에 앉아서 현중을 아래위로 살펴보고는 앉으라는 말도 없이 다짜고짜 소리부터 질렀다.

"너! 뭐하는 놈이야!"

"……?"

학교 총장이 갑자기 소리치면 웬만해서는 겁에 질리거나 놀라게 마련인데 현중은 오히려 그런 총장을 향해 슬쩍 웃었다.

"어쭈, 웃어? 야! 너 어떤 놈이길래 이사장님 손자를 건드리는 간 큰 짓을 한 거야!!"

다짜고짜 큰소리부터 치는 모습이 아무리 봐도 국내 명문대라고 소문난 N대의 총장이라고 생각되는 모습이 아니었다.

현중은 총장과 눈이 마주칠 때 벌써 알고 있었다. 지금 총장이 어떤 상태인지도. 이사장으로부터 한소리 들어서 기분이 나쁜 것을 자신에게 화풀이하는 중인 것이다.

"선배에게 말을 함부로 하기에 그냥 몇 마디 해주었을 뿐입니다."

"선배? 흥!! 웃기는 소리 하고 있네. 겨우 고아 주제에 지랄하지 말고 얼른 이사장님에게 전화해서 사과해!"

오히려 시비를 건 것은 김주현인데 총장은 현중 보고 이사장에게 사과하라고 하는 것이다.

그 와중에 총장실이 열리면서 김주현이 들어왔다.

"어이, 선배, 이곳에서 다시 보네요."

현중은 고개만 돌려 김주현을 보고는 그대로 무시하고 총장을 바라봤다. 아마 미리 김주현을 불렀거나 아니면 김주현이 시켰을 것이다. 이미 학교에 입학할 때부터 학교의 총장이 이사장의 끄나풀이라는 소리도 듣고, 이사장의 심복이라는 말도 들은 적이 있다. 하지만 평범한 자신이 총장을 만날 일이 없기에 그냥 무시했는데 지금 상황을 보니 끄나풀 정도가 아니라 아예 노예 수준으로 보였다.

"선배, 그렇게 절 무시하면 안 되지요. 무사히 졸업은 해야 하지 않습니까?"

"훗, 매국노 핏줄이 어디 사라지진 않는군."

“뭣!!”

현중의 단 한마디였지만 김주현은 얼굴이 시퍼렇게 변하면서 금방이라도 현중을 향해 달려들 기세였다.

“누가 그따위 개소리를 해!! 너야? 응? 너냐고!!”

매국노라는 말에 이성을 잃어버린 듯 김주현이 현중을 향해 삿대질까지 하면서 날뛰기 시작하자 총장이 오히려 안절부절못하면서 애써 흥분한 김주현을 진정시키기 급급했다.

“건방진 새끼!! 감히 내가 누군 줄 알고!!”

총장이 막아서자 더욱 날뛰는 모습에 현중은 슬슬 기분이 더러워지기 시작했고, 총장이란 늙은이도 짜증났다.

“너 이 새끼!! 선배라고 대우해 주니까 눈에 뵈는 게 없지? 어디 평민 새끼가 말을 함부로 해!! 너 이 새끼, 당장 묻어버려 주마!!”

완전 악에 받친 김주현은 난리를 쳤고, 발악의 핵심은 바로 현중이 말한 매국노 핏줄이라는 말 한마디 때문이었다. 테른이 알아온 정보에 의하면 김주현의 외가 쪽이 바로 매국노 집안들 중 하나였다. 즉, 매국노의 핏줄을 그대로 물려받았다는 말이다.

다만 외가 쪽이고 식구들 외에는 아무도 모르는 일인데 그걸 현중이 가볍게 말하자 순간 이성을 잃어버린 것이다. 하지만 이 모든 걸 현중이 의도했다는 걸 모를 것이다.

그런데 그런 현중의 계획을 완전히 틀어버릴 일이 생겨 버렸다.

드르륵!

"누구야!!"

이미 살짝 이성을 잃은 김주현이 신경질적으로 고개를 돌리면서 소리치자 금발의 미녀가 짧은 미니스커트를 입은 채 사뿐한 걸음으로 들어왔다.

"마리아 스핏 바로슈."

현중은 의외의 인물이 나타나자 자신도 모르게 마리아의 이름을 말했다.

그런데 의외로 총장이 갑자기 벌떡 일어서더니,

"어떻게 갑자기 이렇게……."

뭔가 이상한 분위기에 들이닥친 마리아의 모습에 미친 듯 소리치던 김주현도 당황한 듯 꿀 먹은 벙어리마냥 입을 다물었다.

그녀는 총장과 아는 사이인 듯했다.

"제가 못 올 곳에 왔나요?"

"무슨 그런 말씀을……."

총장이 급히 김주현에게 눈치를 주자 별수 없이 김주현은 잠시 자신의 옷매무새를 만졌다가 총장실을 나가면서 현중을 한 번 째려보고는 마리아를 향해 웃으면서,

"오랜만에 뵙습니다."

"그러네요."

"자네도 나가보게."

총장이 현중에게 나가라는 듯 손짓했다. 현중은 이대로 계속됐으면 손쉽게 김주현을 처리할 수 있었다는 사실이 아쉬웠지만 이번에는 그냥 물러나기로 했다.

하지만 그렇게 뒤돌아 나가려는 현중의 손목을 잡으면서 마리아가 막았다.

"현중 씨, 이번에는 잠시 나와 이야기할 수 있겠죠?"

"…하아, 역시나……."

너무나 절묘한 타이밍에 마리아가 들어왔다는 것이 살짝 의심이 되었는데 역시나였다. 그녀는 현중이 저번처럼 거절할 수 없는 타이밍을 노린 것이다. 현중이 거절하기에는 상황이 묘했다.

"그럼 총장님, 다음에 뵙죠. 오늘은 현중 씨에게 볼일이 있어서 왔거든요. 그럼."

상냥하게 웃으면서 현중의 손을 잡고 나가는 모습을 물끄러미 바라본 총장과 문밖에서 현중이 나오면 충고 한마디 하려던 김주현은 넋 놓고 바라만 봐야 했다.

"도대체 현중 저 학생이 누구길래 영국 템플재단의 이사장이 직접 만나러 온단 말인가."

　현재 N대학과 제휴를 맺은 UCL대학의 이사장과 재단위원
장까지 맡고 있는 사람이 바로 마리아 스핀 바로슈 백작이었
다.

　UCL대학은 노벨상만 스물일곱 명을 배출한 영국에서 가장
오래되고 권위있는 곳으로, 세계에서도 알아주는 대학이다.
그런 대학의 뒤를 든든한 재력으로 받쳐주는 템플재단이 어
찌 보면 더 대단할지도 몰랐다.

　그 두 곳 모두를 손에 쥐고 있는 사람이 바로 마리아였다.

　아마 N대학에서 발언권만 따진다면 이사장 이상 급이었
다. N대학이 UCL대학에서 얻는 이득이 너무나 많기에 마리
아의 말 한마디면 총장도, 이사장도 크게 대꾸를 못할 정도였
고, 실제로 N대학교에 많은 돈도 쓰는 중이었다. 장학금부터
시설 확충까지 거의 엄청난 자금을 들여와 뒤를 봐주고 있는
템플재단의 이사장이 현중에게 관심을 가진다는 것은 총장과
김주현에게 충격 그 이상이었다.

　"아, 그리고 김주현 씨."

　마리아는 김주현을 지나치다가 슬쩍 돌아보았다. 현중의
손을 놓은 그녀는 조용히 김주현의 눈동자를 바라보며 살기
를 피워 올렸다. 그녀가 나직하게 말했다.

　"현중 씨는 너 같은 인간이 함부로 할 수 있는 분이 아니
다. 현중 씨에 대한 모든 관심을 꺼라. 알겠나?"

“…네.”

살기에 질려 버린 김주현이 자신도 모르게 고개를 크게 끄덕이면서 대답했다. 그러자 언제 그랬냐는 듯 살기를 거둬들인 마리아는 웃으면서,

“지금 그 말 이사장한테도 그대로 전해주세요. 템플재단의 이사장인 나 마리아 스핀 바로슈 백작의 이름으로 전한다고 말이죠.”

“네… 에.”

김주현과 이야기가 끝난 마리아는 고개만 돌려 총장을 보더니,

“무슨 뜻인지 아시죠, 총장님?”

“네, 잘 알겠습니다.”

“그럼 전 이만 실례할게요. 훗~”

가볍게 웃음을 날리면서 뒤돌아 현중의 곁으로 다가간 마리아는 다시 현중이 도망갈까 싶은지 팔목을 잡고는,

“이제 가죠.”

“…제가 총장실로 불려가기를 기다리고 있었군요.”

누가 봐도 이건 계획적이었다. 특히나 테른이 미처 파악하지 못한 곳에서 그녀가 튀어나왔으니 오죽하겠는가.

“원래 은혜는 확실히, 원수도 확실히라는 말이 있어요.”

“그렇군요. 은혜는 확실히라……. 뭐 저 두 사람이 더 이상

나를 귀찮게 하진 않을 것 같지만."

차마 마리아 당신이 귀찮게 할 것 같다는 말은 하지 않았다.

그리고 마리아에 대해서 궁금한 것도 있기에 호기심도 풀 겸 이야기를 해보기로 했다.

"현중 씨는 저녁 먹었어요?"

"방금 수업이 끝났습니다."

"그럼 뭐 먹으러 가죠. 오토바이를 타고 왔지만, 괜찮죠?"

설마 그 짧은 미니스커트를 입고 오토바이를 타고 왔다는 말을 믿으라는 건가 하는 생각은 주차장에 와서 싹 사라졌다. 정말 오토바이가 서 있었고, 전에 마리아가 타고 있던 것과 같은 것이었다. 하지만 역시나 미니스커트 입고 오토바이 타는 여자를 본다는 건 아직 현중으로서는 용납이 안 되는 쪽이었다.

"제 차로 가죠."

"어머! 그럼 저를 처음으로 태워주시는 거예요? 맥라렌 F1 예요?"

이미 자신이 그 누구도 차에 태워준 적이 없다는 것까지 알고 있다면 지금까지 감시했다고 실토하는 것과 마찬가지였다. 솔직히 마리아 같은 사람이 평범한 조직에 있다고 생각하진 않았다. 그렇기에 가능하면 부딪치기 싫어서 모른 체했지만 그 결심이 역시나 오래가진 않는 듯했다.

그리고 특별히 누군가를 태우지 않으려고 한 것도 아니다.

사람들이 스스로 겁먹고 현중에게 가까이 오지 않았고 태워달라고 말한 이가 없었을 뿐이다.

"타요."

마치 날개를 연상시키듯 대각선 위쪽으로 열리는 문을 지나 안을 보니 중앙에 운전석이 있고 양 뒤쪽으로 보조석이 있는 3인승이었다.

"왼쪽? 오른쪽? 어디가 편하세요?"

"상관없어요, 전."

"그럼 왼쪽으로 탈게요."

서슴없이 차로 들어가더니 현중의 왼편에 앉았다. 그리고 현중이 올라타자 마치 독수리가 날개를 접듯 천천히 내려온 문이 닫혔다. 현중이 시동을 켜자 마치 비행기를 연상시키는 듯 수많은 계기판에 불이 들어왔다.

부우우우웅~

낮으면서도 공기를 울리는 엔진음을 뒤로하고 현중의 차는 그렇게 학교를 벗어났다.

하지만 학교가 발칵 뒤집어진 것은 현중이 학교를 벗어난 뒤였다.

"총장님, 도대체 뭡니까?"

김주현은 도저히 믿어지지 않는다는 듯 총장에게 신경질적으로 물었지만 오히려 총장이 김주현에게 물어보고 싶은 심정이었다. 모두 김주현의 말만 듣고 현중을 불렀는데 설마 거기서 템플재단의 이사장인 마리아가 나타나서 현중을 데리고 갈 줄 누가 알았겠는가?

"할아버지도 모르는 일입니까?"

"네, 도련님. 급히 제가 통화해 보니 오히려 저에게 물어보셨습니다. 어째서 템플재단의 이사장 바로슈 백작께서 평범한 고아인 김현중을 알고 있는지를요."

"미치겠네, 정말. 젠장할!"

평범한 평민으로 생각했던 현중이 어느 순간 자신보다 훨씬 위에 있는 존재가 되어버린 것이다. 그리고 김주현은 은근히 마리아를 마음에 두고 있었는데 방금 전에 있었던 상황으로 자신이 완전히 그녀에게 찍혔다는 것을 알고는 그 모든 분노를 현중을 향해 쏟아 붓는 중이었다.

"알아보세요, 자세하게. 템플재단에서 그깟 평민 놈을 찾아갈 이유가 없으니까요."

"네, 도련님."

아직 뭔가 착오가 있을 것이라고 생각하는 김주현이지만 너무나도 생생했던 마리아의 눈빛과 온몸을 죄여오는 느낌을 생각하면 지금도 소름이 돋아 머리가 쭈뼛쭈뼛 서는 기분이었다.

하지만 아무리 조사를 해도 나오지 않을 것이다. 이미 템플 재단에서 현중에 대한 정보를 차단하고 있기 때문이다. 현중은 모르지만 테른은 알고 있었다. 다만 이득이 되기에 그냥 두고 보고 있을 뿐이었고, 그 외 누군가 현중을 조사하려고 하면 템플재단에서 먼저 모두 막아버렸다. 그렇기에 김주현이 조사할 수 있는 것도 오직 군대 가기 전의 기록뿐이었다.

김주현이 이렇게 패닉에 빠져서 허우적거리고 있는 시간, 대학교 여학생들은 신문부에서 급히 날린 한 통의 문자로 난리가 나서 모두 현중의 차인 맥라렌 F1이 서 있던 주차장으로 몰려가는 중이었다.

[김현중 선배의 애마 맥라렌 F1에 처음으로 탑승한 여성 발견]이라는 문자와 함께 한 통의 사진이 신문부 사이트에 올라왔는데, 금발의 늘씬한 미녀가 현중과 손을 잡고 차로 다가가는 모습이 찍혀 있었다. 그걸 본 여학생들은 비명을 지르고 난리도 아니었다.

"배신이야!"

"어떻게 외국 여자를!!"

"아니야! 이건 아닐 거야!!"

다들 사진을 믿을 수 없다는 듯 신문부로 쳐들어갔고, 결국 디지털 카메라에 찍혀 있는 원본 파일을 보고서는 망연자실

했다. 그런데 신문부의 부장이 이상한 말을 한 것이다.

"현중 선배와 같이 있던 여성… 왠지 UCL대학의 이사장 같지 않아? 전에 본 적이 있는데……."

아무튼 현중 때문에 학교가 발칵 뒤집어졌지만 전혀 그 사실을 모르는 현중은 옆에서 마리아가 자신이 잘 아는 식당으로 가고 싶다는 말에 천산호텔로 갈 수밖에 없었다.

천산그룹에서 운영하는 이 호텔은 국내 몇 개 없는 오성급 호텔이었다.

부우우웅!

끼익!

현중의 맥라렌 F1이 호텔 입구에 들어서자 입구에서 안내를 담당하던 직원은 눈이 찢어질 만큼 놀랐다. 설마 저 차를 실제로 볼 줄은 몰랐던 것이다.

호텔 입구에서 손님의 차를 받고 안내를 하는 업무를 하는 특성상 국내는 물론이고 세계의 웬만한 차는 다 외우고 있었다. 람보르기니나 페라리도 가끔이지만 호텔로 오긴 했다. 하지만 맥라렌 F1은 지금까지 단 한 번도 온 적이 없었던 것이다.

그런데 그걸 오늘에서야 봤다.

끼이익!

마치 커다란 독수리가 날개를 펴듯 양쪽 문이 열리면서 윈

편에서 금발의 미녀가 내리고 운전석에서 이제 20대 중반으로 보이는 젊은 남자가 내리자 급히 다가갔다.

"어서 오십시오. 천산호텔을 찾아주셔서 감사합니다."

현중은 급히 다가온 직원에게 키와 함께 주머니에 있던 만 원짜리 몇 장을 꺼내주었다.

"확실히 안전하게 모시겠습니다."

직원은 설마 꿈의 슈퍼카라는 맥라렌 F1을 자신이 몰아보게 될 줄은 몰랐는지 재빨리 다가가서 운전해 보고는 감동의 쓰나미를 느꼈다고 한다. 뭐 두고두고 자랑거리가 되긴 했을 것이다.

그리고 현중과 마리아가 호텔 입구에 들어서자 마치 기다렸다는 듯 호텔 지배인이 다가왔다.

"기다리고 있었습니다. 천산호텔을 맡고 있는 지배인입니다. 이쪽으로 오십시오."

그가 현중과 마리아를 안내해서 간 곳은 호텔 레스토랑이었다. 마리아가 미리 준비해 둔 것인지 현중이 자리에 앉자 자연스레 음식이 나오기 시작했다. 확실히 맛은 있었지만 마리아가 신경 쓰여 현중은 대충 음식을 먹으면서 조용히 입을 열었다.

"그쪽이 제게 관심을 가지는 게 이해가 되지 않는군요."

아무리 생각해도 마리아가 현중에게 관심을 가질 이유는

오직 하나, 돈뿐이었다.

하지만 일개 개인으로 보면 분명히 많은 돈이지만 그건 개인에 국한될 뿐이다. 그리고 이미 살아온 세월이 몇 년인데 현중도 눈치만으로 마리아의 위치가 최소 일개 단체의 수장 정도임을 알고 있었다. 소드 마스터가 국가를 제외하고 누구 부하로 있는 건 아무래도 좀 어울리지 않는다고나 할까? 아니, 여자이니 결혼을 했다면 어쩌면 가능할지도 모른다는 생각을 했다.

하지만 과연 소드 마스터를 아내로 맞아들일 간 큰 남자가 있을까? 그리고 소드 마스터의 눈에 들 만한 남자가 있을까 하는 생각을 해보니 대륙에서 왜 여성 소드 마스터가 없는지도 어느 정도 이해가 되었다. 남성과 달리 여성은 결혼을 하게 되면 좀 복잡해지는 경우가 생기게 된다. 대륙에서도 남자가 가문을 물려받고, 여성은 결혼하면 남자 쪽에 가게 되는데 만약에 여자 소드 마스터가 가지는 무력을 생각하면 한 국가에서도 쉽게 결혼을 허락할 리가 없다.

국외로 시집가는 경우, 지금 시대로 말하자면 핵탄두 하나가 다른 나라로 그냥 가는 것이 아니겠는가?

"그래요? 현중 씨는 충분히 매력이 있다고 생각되는데요?"

"훗, 그건 아니라고 봅니다. 본론을 말하시죠. 일부러 타이밍 맞춰서까지 나타났다면 이번에 거절해도 역시나 또 어떻게든 접근할 게 뻔하기에 그냥 승낙한 것뿐이니까요.”

현중이 아예 터놓고 이미 그쪽의 꼼수를 다 알고 있으니 인사치레를 그만하라고 일렀다. 약간 말만 바꾼 거지 직설적인 그 태도에 마리아도 웃었다.

“뭐 충분히 억지스러운 등장이긴 했지만 제 생각은 아니에요.”

“그래요?”

아직 잘은 모르지만 현중이 소드 마스터가 거짓말을 할 리는 없다고 생각하고 있는데 누군가 다가오는 게 느껴졌다.

“이런이런, 제가 좀 늦었군요.”

약간 익숙한 기운이라 생각했는데 역시나 현중의 뒤에서 나타난 사람은 알렌 스핏이었다. 증권가의 큰손으로 불리고 미국을 움직이는 사람 중 한 명으로 불리는 남자, 아니, 노인이라고 해야 하나?

“두 번째 만남이군.”

알렌 스핏은 인자하게 웃고 있지만 현중은 저번과 달리 이번에는 천심통을 발휘해 알렌 스핏과 눈이 마주치는 순간 마음을 읽었다.

“훗.”

알렌 스핏의 마음을 읽자 현중은 결국 웃음이 나올 수밖에 없었다. 알렌 스핏의 마음은 오로지 돈과 권력뿐이었다. 전형적인 귀족들의 사고방식까지 뼛속 깊이 박혀 있었고, 무엇보다 멍청하지 않는 귀족이란 것이 현중에게 웃음을 짓게 만들었다.

아무리 귀족 의식이 강하고 뼛속까지 귀족이라도 똑똑하면 상관없다. 즉, 최소한 미친 짓은 하지 않기 때문이다. 하지만 멍청하다면 이야기는 달라진다. 미친 짓을 하기 때문이다. 그게 귀족이 가진 양날의 검이었다.

"현중 군, 저번의 일은 내가 이 자리를 빌어서 사과하겠네."

진심이 담겨 있지 않는 거짓 웃음이지만 현중은 태연히 웃었다. 이미 이런 귀족을 상대하는 건 대륙에서 지겹도록 겪어보지 않았던가? 다만 그때처럼 힘으로 찍어 눌러 버리는 간단한 해결 방법과 달리 법이라는 테두리 때문에 어느 정도 제약이 있다는 게 약간 다를 뿐이다.

"괜찮습니다. 저에게는 그냥 지나가는 하루 일과일 뿐이니까요."

"허허허허, 젊은 사람이 마음이 제법 넓구먼. 역시 그래야 남자지. 그런데 두 분이 서로 이야기를 나누고 있었던 모양인데, 나도 이만 바빠서 실례를 해야겠네. 굳이 찾아온 것은 저번 일을 사과하고 싶은 마음 때문이니까 말야. 그럼 이만 실례."

정확하게 자기가 해야 할 사과만 형식적으로 하고 다시 자리에서 일어나 유유히 사라지는 알렌 스핏을 보고 있으니 마리아가 현중을 가만히 바라봤다.

"능숙하네요."

"무엇을 말하는 건지……?"

"저 능구렁이를 상대하는 걸 보니까요."

"후훗. 사람 대하는 게 다 그런 거죠. 웃는 얼굴에 침 못 뱉는다는 말도 있으니까요."

몇 마디 나눠봤지만 역시나 말로써 어떻게 해볼 수 없다는 생각을 했는지 마리아는 조용히 입을 열었다.

"현중 씨, 당신에게 묻고 싶은 게 있어요."

진지하게 물어보는 마리아와 달리 현중은 웃으면서 살짝 여유 부리는 모습까지 보여주었다.

"물어보세요. 그러라고 일부러 동행한 거니까요."

"당신, 누구에게 배웠죠?"

긴 말도 필요 없이 바로 직설적으로 묻는 말에 현중은 웃으면서,

"혼자 수련했습니다."

거짓말은 아니었다. 대륙에서 드래곤이 옆에서 조언을 해주긴 했지만 원칙적으로 마법의 생물인 드래곤이 마법을 쓰지 못하는 치우천황무를 가르쳐 줄 수는 없는 법이니까.

"그게 가능하다고 생각하나요?"

마리아는 믿지 않는 분위기였지만 거짓말은 아니다. 다만 80년이라는 엄청난 세월이 걸릴 뿐이다. 세 번의 환골탈태와 온몸을 단전화시키는 무식한 내공심법에 마법은 포기하지만 천기를 받아들이고 신의 술법을 조금 쓸 수 있는 장점도 있는 괜찮은 무공이 치우천황무였다.

"전 가능했습니다."

"하아, 거짓말은 아닌 것 같군요."

제법 눈썰미가 있는 것이 제대로 수련을 하긴 한 모양이다. 하지만 이곳 지구에서 과연 어떻게 수련해야 20대에 소드 마스터에 오를 수 있을까 하는 의문이 잠깐 생긴 현중이 물었다.

"이번에는 내가 물어볼 차례군요."

"네. 주는 게 있으면 받는 것도 있어야겠죠. 물어보세요."

"어떻게 수련해서 마스터가 되었죠? 제가 알기로 여성이 마스터에 오르기는 남자보다 적어도 1.5배는 더 힘들다고 알고 있는데."

"잘 아시네요. 마치 마스터의 존재를 알고 있는 것처럼 말이에요."

현재 마리아가 알기로 마스터의 경지에 오른 인물은 모두 네 명뿐이었다. 영국에는 마리아 자신이 있고, 일본에 한 명,

미국에 한 명, 그리고 중국에 한 명이었다. 공식적 조사이긴 하지만 비공식이라도 네 명뿐이라는 게 정설이었다.

그러다 보니 마스터와 마스터가 서로 만나거나 인사 정도는 하지만 마스터끼리 친하게 지내거나 하는 것은 하늘의 별 따기보다 어려웠다. 국가적으로 마스터끼리의 친분적 접촉을 금지하는 것도 있지만, 마스터끼리 만나면 꼭 필연적으로 한판 붙었다. 그리고 그 싸움에는 절대적으로 누구도 끼어들 수 없기에 나라에서 아예 일정 이상 친해지는 것을 막아버린 것이다.

하지만 현중은 달랐다. 대륙에서 마스터를 길 가는 돌멩이보다 자주 보았고, 수련을 핑계로 쥐어 패기를 밥 먹듯 했으며, 그중에 특출하게 강해서 소드 마스터를 초월했다고 까부는 자신의 제자를 비 오는 날 먼지 나게 팬 적도 있기에 마스터는 그리 신기한 게 아니었다.

"그럴 수도, 아닐 수도 있죠."

"현중 씨는 여유가 넘친다랄까? 당황하는 걸 보기 힘들어요. 마치 모든 걸 알고 있다는 듯한 그 눈빛이 말이에요."

마리아는 노골적으로 현중에게 추파를 던지면서 부드럽게 말했지만 현중은 이미 마리아의 목적이 뭔지 알고 있었다.

"저에게 원하는 걸 말하세요."

"훗~ 저랑 맞장 떠요."

“…맞장! 하하하하하!”

대련을 신청합니다, 한 수 가르쳐 주세요 하는 단어가 익숙한 현중은 주위에서 시선을 붙잡을 만큼 대단한 미녀인 마리아의 입에서 나온 단어치고는 너무나 생소해서 결국 크게 웃어버렸다.

“왜 그러죠? 맞장… 이게 아닌가? 결투를 신청합니다, 이래야 하나요?”

“하하하, 아니요. 그냥 상관없어요. 다만 단어를 쓰는 연령대가 좀 다를 뿐이죠.”

너무나 유창한 한국어를 하는 마리아이기에 잠깐 간과했으나, 그녀도 결국 외국인이다. 외국인의 시선에서 맞장과 결투의 의미는 같지만 그 말을 쓰는 연령대가 다르다는 것은 이해하기 힘들었나 보다.

표준어 위주로 익혔을 것이 뻔한 마리아에게 맞장이란 말이 나오다니 기분 좋게 웃어버린 현중이었다.

“이제 다 웃었으면 대답을 듣고 싶은데요.”

“정말 저와 대련을 원하십니까?”

“네.”

하지만 현중이 걱정하는 건 자신의 기운이었다. 너무나 패도적이고 파괴적이라 아무리 힘 조절을 한다고 해도 여자를 때린다는 게 왠지 내키지 않았다. 마음이 그러니 당연히 선뜻 대답하기는 힘들었다.

"음……."

현중이 고민하는 것 같자 마리아는 대번에 현중이 뭘 고민하는지 눈치챘다.

"전 여자이기 전에 기사예요. 기사에게 성별을 가리는 건 무례예요."

단호하게 여자가 아니라 자신은 기사라고 말하는 마리아를 보고 현중은 웃었다. 어지간히도 고지식한 집안에서 자랐나 보다. 하긴 그런 고지식함이 있으니 저 나이에 마스터에 올랐을 지도 모르지만, 아무튼 거절한다고 해도 아마 끝까지 지금처럼 귀찮게 할 것 같았다.

원래 소드 마스터들의 무에 대한 열망은 거의 병적이라 어떻게 말린다고 말릴 수 있고, 피한다고 피할 수 있는 수준의 문제가 아니라는 것은 현중도 잘 알고 있었다.

그럼 방법은 하나뿐이었다. 확실하게 굴복시키는 것!

"알겠습니다. 그럼 기사로서 받아들이죠."

"예스!"

주먹을 움켜쥐면서 기쁨을 온몸으로 표현한 마리아는 그 후로 영국 이야기 등 몇몇 이야기를 했지만 별 영양가는 없었다.

거의 두 시간에 가까운 코스 요리가 끝날 때쯤 마리아는 이미 현중에게 반말을 하고 있었다.

"그럼 현중, 내가 전화하면 되지?"

"편할 때 연락하세요."

현중은 여전히 존댓말을 하는 반면 마리아는 뭐가 그리 신 났는지 싱글벙글 웃으면서 자리에서 일어나더니 나가자고 했 다.

"그럼 이제 현중에게서 위성 감시를 풀어줄게."

"위성 감시까지 한 겁니까? 전 보잘것없는 일개 대학생입 니다. 돈이 좀 많을 뿐이죠."

"후훗, 마스터를 능가할지도 모르는 사람한테 위성 감시 도 오히려 부족하지. 안 그래? 그보다 끝까지 존댓말할 거 야?"

"전 이게 편합니다."

마치 무언의 벽을 만들어놓은 듯한 현중의 태도에 잠시 좀 더 고집을 부려볼까 생각하던 마리아는 그냥 포기했다. 혹시 나 마음이 바뀌어서 도망 다니면 피곤해지는 건 자기니까 말 이다.

"알았어. 하지만 난 그냥 계속 반말한다?"

"편할 대로 하세요. 저보다 누님이시니 상관없습니다."

"응? 나 나이는 이야기한 적 없는데?"

그렇다. 현중에게 마리아는 자신의 나이를 이야기한 적이

없다. 하지만 현중은 조용히 웃으면서,

"그냥 보면 알아요."

"바람둥이군. 그래; 정확하게 한 살 많아. 올해 스물일곱 살이니까. 뭐, 마스터의 경지에 올라서 그런지 아직도 20대 초반이란 소리를 많이 듣긴 하지만."

노화가 20대 초반에 중지되었다면 이미 마스터에 오른 지 제법 되었다는 말이다. 마스터의 경지에 이르는 순간 노화가 멈춘다. 그리고 마스터의 경지를 넘어서는 벽을 맞이하면 오히려 젊어지는 단계에 이르고, 그 벽을 넘으면 몸이 재구성되는 환골탈태가 이루어지는 것이다.

세 번이나 환골탈태를 이룬 현중에게 지금 마리아는 한마디로 유치원생이 온갖 무술을 배운 고수에게 한판 붙어보자고 하는 것이나 마찬가지였다.

"좋겠네요."

"너도 노화가 멈추지 않았어?"

마스터의 경지에 오른 그녀가 알아볼 수 없는 경지면 이미 노화가 멈춘 것이 분명한데 현중은 오히려 하늘을 보면서,

"그냥 평범하게 사는 게 꿈인 사람도 있는 법이니까요."

뭔가 의미 모를 말을 하고는 약간 쓸쓸하게 웃었다.

"그보다 나, 오토바이 학교에 두고 왔는데 데려다 줄 거지? 알렌 그 영감은 벌써 호텔을 나간 모양이니 데려다 줄 사람이

없거든.”

마치 오래된 친구처럼 허물없이 대하는 마리아의 모습에 조금은 어색하면서도 왠지 이유를 알 수 있을 것 같기도 했다.

강자는 고독하다. 그건 필연적인 필수 요소다.

강자에게는 부하만 있을 뿐이다. 친구는 같은 경지에 있거나 최소한 이야기를 하면 받아줄 수 있는 정도의 능력은 되어야 했다. 하지만 지금 지구에서 마스터가 몇 명이나 있는지 현중은 아직 몰랐다. 테른에게 알아보라고 하면 금방 알 수 있겠지만 굳이 그러진 않았다.

현중도 강자였고, 대륙에서는 모두가 현중의 발아래 있었다.

그렇기에 마리아가 겪고 있는 고독이 어떤 건지 너무나 잘 알고 있었다. 현중은 그냥 마리아를 친구 정도로 살짝 받아들일까 고민하는 단계에 있었다.

그나마 현중은 드래곤이 있었기에 대륙에서 생활이 외롭지 않았지만 지금 마리아는 아마 처음으로 자신과 비슷하거나 더 위일지도 모르는 경지의 사람을 만났을 것이다.

자신과 이야기를 나누고 대화가 통하는 경지에 있는 사람을 처음 만났다는 것은 아무래도 어느 정도 친근감을 유발시키는 이유이기도 했다.

“네, 그러죠.”

현중은 그냥 마리아를 있는 그대로 보기로 했다. 나중에 적이 될지도 모르지만 최소한 마스터의 경지에 오른 자라면 이 정도는 받아줄 용의가 있기 때문이다. 그리고 그럴 자격도 있었다.

그렇게 현중이 호텔을 막 나서는데 느닷없이 검은 선글라스에 야구 모자를 쓴 여자가 현중에게 다가왔다.

“……?”

“……?”

상대에게서 아무런 기운도 느껴지지 않기에 우선 가만히 있었는데 유심히 현중을 살펴보던 여자는 손뼉을 크게 치면서,

짝!

“역시 맞았어!”

마치 기다리던 사람을 만난 것처럼 활짝 웃으면서 안경과 모자를 벗는 게 아닌가. 그런데 안경과 모자를 벗은 여자의 모습은 현중도 익히 알고 있는 사람이었다.

“두 번째죠? 이름 모를 남자 분.”

손을 쑤욱 내밀면서 악수해 달라고 하는데 현중은 그런 여자의 모습에 피식 웃으면서 반갑게 인사했다.

“저 세희예요. 설마 잊은 건 아니죠?”

현중도 설마 이곳에서 팅클 멤버인 세희를 만날 줄은 몰랐는지 살짝 당황했지만 그녀가 내민 손이 어색하지 않게 마주 잡아 살짝 악수해 주었다.

"참 대단한 분이에요. 그렇게 도와주고도 흔적도 없이 사라지다니……."

세희는 뾰로통해 현중을 향해 핀잔 같은 말을 했지만 현중은 그저 웃을 뿐이다. 그냥 군대에 있을 때 외로움과 고단함을 풀어준 보답으로 구해줬을 뿐이었기에 굳이 뭘 바란 것은 아니었다.

"지나가는 길이었으니까요."

"훗. 정말 그때는 제정신이 아니라서 고맙다는 인사도 못 했네요."

세희는 방송에서 자주 보던 환하게 웃는 얼굴로 고개까지 숙이면서 현중에게 인사했다. 그 모습에 마리아가 의외라는 듯 현중을 바라봤다.

그런데 역시나 연예인은 매니저가 있었다.

"세희야!! 어디 있어!!"

호텔 입구를 나온 양복 입은 남자가 급하게 세희를 찾자 그녀는 잠시 현중을 바리케이드 삼아 슬쩍 뒤를 보더니,

"쳇, 벌써 눈치챈 건가 ? 귀신같은 매니저 오빠네."

뭔가 아쉬운 듯 한소리 하더니 현중을 보고는,

"오빠죠?"

"그럴지도, 아닐지도 모르지."

"그럼 오빠라 부를게요. 휴대폰 있어요?"

"휴대폰?"

세희는 무턱대고 현중의 주머니에 손을 몇 번 대더니 곧 휴대폰을 찾아서 번호를 눌렀다. 그리고 자신의 주머니에서 휴대폰을 꺼내 곧 통화 버튼을 눌렀다 끊어버리고는,

"제 번호예요. 나중에 전화 주세요. 목숨을 구해줬으니 최소한 밥 한 끼는 사야 저도 면목이 설 거 아니에요?"

귀엽게 웃으면서 혀를 살짝 내밀고는 곧 발랄하게 뛰어서 매니저와 함께 호텔 안으로 사라져 버렸다. 세희를 보던 현중은 뭔가 당했다는 느낌이 들었지만 그리 기분 나쁜 건 아니었다.

현중은 역시 대륙에서 너무 오래 있었나, 아니면 세상과 좀 동떨어져 살고 있었나 하는 기분이 약간은 들긴 했다.

"후훗, 인기 많네? 쟤들, 제법 알아주는 연예인인데……."

"그냥… 약간의 인연이 있었죠."

현중이 마리아의 놀리는 말을 그냥 대충 웃어넘기자,

"목숨을 구해준 게 약간의 인연이면 대련하는 난 인연 축에도 못 끼겠네?"

씨익~

현중이 대답 대신 웃으면서 호텔 입구를 나서자 현중의 맥라렌 F1이 다시 현중 바로 앞에 섰다.

"고객님, 여기 있습니다."

"수고했어요."

현중은 직원에게 키를 넘겨받을 때 만 원짜리 몇장을 더 쥐어주었다.

"감사합니다, 손님!"

머리가 땅에 닿을 정도로 깊게 인사를 하는 직원을 뒤로하고 현중과 마리아가 탑승한 맥라렌 F1은 도로로 사라졌다.

호텔 안에서 현중을 관찰하고 있던 세희는 현중이 맥라렌 F1을 타고 사라지는 모습에 놀라고 있었다.

"언니, 뭐해?"

가장 나이가 어린 소희가 다가오면서 물어보았다. 소희가 본 세희는 입가에 미소가 가득한 것이 같은 팅클 멤버인 소희도 처음 보는 표정이었다.

"언니? 언니?"

몇 번을 물어봐도 호텔 밖만 보는 세희를 결국 소희는 팔까지 잡고 흔들어서야 시선을 돌릴 수 있었다.

"언니, 뭐하는데 그렇게 밖만 봐? 혹시 뭐 멋진 남자라도 봤어?"

"후후훗, 소희야, 소희야, 우리 귀여운 소희야~"

갑자기 입이 귀에 걸린 듯 크게 웃던 세희는 소희를 크게 안으면서 그녀에게 살짝 속삭였다.

"찾았어, 그 사람을."

"응? 찾다니? 뭘?"

순간 무슨 말인지 몰라서 다시 되물어오는 소희에게 세희는 매니저가 조금 멀리서 한참 통화 중인 것을 확인하고서야,

"슈퍼맨을 찾았어."

"……!!"

소희는 세희의 말에 눈을 동그랗게 뜨면서 귀여운 얼굴이 잠시 굳어버렸다. 하지만 곧 표정을 풀며 세희에게 정말이냐고 눈으로 물었다. 세희는 웃으면서 휴대폰을 흔들어 보였다.

"슈퍼맨 번호 땄어."

이미 슈퍼맨이라는 이름이 보이는 번호가 세희의 휴대폰에 분명히 적혀 있었고, 조금 전 매니저가 세희를 찾아서 잠시 돌아다녔다는 것을 생각한 소희는,

"그럼… 방금?"

"응. 진짜 우연이었어. 소희 너는 그때 다쳐서 그 사람 얼굴 못 봤지?"

"응."

지금이야 다리에 흉터가 거의 사라졌다. 소속사에서는 완벽하게 수술로 흉터를 없애 버릴 수 있었는데도 그렇게 하지

않았다.

인질 사건으로 인해 팅클은 완전히 국민 아이돌이 되었고, 그때 다친 소희는 지금에 와서는 거의 국민여동생 수준으로 인기를 끌고 있기에 다친 흉터를 남겨둔 것이다.

뭐 그렇다고 보기 흉할 정도는 아니고, 자세히 보면 보일 정도만 남겨두었다. 아직 소희는 열여덟 살이었기에 소속사에서 부모를 구워삶아 흉터의 보존을 허락받았다.

“근데 언니, 정말 맞아?”

“응, 확실해. 내가 사람 얼굴 기억하는 건 확실하잖아.”

소희는 그동안 몇 명의 연예인 남자들이 자신이 팅클을 구했다는 식으로 루머를 퍼뜨리고 접근하려고 했던 것을 생각하고 솔직히 완전히 믿진 않았다. 하지만 세희가 지금까지 그 어떤 루머에도 흔들리지 않았던 것을 생각해 보면 믿음이 안 가는 것도 아니었다. 뭐 확실한 건 소희도 직접 봐야 알 것이다.

“그럼 미희 언니한테도 말했어?”

“아직. 미희는 방에서 안 내려왔잖아.”

오늘 호텔에서 행사를 하기에 시간이 약간 남아 밥이나 먹을 생각으로 내려왔던 세희가 가장 먼저 현중을 알아봤고, 소희는 뒤늦게 와서 몰랐다. 미희는 아직 방에 있으니 그런 줄도 모를 것이다.

"그런데 정말이면 미희 언니가 가장 좋아할걸."

"아무래도 그렇겠지? 미희는 꿈에서도 몇 번 봤다고 했을 정도니까."

세희와 동갑인 미희는 팅클의 리더였다. 귀여움을 담당하는 소희와 달리 미희는 청순함을 맡았고, 세희는 아름다움을 맡았다. 각자 특색 있는 색깔을 처음부터 내세운 팅클은 원래 평범한 아이돌 수준의 인기였지만 생애 최악인 인질 사건을 무사히 겪으면서 이제는 범국민적인 수준으로 인기를 끌고 있기에 웬만한 고급 행사 초대는 기본이었다.

"매니저 오빠는 알아?"

걸 그룹에 있어 스캔들은 거의 핵폭탄 급의 치명타임은 아직 어린 소희도 알고 있었다. 그녀도 벌써 5년째 연예인 생활 중이었으니 말이다.

당연히 가장 먼저 조심하는 인물은 바로 매니저였다. 세희는 고개를 저으면서,

"설마 내가 들켰겠니?"

"후후후훗, 언니가 들킬 리가 없지."

조심성 하면 세희가 멤버 중 최고가 아니던가. 이미 매니저도 모르는 비밀이 많은 멤버가 바로 팅클이었다.

"언제 만나기로 했어?"

소희는 당연히 세희가 만나기로 했을 거라고 생각하고 물

어보자,

"매니저 오빠가 나타나서 전화번호만 급하게 땄어."

"그럼… 음, 지금은 안 되겠네. 저 눈을 피해서 연락하려면 말야."

통화가 끝났는지 자신들에게 다가오는 매니저를 보고 소희가 말했다. 세희는 급히 휴대폰을 접어서 주머니에 넣고 소희랑 그냥 일상적인 대화를 하는 척했다. 매니저가 다가오더니,

"세희야, 아까 그 남자 누구야?"

"응? 누구?"

"호텔 입구에서 세희·네가 뒤로 숨었던 남자. 얼른 말해. 이미 봤으니까."

"쳇, 벌써 본 거야?"

"내가 매니저 생활만 10년이야. 호텔 입구라서 스캔들 날까 봐 일부러 모른 척한 거야. 누구야? 보니 평범한 사람은 아닌 것 같던데……."

맥라렌 F1을 타고 호텔을 벗어나는 현중을 매니저도 봤던 것이다. 그리고 방금 통화한 것도 업무가 아니라 소속사 사장에게 전화를 한 것이었다.

"혹시 소속사 모르게 스폰서 잡은 거야?"

보통 연예인들은 스폰서가 있었다. 초기에 시작할 때 스폰

서가 있고 없고에 따라서 데뷔하는 시간이 짧게는 몇 달에서 길게는 몇 년씩이나 차이나기도 한다. 그런 경우가 많기에 당연히 물어본 거지만 오히려 세희는 도끼눈을 하고 매니저를 노려보면서,

"아니에요. 스폰서는 무슨……."

"에이, 다 봤구만. 저 나이에 맥라렌 F1을 타고 다닐 정도면 굉장한 스폰서 잡은 거 같은데 말해봐. 소속사 사장님도 스폰서면 시간을 만들어주시겠다고 했어."

"…정말 아닌데……."

국내에서 스폰서라는 게 워낙 안 좋은 이미지였다. 당연히 목숨을 구해준 현중이 그런 취급을 받는 게 좋을 리 없었다. 그러나 그것보단 매니저가 차를 보고 판단했기에 그 맥라렌 F1에 대한 것이 궁금했다.

"그런데 매니저 오빠, 맥라렌 F1을 타고 있는 거랑 굉장한 스폰서랑 무슨 상관이에요?"

아직 어린 소희가 물어보자,

"스폰서 아니야?"

"언니가 아니라고 하잖아요. 우연히 아는 사람 만난 거예요."

"정말?"

매니저는 맥라렌을 모르는 소희와 세희를 살펴보고는 혹

시나 몰래 뭔 짓을 하는지 살폈지만 역시나 모르는 눈치였다. 그리고 모른다면 스폰서가 아니라는 말도 된다.

"아, 좋다 말았네."

"매니저 오빠, 우리 이미 돈 벌 만큼 버는데 뭘 스폰서를 욕심 부려요, 정말."

소희가 핀잔을 주었지만 매니저는 오히려 무슨 소리냐는 듯,

"인기도 한때야. 너희도 알지?"

단호한 매니저의 말에 세희도 소희도 인정하긴 싫지만 고개를 끄덕였다. 인기라는 게 얼마나 허무한지는 아직 어린 그녀들도 잘 알고 있기 때문이다. 그렇기에 스폰서가 중요했다. 아무리 인기가 있어도 스폰서 없이는 오래가지 못했다.

즉, 이미지 관리를 위해서 잠수도 좀 타야 되는데 스폰서 없는 현재 팅클은 연예인 출신의 소속사 사장의 방침 때문에 개인적으로 잡는 스폰서 외에는 소속사에서 일부러 강요하진 않았다. 그러다 보니 매번 행사나 방송을 해야만 수입이 들어오는 좀 불규칙적인 생활 때문에 매니저는 가능하면 인기있을 때 좋은 스폰서 하나 잡기를 바라고 있었다.

냉정한 이야기지만 스폰서가 있음으로써 연예인 생활에 여유가 생기고 그만큼 연예 생활을 바라보는 시야와 넓이가 달라진다는 건 연예인 생활을 하는 사람이라면 누구나 알고

있는 게 아닌가.

"미희도 그렇고 세희도 그렇고, 좀 잡아봐. 너희도 벌써 스물두 살이야. 소희는 아직 어리니까 괜찮은데 세희나 미희는… 쩝."

차마 매니저로서 말할 수 없다는 듯 입을 다물었지만 매니저도 알고 있었다. 하루가 다르게 무섭게 치고 올라오는 아이돌이 하나둘이 아니었다.

당연히 소희는 아직 어리기에 괜찮지만 세희나 미희는 벌써 스물두 살이었다. 아이돌이긴 하지만 이제 서서히 나이가 들어가고 있는 것이다. 그걸 증명이라도 하듯 처음에는 세희와 미희가 인기가 있었지만 인질 사건 때 소희가 다친 이후로 소희의 인기가 급격하게 오르더니 이제는 소희가 팅클을 이끌어간다고 해도 과언이 아니었다.

처음에는 잠깐이겠지 생각했던 소속사에서도 그 현상을 인정해야 했다. 소희보다 둘의 나이가 많다보니 아무래도 국민여동생으로 떠오른 소희를 따라 잡기에는 조금 무리라는 것을 말이다.

"그니까 말해봐요. 맥라렌인지 그거 그냥 좀 좋은 스포츠카 아니에요? 보기에는 멋지긴 하던데……."

세희도 맥라렌 F1을 봤기에 대충 좋은 차구나 하는 정도였는데 매니저 말을 들어보니 뭔가 이상했다. 차만 보고 저렇게 설레발치는 매니저가 아니었기 때문이다.

"그거 국내에 있는 줄도 몰랐던 차야. 차 값만 25억짜리 슈퍼카인데 너라면 놀라지 않겠냐? 아, 아쉽네. 그래도 혹시 아는 사람이면 잘 말해봐. 스폰서 정도는 해줄 수 있는지. 설마 25억짜리 슈퍼카를 타고 다니는 사람이 연예인 한 명 정도 스폰서 못해주겠니?"

매니저는 아직 미련을 버리지 못한 듯했지만 오히려 세희는 그 말을 듣고는 멍해졌다.

"25억짜리 차요?"

아무리 연예인 생활을 했고 비싼 것 많이 봐왔지만 25억짜리 차가 있다는 말은 처음 들었다.

25억짜리 차를 타고 다닐 정도면 도대체 얼마나 부자라는 건지 상상이 가지 않는 것이다. 국내 최고 그룹이라는 단군 그룹의 회장이 타는 차도 몇 억짜리 차라고 들었기 때문이다.

"가자. 미희가 이제 내려올 거래."

매니저는 세희를 한번 슬쩍 보고는 어깨를 두드리면서,

"힘내봐. 사장님도 웬만하면 밀어주래."

"…그게 아닌데, 정말."

그때 인질 사건 때 구해준 사람이라고 한다면 당장에 매니저는 뉴스거리에 팅클을 내세울 것이 뻔하기에 차마 말하지

못하는 세희였다. 그래도 목숨을 구해준 은인인데 자신들의
유명세를 위한 도구로 쓰이는 것은 사양하고 싶었고, 이미 세
희의 마음속에도 현중이 약간은 자리 잡고 있었다.

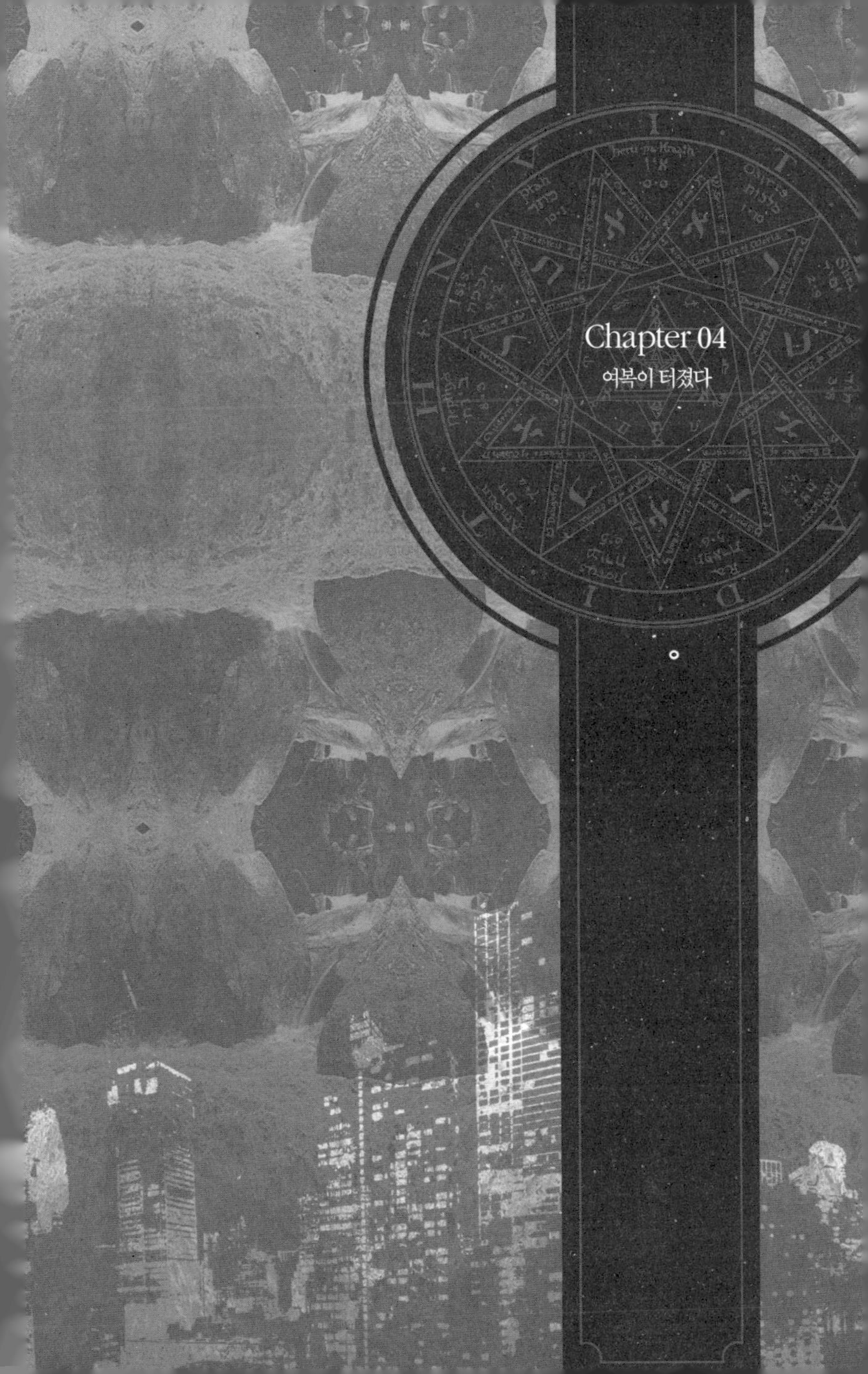
Chapter 04
여복이 터졌다

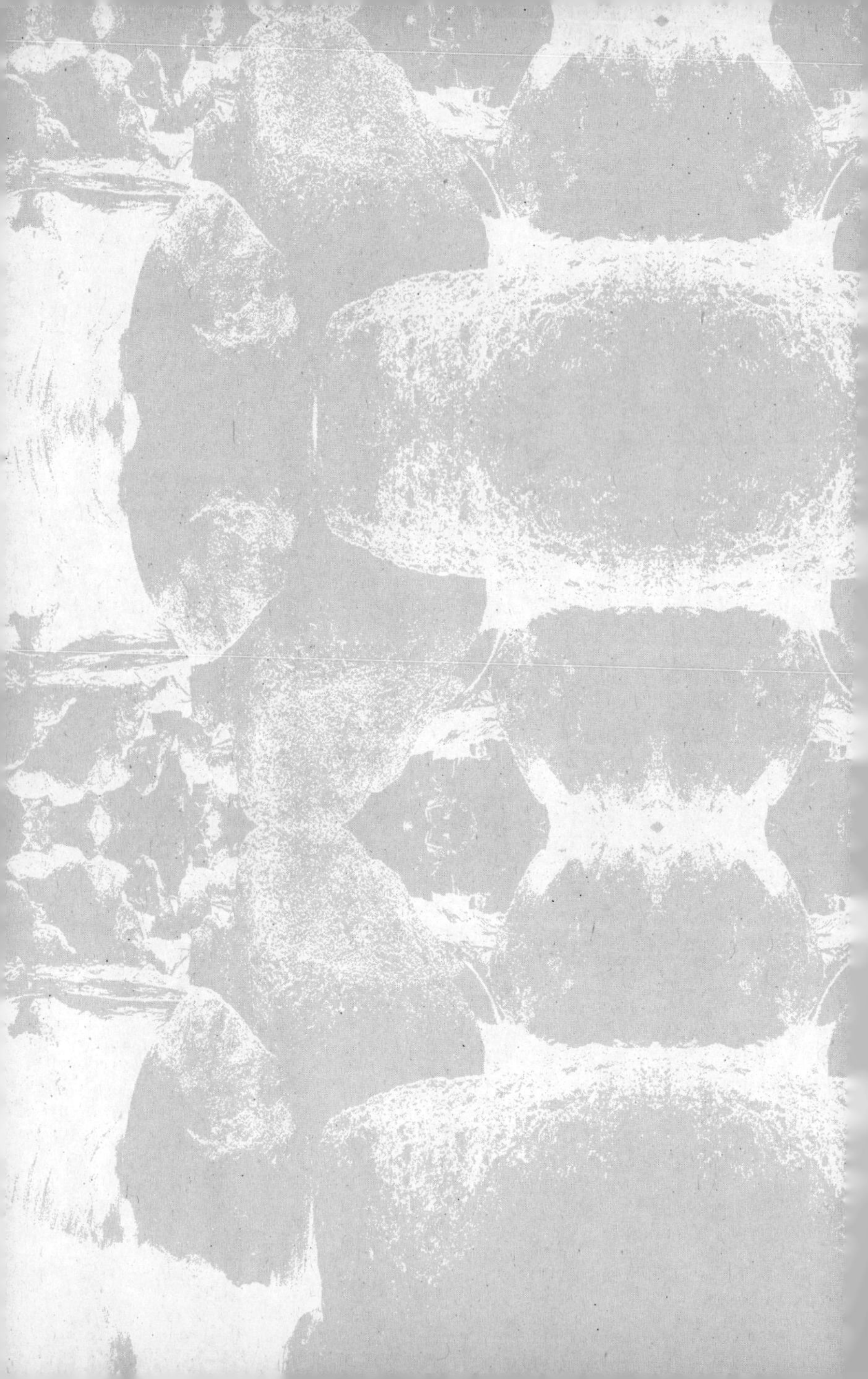

대학생활이란 원래 꿈이 넘치고 활기가 넘치고 자유롭고 세상의 모든 것을 이뤄낼 것 같은 패기에 넘치는 이미지가 강한 게 사실이다. 하지만 현중에게 그런 것은 이미 저 멀리 안드로메다로 날아가 버린 이야기였다.

바로 눈앞에 숏컷트 머리를 하고 볼펜과 메모지를 들고 초롱초롱한 눈으로 자신을 바라보는 신문부 부장이라는 학생 때문이다.

"선배, 안녕하세요?"

"……."

벌써 3일째였다. 마리아와 같이 학교를 벗어난 이후로 거의 거머리처럼 현중에게 무식하게 다가와서는 친한 척 인사하는 모습을 보인 것이.

"선배, 바쁘세요?"

바쁘지 않아도 아주 바쁘게 살고 싶은 생각뿐이었다. 이건 사람 귀찮게 하는 것도 아주 지능적으로 귀찮게 하는 수준인데, 평소처럼 '꺼져' 라고 말하고 싶은 마음은 굴뚝같았다. 하지만 신문부 부장에게 그렇게 말했다가는 아마 남은 학교생활이 피곤해질 것이기에 참고 있을 뿐이다.

"정말… 끈질기네요."

현중은 식당에서 바로 앞에 앉아 밥은 먹는 둥 마는 둥 하면서 자신만 뚫어지게 쳐다보는 그 모습에 결국 그냥 인터뷰 한번 해주고 해방되자는 생각을 하게 되었다. 여자에게 휘둘리는 건 싫지만 그렇다고 내칠 수도 없고 대륙에서처럼 주먹으로 해결할 수도 없는 상황이라 그냥 한번 인터뷰하는 게 해결책인 것 같았다.

"하죠."

현중이 한숨 쉬며 허락하자,

"정말요? 선배, 정말이죠? 나중에 딴소리하기 없기예요?"

입가에 미소가 가득하고, 눈동자에서 마치 레이저가 튀어나오는 착각이 들 정도였다.

오빠~ 전화 받아~ 오빠~ 전화 받아~

때마침 울린 전화 소리에 황급히 일어선 현중은 그제야 겨우 신문부 부장을 떨쳐낼 수 있었다.

"정말 끈질기다."

현중도 질려 버릴 정도였다. 도대체 자신이 무슨 기삿거리가 된다고 저렇게 며칠 동안 사람을 쫓아다니는지 이해를 할 수 없었다. 그저 평범한 학교생활을 하고 싶을 뿐인데 말이다.

물론 자신의 애마 맥라렌 F1이 조금 걸리긴 했지만 그것 때문이라면 이미 진작에 신문부에서 인터뷰하자고 난리쳤어야 했다. 그렇기에 그냥 별거 아니려니 생각했다.

"여보세요. 누구시죠?"

처음 듣는 여자 목소리에 현중이 조심스럽게 물어보자,

"세희… 씨가… 누구시죠?"

문득 학과에 세희라는 이름을 쓰는 학생이 있는지 생각해 봤다. 천산호텔에서 만났던 팅클의 세희는 이미 다음날부터 사람을 집요하게 쫓아다니는 신문부 부장 때문에 기억에서 사라진 지 오래였다.

"아, 팅클의… 미안합니다. 제가 좀 정신이 없어서……. 고개를 돌려 보라구요?"

식당 뒤쪽이라 인적이 좀 드문 편이긴 했지만 사람이 다녔다. 현중은 그 말대로 고개를 돌렸다. 그곳에 허리, 다리 라인이 고스란히 드러나는 스키니 진과 예쁜 티셔츠, 커다란 잠자리 날개 같은 선글라스, 야구 모자 차림의 여자 한 명이 서 있었다.

천천히 걸어서 현중 곁으로 다가오지만 마침 주변에 사람이 없어서 그런지 아무도 관심을 가진 이가 없었다.

"제가 찾아온 게 실례되는 건 아니죠?"

잠자리 안경을 살짝 내려 눈을 보여주면서 현중의 눈치를 보는 모습에 현중은 그냥 웃었다. 상대는 연예인이었다. 군 생활 당시 팅클이 위문공연을 왔을 때 손 한 번만 잡아봤으면 소원이 없겠다고 목이 쉬도록 난리치던 때가 있었기에 지금 눈앞에 팅클의 멤버인 세희가 있다는 것이 조금은 어색하면서도 이상했다.

"아니요. 그보다 이곳에 와도 되나요?"

"훗, 괜찮아요. 어차피 오늘 스케줄도 없거든요. 저만."

자기만 스케줄이 없다는 걸 강조하는 듯한 말투에 현중은 세희의 눈동자를 바라보면서 천심통을 발휘할까 생각하다가 그만두었다. 그래도 한때 좋아했던 연예인이 아니던가. 왠지 속마음을 본다면 후회할 것 같다는 생각이 들었다.

"오늘 시간 있어요?"

세희는 무작정 찾아왔는지 현중의 수업이 아직 남았다는

것을 알지 못하는 듯했다.

"아직 수업이 좀 남아 있긴 해요."

"그래요? 음, 너무 일찍 왔나? 헤헤헤, 대학을 다녀본 적이 없어서."

이미 중학생 때부터 연습생으로 시작해 연예계에 데뷔한 팅클은 너무나 바쁜 일정 때문에 아직 대학을 아무도 들어가지 않았었다. 스케줄 소화하기도 힌든 마당에 학교 나가는 건 언감생심인 것이다.

"학교 좋네요."

주변을 둘러보면서 말하지만 그 말에 현중은 웃었다.

'ㄷ' 자 모양으로 사방에 시멘트 건물로 둘러싸인 이곳을 보고 학교가 좋다고 말하니 웃지 않을 수가 없었다. 하다못해 강당이라도 보고 그런 말 했으면 웃지 않았으리라.

"…왜, 왜 웃어요?"

왠지 자신의 속마음이 들킨 것 같은 세희가 얼굴이 살짝 붉어진 채 현중에게 묻자 웃음을 멈춘 현중이 물었다.

"어쩐 일로 왔어요?"

"그래도 생명의 은인인데 제가 찾아와서 밥 한 끼라도 사야 면목이 서지 않겠어요? 저번에 분명 전화번호도 드렸는데 한 번도 연락 안 하시길래 제가 직접 온 거예요."

"음… 뭐, 그냥 가는 길에 도와드린 것뿐인데, 정말."

현중은 애초에 뭘 바란 게 아니라서 천산호텔 입구에서 세희와 만났던 것도 이미 잊고 있었다. 하지만 그런 현중의 모습이 오히려 세희의 자존심을 약간 건드렸다.

"쳇, 그래도 저 명색이 알아주는 가수인데. 에휴, 아직 가야 할 길이 먼 건가."

세희는 현중에게 전화번호를 줄 때 최소한 늦어도 다음날에는 음성 통화는 몰라도 문자라도 한 통 올 줄 알았다. 하지만 며칠이 지나도록 감감무소식이니 참다못한 세희는 결국 매니저를 동원해서 현중이 다니는 학교를 알아내어 일부러 스케줄 하루를 비워서 찾아온 것이다.

하지만 현중이 그걸 알 리가 없었다.

"헤헤헤, 오빠~"

"……?"

갑자기 자신을 보고 오빠라고 부르는 세희의 모습에 현중이 물끄러미 바라보자 이미 연예계에 익숙한 세희는 천진난만한 얼굴로,

"나이… 저보다 많지 않아요? 4학년인데. 전 이제 스물두 살이에요. 아니다. 군대 갔다 와도 내가 동생이겠네요?"

혼자 뭔가 고민하는 듯한 모습에 결국 현중은 귀엽다는 생각을 했다.

"군대 갔다 와서 올해 스물여섯 살이에요."

"역시~ 오빠 같은 포스가 느껴졌다니까요. 그럼 현중 오빠, 제가 밥 사드릴게요. 아직 밥 먹기 전이죠?"

세희는 이곳이 식당인 줄 잘 모르는 듯했다. 하긴 처음 새내기 때 교내식당을 찾지 못해서 헤맸을 정도로 교내식당은 간판 하나 없는 것으로 유명했으니 말이다.

현중은 신문부 부장 때문에 밥도 먹는 둥 마는 둥 해서 다른 걸로 끼니를 때울 생각이었다. 그런데 때마침 세희가 운 좋게 제때 불러낸 것이다.

그러자고 하려던 현중은 도대체 대륙에서 돌아온 이후로 뭔 여복이 이리 터지는지 주위에 여자가 계속 끊이지 않는 이유에 대해서 한번 곰곰이 생각해 봐야 할 것 같다는 느낌이 들기 시작했다.

기현주야 최강석을 데리고 놀기 위해서 일부러 인연을 만든 것이다. 하지만 그 이후로 이상하게 여자가, 그것도 하나같이 미녀들만 다가오니 아무리 무심한 현중이라도 이상하다는 생각이 들기 시작했다.

"그럼 가죠."

"저, 매니저 오빠가 다른 멤버 스케줄 때문에 가버렸는데 걸어갈까요?"

왠지 속이 뻔히 보이는 세희의 말에 현중은 웃어버렸다. 분명히 호텔에서 현중이 맥라렌 F1을 몰고 나가는 것을 봤음을 알고 있는 현중이다.

"가요. 제 차가 있으니 조금만 걸어가면 주차장이에요. 마침 수업도 한 과목 공강이라 3시까지만 오면 되니. 근데 저랑 갔다가 스캔들 터지는 거 아니에요?"

"호호호, 전 멤버 중에서 팬이 가장 적어요. 그러니 스캔들 터질 것도 없어요."

"……."

당차게 말하는 세희의 모습에 잠시 눈동자를 바라보던 현중은 역시나 천심통을 발휘하려다가 그만두었다. 이미 상황 자체가 뭔가 마리아와 비슷하게 흘러가는 분위기였으니까. 다만 세희에게서 느껴지는 느낌이 뭔가 노리고 다가오는 듯하진 않았기에 천심통을 쓰지 않았다.

사실 제법 비싼 차라고는 하지만 맥라렌 F1을 알아보는 사람은 의외로 적었다. 워낙 국내의 희소성도 높지만 자동차 마니아들만 알 만한 차이기도 했기 때문이다. 그리고 현중처럼 무심하게 25억짜리 차를 타고 아무렇게나 다니는 사람도 없었다.

4~5억 한다는 람보르기니도 애지중지하는 게 보통 사람의 심정인데 현중은 세차는커녕 광택 한 번 낸 적이 없다. 하지만 먼지 하나 없는 것이 아무래도 테른이 차에 뭔가 마법을 쓴 것 같은데 굳이 신경 쓰지는 않았다.

“현중 선배다.”

“어라? 옆에 여자는 누구지?”

“또 여자?”

현중은 주변의 웅성대는 소리가 들리긴 했지만 별 신경 쓰지 않았고, 세희도 이미 연예인 생활을 오래해서 그런지 무덤덤했다. 하지만 학교에 소문이 돌기 시작했다.

김현중은 바람둥이라는 소문이었다. 며칠전에는 외국 미녀에다 최근에는 선글라스에 모자를 써서 얼굴은 잘 모르지만 이미 몸매와 얼굴선만 봐도 대단한 미녀인 것이 확실한 여자와 걷는 게 여러 사람에게 목격되었으니 소문이 나는 것도 당연했다.

당연히 신문부 부장은 전화 받으러 나간 현중이 그 뒤로 여자와 같이 맥라렌 F1을 몰고 학교 밖으로 나갔다는 소리를 듣고 난리를 쳤지만 현중은 모르고 있었다.

“차, 좋네요.”

세희는 매니저에게 들어서 25억짜리 차가 과연 어떤 차인가 궁금했는데 타보니 이건 완전히 상식을 벗어나는 구조였다. 운전석이 전방 중앙에 있었고, 삼각형 모양 뒤쪽으로 조수석이 양쪽으로 있는 3인승 스포츠카인 것이다.

거기다 차 문이 열리는 것도 무슨 독수리가 날개를 펴는 느낌을 받을 정도로 인상적이었다.

　그리고 현중과 세희가 차에 타서 차문을 닫자마자 창문이 검은색으로 변하면서 선팅 효과가 나타나더니 차 안이 잘 보이지 않았다. 물론 이건 테른의 마법 때문이지만 세희는 25억이나 하는 차는 확실히 뭐가 달라도 다르구나 하고 생각했을 뿐이다. 그런데 세희가 가장 인상 깊은 느낌을 받은 것은 바로 현중이 시동을 틀자 몸을 울리는 엔진음이었다.

　마치 잘 길들여진 야생마에 올라탄 듯한 느낌을 받은 세희는 이 모든 느낌을 한마디에 담아서 소감을 말했지만 현중은 웃었다. 그러고 보니 마리아를 제외하고는 모르는 한국 사람 중에 차에 태운 것은 세희가 처음이었다.

　"어디 좋은 데 알아요?"

　"뭐 좋아하는 음식은 있으세요?"

　잠시 신호를 받아 서 있을 때 현중이 물어보자 세희는 오히려 그에게 되물었다.

　"전 아무거나 잘 먹어요."

　무심한 듯 말하는 현중의 대답에 잠시 입술을 삐쭉 내민 세희는,

　"수업 때문에 3시까지 다시 가서야 하니 멀리는 못 가고 혹시 샹뗴라고 아세요?"

　"샹뗴? 음, 잘 모르겠네요."

　"그럼 제가 안내할게요. 여기서 가깝고 가끔 저희 멤버들

이 가는 곳이라 좋아요."

"그러죠."

현중은 그렇게 세희의 안내를 받아 약간 외곽으로 향했고, 생각보다 가까운지 30분 만에 샹떼라는 한적한 별장 같은 인테리어를 한 레스토랑에 도착했다. 그런데 이곳에 도착해서도 현중의 맥라렌 F1은 유명세를 치러야 했다.

"저기… 저건 제가 운전할 수가……."

손님 차를 대신 주차해 주기 위해 있는 직원이 현중의 차를 보더니 아예 고개를 저어버린 것이다. 한눈에 봐도 이건 '나 비싼 차요' 라는 포스를 풍기는 데다가 운전석이 정중앙에 있는 차는 생전 처음 봤기에 아예 이런 건 운전 안 하는게 상책이라는 경험에서 주차를 거부했다. 때문에 세희가 잠시 직원과 실랑이를 벌였다.

물론 레스토랑 사장이 직접 세희를 알아보고 나와서 쉽게 무마가 되긴 했지만 사장도 현중의 차를 보고는 어쩔 수 없이 현중에게 주차를 부탁했다.

"죄송합니다. 운전석이 중앙에 있는 차는 저희로서도 어떻게 할 수가……."

운전석이 왼쪽에 고정되어 있는 국내 상황에서 오른쪽도 아니고 정중앙에 운전석이 있으니 주차에 필요한 공간 감각이 아무래도 헷갈릴 수밖에 없었다. 물론 현중도 맥라렌 F1을 탈 때 직선 주행에서는 정말 편하지만 커브에서는 아무래도 약간에 거부감을 느꼈다.

하지만 이미 초인인 현중은 그 정도는 가볍게 습득했고 문제가 안 되지만 일반인은 달랐다. 왼쪽에 이미 습관이 들어버린 사람이 갑자기 오른쪽도 아니고 정중앙에 있는 운전석을 무슨 수로 운전해서 주차한단 말인가. 친절하게 설명한 레스토랑 사장의 설명에 세희도 결국 수긍했다.

"미안해요."

자신이 초대해 놓고 시작부터 왠지 실수했다는 느낌을 받은 세희가 사과했다.

"아니에요. 이런 일이 자주 있어요."

물론 첨이다. 맥라렌은 거의 등하교용으로만 사용했으니 이런 일을 겪을 수가 없었다.

하지만 현중도 처음에 맥라렌 F1을 보고는 잠시 주춤거렸던 기억을 생각하면 지금 이곳 직원들의 말도 일리가 있었다.

두둥, 둥.

엔진 소리가 마치 거대한 야생마가 투레질하는 것 같은 느낌을 주면서 그나마 가장 넓고 안전한 곳으로 차를 이동하자 사장이 직접 현중과 세희를 가게 3층으로 안내했다.

"이곳은 각자 룸으로 되어 있어서 프라이버시가 보장되니 안심하십시오."

세희를 보면서 살짝 윙크하는 것을 보니 세희 때문에 3층을 온 게 확실했다.

"요리는 어떻게 드릴까요?"

"평소 이곳에 와서 먹던 걸로 주세요."

"네."

아주 간단하게 주문을 받고 사장이 룸을 나가자 세희와 현중 둘만 남았다.

당연히 사방이 막힌 룸에 남녀가 단둘만 있으면 필연적으로 정적만 흘렀다. 지금 세희도 아무리 연예계 생활로 다져진 성격이지만 뭔가 어색한 느낌 때문에 입을 다물었다.

"……."

현중의 눈치만 보면서 이것저것 만지다가 다시 놓고 먼 산을 봤다가 하는 것이 딱 봐도 안절부절못하는 모습인 것이다.

말하기 힘든 것을 억지로 참고 있는 모습을 고스란히 현중에게 보여주자 현중도 처음에는 그냥 어색해서 그러려니 했다. 그런데 세희와 만난 것부터 생각해 보니 지금 안절부절못하는 세희가 왜 그러는지 역시나 궁금했기에 결국 세희의 눈동자를 보면서 천심통을 발휘했다.

"……."

잠깐이지만 현중과 눈이 마주친 세희는 마치 온몸이 벌거벗겨진 듯한 느낌에 급히 고개를 돌렸다. 하지만 이미 현중은 궁금한 것을 다 풀었다.

현중의 얼굴에서 미소가 사라진 것이다.

"세희 씨."

"네? 네."

현중이 부르자 도둑이 제 발 저린 듯 화들짝 놀란 세희는 자신도 모르게 목소리가 조금 높았다는 것을 뒤늦게 깨닫고는 손으로 입을 막았다.

"죄송해요. 잠깐… 딴생각하느라……."

"스폰서라는 게 꼭 필요한 건가요?"

"……!"

현중의 입에서 스폰서라는 말이 나오자 급격히 굳어버린 세희는 손에 들고 있던 냅킨을 떨어뜨렸다.

"무슨 말인지……."

급히 현중에게서 고개를 돌린 세희는 얼굴은 물론 목까지 심하게 붉어진 것이 크게 당황했다.

"그렇게 놀라지 말아요. 궁금해서 물어본 거예요. 그리고 누가 봐도 인기 연예인이 평범한 대학생을 찾아온 게 이상해서 말이죠."

"…그건… 구해준 답례로… 그러니까… 그게……."

말까지 더듬으면서 당황하는 세희를 보던 현중은 다시 입가에 미소를 지으면서,

"당황하지 말아요. 세희 씨에게 뭐라고 하려고 하는 게 아니니까요."

천심통으로 알아본 현재 상황은 모두 소속사 사장과 팅클의 매니저가 꾸민 일이었다. 연예계를 모르는 현중은 몰랐지만, 그룹에서 세희만 스케줄이 없다는 것도 그리 흔한 일은 아닌 것이다.

현중은 정에 휘둘리는 사람은 아니지만 그렇다고 인정이 매마른 것도 아니었다. 팅클을 처음에 구해준 것도 오로지 군대 있을 때 외로움을 달래준 보답이 아니었던가.

"…다 알고 계셨어요?"

세희는 현중의 여유있는 태도와 스폰서 이야기에 결국 모든 것을 다 알고 자신을 따라와 준 거라고 생각해 버렸다.

"미안해요. 전 그럴 생각이 없어요. 아무리 제가 염치가 없어도 생명을 구해준 사람한테 들러붙진 않아요. 오늘도 매니저 오빠가 무작정 제 스케줄 하나 비워놓고 데려다 준 거라 그냥… 정말… 전 현중 씨와 식사만 하고 갈 생각이었어요. 정말이에요."

"후훗."

현중은 당황하면서 횡설수설하지만 천심통을 통해 본 진실을 그대로 말하는 세희의 모습에 작게나마 웃었다. 보통 연예인들이 닳고 닳아서 무슨 꼬리 아홉 개 달린 여우쯤으로 생각하는 사람들이 많은데 오늘 세희를 보니 그게 그저 선입견에 불과하단 걸 알았다.

하긴 연습생 시절에는 연습과 데뷔를 위해서 노력하고, 데뷔해서는 스케줄 소화하느라 자는 시간도 줄이는 생활을 생각하면 오히려 순진해야 정상이다.

무조건 웃는 연습과 어떤 상황에서도 친절하게 말하는 것이 습관화되어 있서 일반 사람들이 그렇게 느낄 뿐이었다. 또 말하기 좋아하는 사람들의 루머 때문에 더욱 그런 인상으로 비춰질 뿐이었다.

"아까는 현중 오빠라고 부르더니 이제는 현중 씨인가요?"

장난치듯 현중의 말에 세희는 더욱 정신이 혼란스러운지 뭐라 하는 듯했지만 결국 입을 다물었다. 자신은 현중에게 하면 안 되는 걸 알면서도 결국 소속사 사장과 매니저가 이끄는 대로 따랐던 것이다.

"스폰서라는 거 대단한 건가 봐요."

"……"

입이 열 개라도 할 말이 없는 세희는 음식이 나올 때까지 한마디도 하지 못했다. 아예 현중과 눈을 마주치는 걸 극도로 꺼렸다. 그런 모습에 현중은 세희가 그냥 귀엽다는 생각이 들었다. 본인이 어찌 되었든 현중에게 거짓말은 하지 않았다. 혹시라도 천심통을 들여다보고 난 다음에도 거짓을 말했다면 아마 가차없이 떠났을 것이다.

어떤 이유로도 현중은 거짓으로 사람을 기만하는 행위를 용서하지 않기 때문이다.

하지만 현중이 물어보지 않은 말까지 스스로 다 털어놓는 것을 보니 스스로도 불편하고 반성하는 모양이었다. 지금처럼 아예 죽을죄 지은 사람처럼 기가 완전 죽어버린 세희를 보는 순간 현중의 머리에 딱 떠오른 것이 있었다. 바로 배고픈 아기 고양이가 귀를 푹 꺾은 채 힘없이 앉아 있는 모습이었다.

그리고 그 모습이 떠오르자 마냥 귀엽다는 생각이 들었다. 여자로서가 아니라 순수하게 귀엽다는 생각이다. 126살 먹은 현중의 눈에 여자로 보이기에는 세희는 너무 어렸다. 그 귀여운 인상이 현중에게는 움직이기에 충분한 이유였다.

"그렇게 기죽을 필요 없어요. 세희 씨는 아직 저에게 아무것도 속이지 않았으니까요."

"…하지만… 의도적으로 오늘 찾아온 건데……."

"후훗, 그건 제게 밥을 사주겠다고 전에 한 약속 때문에 온 거 아니던가요? 음, 난 그렇게 생각하는데. 그리고 왜 그렇게 미안해하죠? 그러다 내가 또 구해줘야 되는 거 아닌가 모르겠네요."

너무 풀죽어 있는 모습에 현중은 세희의 마음을 조금은 덜라는 뜻으로 말했지만 아직 세희는 무거운 듯했다.

"죄송해요. 이런 식으로 찾아와서……."

목숨을 구해준 현중에게 이런 식으로 접근하는 건 역시나 아니라는 게 세희의 생각이었다.

"황보세희 씨."

"네? 네."

"다시 한 번 물어볼게요. 스폰서라는 게 대단한 거예요?"

현중은 연예계가 어떤 식으로 돌아가는지 전혀 몰랐다. 그래서 스폰서가 뭐기에 순진한 세희가 저렇게 흔들려서 자신을 찾아왔는지 순수하게 궁금해서 물어봤다.

"그게… 스폰서라는 게 가수나 배우에게는 냉정하게 말하자면 동업자 같은 거예요. 기본적으로 대형 엔터테인먼트 같은 경우는 회사 자본으로 움직이기에 스폰서가 잘 없는 편이에요. 하지만 신인이나 이제 막 크는 연예인, 아니면 인기가 사라지는 순간 연예계에서 어떻게 될지 모르는 사람들은 스폰서가 꼭 필요한 존재죠."

"음, 한마디로 보험 같은 거군요?"

너무나 냉정하게 말하는 현중의 말에 살짝 몸을 떠는 세희였지만 현중은 자신이 생각나는 대로 말했을 뿐이다. 굳이 세희에게 뭐라고 할 의도는 없었다.

"그렇죠. 보험 같은 거죠. 아시다시피 인기라는 게 오래가지 않아요. 지금이야 저희 팅클도 인기가 있지만 저나 미희 같은 경우 벌써 스물두 살이에요. 요즘 열여섯 살 때 데뷔하는 아이돌과 비교하면 나이가 많지도 않지만 적지도 않은 나이에요. 거기다 다른 대형 기획사와 달리 저의 소속사는 저희 팅클의 수입이 소속사 운영의 50%를 차지해요. 그 말은 저희들 인기가 떨어져서 벌이가 적어지면 그만큼 운영이 어려워진다는 거예요. 물론 소속사 사장님도 배우를 했던 분이라 인기라는 것이 어떤 건지 너무나 잘 알고 있기에 저희에게 뭐라고 하진 않지만 저희들이 문제예요. 당장 스케줄이 줄어드는 건 상관없는데 다음 앨범을 작업할 때 인기있을 때보다는 돈을 아무래도 적게 쓰게 되요. 아무래도 인기가 있으면 좋은 곡을 비싸게 살 수 있지만 인기가 떨어지면 신인 작곡가들의 곡을 받아 쓰게 되기에 그때부터 저희 연예인 생활은 도박이 되는 거예요."

"……."

현중은 세희의 말을 들어보니 연예인이라는 것도 참 할 짓이 못 된다는 생각이 들었다. 이제 스물네 살 된 여자가 벌써 자신의 미래 연예인 생활을 걱정해야 하다니. 인기라는 것에 눈과 귀가 멀어서 건방져지는 것은 아니지만 오히려 너무 자신에 대해서 확실하게 알고 있기에 스물두 살의 어린 나이로는 생각하기 힘든 고민을 하고 있는 것이다.

"가수는 생명이 짧은 편이에요. 특히 저희처럼 그룹으로 인기를 얻을 경우는 개개인의 팬이 확연히 차이가 날 정도로 심하죠. 그 증거로 저번 인질 사건 이후로 소희가 현재 가장 인기가 많고 실질적으로 저희 팅클을 이끌어가는 중이에요."

"인기라는 것, 계속 누리고 싶지 않아요? 그래서 스폰서를 원하는 것 아닌가요?"

현중은 원래 권력과 연예인들이 누리는 대중의 인기를 같은 맥락으로 생각했다. 권력이라는 게 한번 잡으면 쉽게 놓지 못했다. 인간이 기본적으로 가진 욕망 중에 가장 집요하고 강한 게 바로 권력에 대한 욕망이 아니던가. 대륙에서는 아들이 아버지를 죽이고 형제가 서로 죽이는 것은 기본이었다. 심지어 방해가 된다면 어머니도 눈 하나 깜짝하지 않고 죽이는 게 바로 권력에 대한 욕심이다.

하물며 이제 스물두 살의 평범한 아가씨가 이미 인기를 얻었다. 당연히 대중의 인기에 휘둘리지 않을 리가 없다. 하지만 현중이 보기에 세희는 인기에 휘둘리는 모습은 아니었다.

뭐랄까, 이미 연예인 생활을 수십 년 해서 단맛, 쓴맛을 다 맛본 듯한 노련한 느낌이랄까? 아무튼 나이와 어울리지 않는 모습을 보이는 것이다.

하지만 세희는 고개를 저으면서 대답했다.

"인기라는 거, 얼마나 덧없는지 전 잘 알고 있어요."

“어째서요?”

“제 어머니가 배우셨어요. 한때 잘나가던 인기 여배우셨거든요. 하지만 갑자기 루머가 퍼지면서 스캔들이 생기더니 한순간에 연예계에서 매장당하셨어요. 나중에 알고 보니 어머니를 좋아했던 상대 남자 배우가 구애를 했는데 그걸 거절하자 언론과 소문을 이용해서 어머니를 쫓아낸 거였죠. 그리고 전 그 모습을 모두 지켜봤어요. 인기에 망가져 가는 어머니를요. 그런데 웃기죠? 그걸 다 지켜봐 놓고도 전 지금 연예계에 다시 발을 들였으니까요.”

“……”

“그냥… 보여주고 싶었어요. 어머니를 자살로 몰고 간 그 남자에게 떳떳하게 보여주고 싶었어요. 그까짓 장난에 놀아난 여자의 딸인 제가 스타가 되어서 복수하고 싶었거든요.”

현중은 마치 카운슬링을 하는 듯한 세희의 말에 그녀의 눈동자를 통해 세희의 어머니를 자살로 내몬 남자 배우가 누군지 알아봤다. 하지만 마음의 문을 꽁꽁 닫아버렸는지 천심통으로도 보이지 않았다.

그래도 거짓은 아니었다. 진실과 거짓 정도는 충분히 구별할 줄 아는 현중이었고, 현중이 익힌 치우천황무의 천기(天氣)는 특히나 거짓과 마기에 민감했기 때문이다.

“복수라……”

순간 세희의 말을 다 듣고 나자 대륙에 홀로 떨어져 죽을 고생을 했던 때가 생각났다. 물론 치우천황무를 다 완성하고 마족을 모조리 몰아냈지만 상대는 대륙의 주신으로 있는 카일라제였다. 신을 상대로 아직 인간인 현중이 어떻게 할 수 없기에 꼴도 보기 싫은 카일라제가 있는 대륙을 떠나 지구로 왔지만 멋대로 고생시킨 그 복수를 아직 잊은 건 아니었다.

현중은 그런 자신의 모습과 세희의 모습이 조금은 닮아 보이기 시작했다.

"그럼 세희 양, 하나만 물어보죠."

"네, 말씀하세요."

"복수를 위해서 당신은 무엇을 희생할 건가요?"

현중의 낮지만 변화가 없는 목소리에 세희는 풀죽은 눈동자에 생기가 돌았다.

"똑같이 당하게 해줄 거예요. 제가 힘이 닿는 한… 제 모든 것을 걸고서라도 똑같이 당하게 해줄 거예요."

"자신의 목숨도 걸 수 있나요?"

"네!"

세희는 이미 복수라는 생각 때문에 조금 전에 풀죽어 있던 세희가 아니었다.

"후훗, 그럼 제가 그 복수 도와드리죠."

"네?"

“저도 누군가에게 복수해야 할 빚이 있는데 지금은 아직 너무 약해서 때를 기다리는 중이거든요. 세희 씨의 복수, 제가 좀 도와드리죠. 단 제게 있는 건 돈밖에 없어요. 그리고 전 손해 보는 장사는 하지 않는답니다.”

너무나 갑작스런 현중의 말에 눈만 깜빡거리던 세희는,

“…저기… 그럼 제 스폰서가 되어주시겠다는 거예요?”

“뭐 스폰서라면 그렇게 해드리죠. 원한다면 소속사의 사장도 만들어 드릴 수 있어요. 단, 망하면 아시죠?”

현중의 눈동자는 웃고 있지만 세희는 그동안 수많은 방송계를 살아온 직감으로 현중이 농담하고 있다고는 생각하지 않았다.

현중은 확실히 돈이 많은 사람이 분명했다. 하지만 그냥 돈만 많은 사람은 결코 아니었다. 여자의 직감이라는 건 때론 그 모든 것을 초월할 때도 있는 법이다.

어차피 자신이 가진 건 몸뚱이 하나였다. 이미 가수를 시작할 때 어머니의 복수를 다짐하지 않았던가. 이제는 되돌아갈 길도 없었다.

“좋아요. 그럼 저를 도와주세요. 대신 망하면 노예가 되더라도 평생 옆에서 갚을게요.”

여자가 한을 품으면 오뉴월에도 서리가 내린다고 했다. 현중이 본 세희의 한은 그 정도가 깊었다. 오죽하면 쳐다보기도 싫은 연예계를 제 발로 다시 찾아왔겠는가?

"테른."

현중의 나직한 말이 끝나자 이미 정신감응으로 연락을 받고 도착해 있던 테른이 룸의 문을 열고 들어왔다.

테른을 본 세희가 남자도 저렇게 섹시할 수 있구나 하고 감탄했다. 덕분에 그가 어떻게 이 자리에 나타난 건지에 대한 의문도 까먹었다. 색기가 흘러넘치는 테른은 현중 앞으로 가더니 고개를 숙였다.

─부르셨습니까, 마스터.

"이제부터 여기 앞에 세희 양 스폰서가 될 거야. 최고로 한 번 만들어봐."

─알겠습니다, 마스터.

현중의 말에 일가언의 대꾸도 없이 받아들인 테른은 고개를 돌려 세희를 자세히 바라봤다.

대략 10분 정도를 그저 말없이 바라보던 테른은 잠시 고개를 저으면서,

─성대가 손상된 지 오래되었군요. 그 때문에 발성도 약하고 무엇보다 복식호흡이 안 되고 있습니다. 제 말이 맞습니까?

"…네, 맞아요."

댄스 걸 그룹의 특성상 노래보다는 얼굴과 몸매가 우선되

다 보니 성대가 상했도 별 대수롭지 않게 생각했던 것이다. 너무나 정확하게 현재 세희의 몸 상태를 말한 테른은 현중을 보더니,

—마스터, 가능성은 있지만 시간이 약간 걸릴 것 같습니다. 개인 레슨도 필요합니다.

"필요하다면 해야지. 그렇죠, 세희 양?"

웃으며 말하는 현중과 달리 세희는 어떻게 돌아가는 건지 도통 알 수가 없었다. 도대체 현중이란 사람은 어떤 사람인 지, 지금 자신이 누구와 손을 잡았는지도 이해할 수 없는 상황이었다.

"그런데 세희 양, 스폰서라는 거, 소속사에 알려야 하나요?"

"네? 아, 네. 우선 소속사에서도 알고 있어야 해요. 그래야 소속사에서도 스폰서를 염두에 두고 앞으로의 일을 진행해 나가거든요."

"그런가요? 생각보다 스폰서라는 거 제법 힘이 있는 위치네요."

"소속사는 몰라도 저 개인에게는 절대적인 사람이 스폰서예요."

세희는 현중을 보면서 다부진 눈동자를 보여주었고, 그런 눈동자를 본 현중은 웃었다. 최소한 자신이 도와주는 사람 중

에 쉽게 포기하거나 배신한 사람은 없었기 때문이다.

대륙에서 갈릭 공작도 죽어라 수련시켜서 소드 마스터를 만들었고, 현중을 제외하고는 서열 마족을 죽인 희대의 영웅으로 만들지 않았던가. 현중은 손을 안 내밀면 안 내밀었지 한번 내민 손을 잡은 사람은 확실하게 도와주는 성격이었다.

"그 절대적인 믿음, 제가 확실하게 보답해 드리죠. 그럼 이제 가실까요?"

"네? 어디를? 아직 두 시간 정도 남은 것 같은데요?"

갑자기 먹다 말고 일어선 현중에게 세희가 살짝 놀란 듯 말하자 현중은 웃으면서,

"이렇게 귀여운 음모를 꾸며준 사장과 매니저에게 인사는 해야 하지 않겠어요? 그리고 스폰서가 생겼다는 말도 해야 하구요. 음, 지금이라면 아슬아슬하겠네요. 수업에 빠지면 계절학기 수업 들어야 해서 늦으면 안 되거든요."

"네? 하, 하하하, 정말… 엉뚱한 분이네요."

현중의 말에 세희는 잔뜩 긴장했던 몸이 사르르 녹는 느낌을 받았다. 그리고 자신을 배려해서 현중이 일부러 재미있게 말을 했다는 것 정도는 눈치로 알았다. 자상했다. 세희가 느끼는 현중은 자상하다 못해 착한 사람이었다.

"엉뚱하다는 말, 자주 들었죠. 여러 곳에서."

세희는 그냥 장난 비슷하게 한 말에 현중이 동의해 주자 왠

지 기분이 좋았다.

"어쩐지……. 그럼 가요. 소속사는 여기서 그리 멀지 않으니까요."

현중은 테른과 세희를 태우고 소속사로 곧장 들어갔다.

"언니?"

소희는 스케줄을 끝내고 들어왔는지 사무실에 있다가 세희가 들어오자 반가워서 일어섰다. 현중과 테른을 보고는 인사를 해야 하나 말아야 하나 어중간한 자세로 있었고.

"세희야, 왔어? 어머?"

미희는 옆 회의실에서 소희의 목소리를 듣고 나오다 역시나 현중과 테른을 보고 놀랐다.

그런데 낯선 사람이 와서 놀란 게 아니라 현중의 얼굴을 보고 놀란 것이다.

"다, 다, 당신은……?"

미희 역시 그때 세희 바로 옆에 있었기에 현중을 봤다. 순간 너무 놀란 미희가 뭐라고 말하려고 하자 세희는 손가락을 입에 대면서,

"쉿~ 미희야, 우선 그건 비밀로 해."

"응? 아, 응. 알았어."

소희에게서 인질 사건 때 자신들을 구해준 사람을 만났다는 이야기는 들었다. 그런데 갑자기 세희가 그 사람을 데리고

올 줄은 몰랐던 것이다. 그녀가 테른에게 시선을 돌리는 순간 테른은 거의 본능적으로 미희를 향해 웃으면서 고개만 살짝 끄덕였다.

그러자 얼떨결에 미희도 고개를 끄덕이면서 어색한 인사를 나누게 되었는데, 마침 미희를 따라 팅클 매니저가 나왔다.

"왔어? 어? 누구시죠?"

매니저는 현중을 직접 마주하고 얼굴을 본 적이 없으니 당연히 잘생긴 남자 두 명이 세희와 같이 오자 본능적으로 경계부터 했다.

"매니저 오빠, 그분이셔."

"그분이라니……? 헛!! 정말?"

매니저는 살짝 뒤늦게 오늘 자신이 세희를 누구에게 보냈는지 기억해 내고는 놀랐다. 그저 대학 쪽에 관련된 약간의 지위가 있는 사람일 줄 알았는데 지금 눈앞에 있는 현중은 거의 세희와 비슷한 또래로 보였던 것이다. 하지만 세희가 거짓말할 리도 없으니 이건 좀 아리송한 상태였다.

"그보다 매니저 오빠, 사장님은?"

"응? 사장님은 지금 회의실 안에 계시지."

"그럼 잠시만. 우선 사장님과 이야기 좀 하고 나올게."

"응, 그래."

엉성하게 회의실 문에서 비켜선 매니저는 어딘가 바뀐 세희의 분위기에 적응을 못하고 있었다. 평소 새침하긴 하지만 어딘가 소심한 인상이었던 그녀가 발걸음 하나부터 당당하게 바뀐 것이다.

그런데 그건 매니저뿐만이 아니라 같은 멤버인 미희와 소희도 마찬가지였다.

그렇게 회의실 안으로 세희와 현중, 그리고 테른이 들어가고 나자 사무실에 남아 있던 사람들은 서로의 얼굴을 보면서,

"미희 언니, 세희 언니 맞아?"

"…맞는 것 같은데… 분위기가 너무 달라."

밖에서는 어떤 상황이 벌어지든 상관없이 회의실 안에 있는 소속사 사장만큼 당황한 사람은 없을 것이다.

"누, 누구시죠?"

현중을 처음 마주한 소속사 사장 김대칠은 현중의 눈을 본 순간 온몸에 전율이 일어나는 것 같은 느낌을 받았다. 지금까지 수많은 사람을 봐왔고, 사람을 보는 눈이 어느 정도 있다고 자신했던 대칠은 현중에게서 보이지 않는 압박감이 어깨를 짓누르는 것 같은 느낌을 받고 입을 다물지 못했다.

"사장님, 제 스폰서예요."

"응?"

현중과 마주하던 대칠은 어깨를 누르던 압박감도 한순간

에 사라질 세희의 말에 놀라서 벌떡 일어섰다.

"스, 스폰서라니? 정말?"

"네. 이쪽 분이 바로 제 스폰서 되시는 현중 씨예요. 그리고 저쪽은 제 소속사 대표이신 김대칠 사장님이세요."

현중은 편안하게 웃으면서 대칠과 악수를 나누었다. 우선 한쪽에 있는 응접용 소파에 현중과 테른이 앉고, 반대쪽에는 세희와 대칠이 앉았다.

"저기… 실례지만… 나이가……?"

"올해 스물여섯 살입니다."

"네? 너무… 젊으신……."

김대칠은 스폰서라는 생각에 최소 40대 이상의 남자를 생각했지 설마 세희와 네 살 차이나는 남자일 줄은 전혀 예상치도 못했다. 순간 전에 팅클 매니저가 했던 말이 떠올랐다.

25억짜리 맥라렌 F1을 타고 다니는 남자라고 했다. 하지만 이건 젊어도 너무 젊었다. 거기다 생긴 것도 웬만한 연예인 저리 가라 할 정도로 잘생기고, 현중 옆에 있는 외국인은 완전 헐리우드의 유명 배우가 눈앞에 앉아 있는 것 같은 착각을 일으키게 하는 게 아닌가.

테른에게서 느껴지는 묘한 색기는 한눈에 데뷔만 하면 대박이라는 직감이 왔다.

"젊으면 스폰서를 할 수 없나요?"

"아니요. 그건 아니지만……."

세희가 스폰서를 데리고 온 건 좋은데 이건 너무 젊어서 곤란한 것이다. 스폰서는 알게 모르게 자주 만나야 했다. 특히나 방송을 잠시 쉬고 앨범 준비할 때는 필연적으로 스폰서를 최소 한두 번은 만나게 되어 있다. 그건 스폰서로서의 이유 때문인데, 바로 돈이다.

앨범 한 장 만드는 데 들어가는 돈은 상황에 따라 수십억 원이 들어간다. 때문에 절대로 만나서 이야기하지 않으면 안 되고, 스폰서라는 게 서면 계약 같은 것이 없기에 오로지 세희와 현중의 구두 계약뿐이었다. 그렇기에 세희도 스폰서를 만날 때는 꼭 동행해야 했다.

그리고 암묵적으로 스폰서가 부르면 밤에 가서 같이 자는 경우도 허다했다.

그걸 연예계에서 굴러먹던 김대칠이 모를 리가 없다. 하지만 가장 큰 문제는 바로 젊다는 것이었다. 젊은 사람은 기분에 따라 말이 바뀌는 경우가 많았고, 또 즉흥적으로 뭔 사고를 칠지 제어할 수 없었다. 거기다 상대는 25억짜리 차를 몰고 다니는 사람이다. 얼마나 많은 재력을 가지고 있을지 지금 김대칠의 머리로는 짐작조차도 못하고 있는 상황이니 더욱 그랬다.

하지만 현중은 그런 그들의 생각을 뒤집듯 테른에게 계약서를 준비시켰다.

"테른, 서류를 꺼내."

현중이 간단하게 한마디 하자 테른은 품에서 서류 두 장을 꺼내 한 장은 김대칠 앞으로 주고 한 장은 현중 앞에 두고는,

—우선 스폰서 계약에 대해서 말씀드리겠습니다. 저희 마스터께서는 세희 씨를 비롯해 팅클 멤버 전원의 스폰서를 하시겠다고 합니다.

"네? 세희뿐만 아니라 전원을요?"

"…미희와 소희까지요?"

대칠은 놀라서 까물라칠 뻔했고, 세희도 놀랐다. 당연히 이건 차를 타고 오면서 테른과 현중만 나눈 대화였으니 알 리가 없었다. 그리고 특별히 세희를 좋아한다거나 그런 것도 없었다. 이왕 하는 거, 확실하게 밀어주자는 게 현중의 생각이었기 때문이다.

Chapter 05
스폰서

─네. 그전에 앨범 한 장 만드는 데 들어가는 액수를 대략 말씀해 주셔야 합니다.

"당연히 그렇긴 하지만… 우선 스폰서를 하시는 분의 신분과 성함 등을 알아볼 수 있는지 부탁드립니다."

"아, 그러고 보니 이야기 안 했군요. 현재 주식 투자 회사 하나와 석유 개발 회사 하나를 운영하고 있습니다."

"……!!"

"……!!"

김대칠은 실례인 줄 알면서도 벌떡 일어섰고, 세희는 현중이 설마 그런 사람인 줄은 몰랐는지 손으로 입을 가린 채 놀라서 벌린 입을 다물 줄을 몰랐다.

주식 투자 회사라고 해봐야 개인으로 등록한 거라 이름만 투자 회사일지도 모르지만 수익률은 웬만한 맘모스 급이었다. 테른이 모두 중간에 차단해서 그렇지 투자 회사에서 현중에게 러브콜을 엄청 보냈었다.

손대는 족족 대박을 터뜨리거나 성공하니 탐이 나지 않는다면 거짓말이리라. 알렌 스핏도 그런 현중의 실력을 탐내서 왔다가 너무 어린 현중의 모습을 의심해 싸우지 않았던가.

김대칠을 일으켜 세운 것은 바로 석유 개발 회사라는 말이다.

그건 그냥 웬만한 벤처기업이나 어느 정도 능력이 되는 사람들과는 차원이 다른 것이기에 실례인 것을 무릅쓰고 물었다.

"그럼 좀 알아봐도 되겠습니까?"

"그러세요."

현중은 편안하게 앉아서 그러라고 했고, 김대칠은 곧바로 휴대폰을 꺼내서 어딘가로 연락하더니 차를 좀 내오겠다고 하면서 회의실을 나갔다.

그리고 김대칠이 나간 지 얼마 되지 않아서 소희와 미희가 같이 들어왔다.

"이리 와서 앉아."

세희는 들어와서 어쩔 줄 몰라 뻘쭘하게 서 있는 둘을 불러 자신의 옆자리에 앉히고는 차분하고 조용히 설명을 시작했다. 처음에는 그냥 듣던 미희와 소희도 나중에는 놀라서 현중과 테른을 번갈아 보고는 믿지 못하는 듯했다.

그렇게 팅클 멤버들이 모두 놀라는 와중에 덩치 큰 매니저가 커피를 타서 가지고 들어오는데, 덩치에 비해 작은 쟁반에 커피를 담아서 들어오는 모습이 참 언밸런스하면서도 묘하게 어울리는 것이 현중을 미소 짓게 했다.

"……"

"……"

매니저가 커피만 두고 나가 버리자 남은 팅클 멤버 세희, 소희, 그리고 미희는 현중의 눈치만 볼 뿐 뭐라고 말을 하지 못하고 20분이나 입을 다물었다.

침묵이 흐르는 회의실이었지만 정작 그 침묵을 만들어낸 현중은 태연했다. 그는 창밖에 보이는 건물을 구경한다거나 회의실에 걸린 팅클 포스터나 앨범이 꽂힌 진열대를 구경하면서 시간을 보냈다.

딸각!

그렇게 길기만 하던 침묵의 끝을 알린 것은 사장인 김대칠이 한 장의 서류를 가지고 들어와서였다.

"기다리게 해서 죄송합니다."

"아닙니다. 원래 절차를 밟아야 하는데 제가 좀 시간이 없어서요. 3시까지 학교로 돌아가 봐야 하거든요."

세희는 현중의 말에 자신도 모르게 웃음이 터질 뻔한 걸 겨우 참으면서 고개를 돌렸다.

당연히 옆에 있던 소희와 미희는 영문을 모른 채 고개만 갸우뚱거릴 뿐이고, 현중은 그런 세희를 보고는 한번 씨익 웃고 말았다.

"제가 좀 아는 사람에게 알아보니⋯ 대단하신 분이더군요."

김대칠은 서류를 현중 앞에 내밀었고, 그것에 시선을 돌린 현중은 서류 가장 위쪽에 적힌 문구에 시선이 멈춰 섰다.

"템플재단이라⋯⋯."

"네, 제가 아는 지인 중에 템플재단 쪽 사람이 있어서 그쪽을 통해 실례지만 잠시 조사를 했습니다."

"상관없습니다. 스폰서를 받는 입장에서는 당연한 절차니까요."

웃으면서 아무렇지 않게 넘기자 김대칠은 곧 말을 이었다.

"개인 자산이⋯ 1조 5천억 원 정도라고 쓰여 있는데 이걸⋯ 믿어야 할지 말아야 할지⋯⋯."

"⋯⋯!!"

“……!!”

“……!!”

김대칠의 말에 정말 놀란 건 팅클 멤버였다. 개인 자산이 1조 5천억 원이라니. 말이 쉽지 그게 누구네 집 강아지 이름도 아니고, 현중을 바라보는 네 명의 시선은 믿어야 할지 말아야 할지 고민하는 듯했다.

하지만 김대칠이 가져온 서류는 누구보다 믿을 수 있는 소식통을 통해서 알아왔으니 안 믿을 수도 없었다. 그 정도 자산을 불과 몇 달 만에 모았다니, 신이 내린 천재도 이 정도는 못할 것이라고 생각했지만 믿을 수밖에 없었다.

무엇보다 그 확실한 증거가 바로 현중이 타고 다니는 맥라렌 F1이었다. 전 세계적으로 96대가 생산되었고, 국내에는 현중이 유일하게 보유하고 있는 차. 차 값만 25억이라고 하지만 실제 현중이 지불한 돈은 그보다 많을 것이다.

“뭐 운이 좋았습니다. 그보다 사장님께서 탬플재단에 인연이 있을 줄은 몰랐습니다. 저도 그쪽과 인연이 좀 있거든요.”

“네… 역시……. 그래서 이례적으로 저에게 팩스를 보내준 거군요.”

누군가의 신원을 조회해서 알려줄 때 서류를 남기는 법이 없었다. 아무래도 그건 불법이니까 말이다. 하지만 현중에 대해서만큼은 탬플재단에서 이례적으로 서류를 팩스로 보내준 것이다.

그래서 혹시나 생각하던 김대칠은 현중의 말에 그제야 수긍했다.

"좀 높은 분과 아시는 모양입니다."

기본 자산이 1조 5천억이 넘는 현중이 자신과 같은 범주의 일반인이 생각하는 것 이상으로 높은 사람을 알고 있을지도 모른는 생각에 묻자 현중은 별 생각 없이 대답했다.

"그쪽에 이사장으로 있는 바로슈 백작과 좀 인연이 있습니다."

"헙!!"

템플재단의 이사장과 인연이 있다는 말은 김대칠에게 단 한 가지 결론만 내려주었다.

대박!

김대칠의 머릿속에 떠오르는 단어는 오직 그것 하나뿐이었다.

이건 스폰서를 물어온 게 아니라 여의주를 물고 있는 용을 모시고 온 것이나 마찬가지가 아닌가? 거기다 자신과 같은 간판스타는 팅클 하나뿐인 소속사에 거물도 너무 거물이었다.

템플재단은 일반 시민은 모르지만 어느 정도 정보통에 있는 사람들은 보이지 않게 영국을 뒤에서 움직이는 큰손으로 알려져 있었다. 그리고 그곳의 이사장은 영국 왕실에서 백작의 작위를 받은 사람으로, 김대칠은 본 적이 없지만 단 하나, 파워 하나만큼은 대단하다고 알고 있었다. 탬플재단에서 입김만 넣으면 방송가에서 잘나가는 연예인 한 명 사라지게 하는 건 일도 아닐 정도로 영향력이 큰 곳이 바로 그곳인 것이다.

외국의 입김에 한국의 방송가가 휘둘리는 게 좀 우습긴 하지만 어쩌겠는가, 그것이 현실인 것을.

"그럼 설명 드리겠습니다. 우선 제작사마다 음반 제작 비용이 다 다릅니다. 그리고 가수의 기량에 따라서도 다 다르지요. 또한 녹음 세션을 쓰느냐 미디로 가느냐에 따라 다릅니다. 일단 각각 금액은 녹음실 임대료 1%(3시간 30분)당 보통 35만 원 정도, 세션 섭외비 1인당 1%에 35만 원 선입니다. 한 곡 녹음하는 데 세션을 쓸 경우 3% 정도 들어갑니다."

이야기를 시작한 김대칠의 말을 듣던 현중은 너무 복잡하다는 생각밖에 하지 않았다. 하지만 그런 현중은 아랑곳없이 김대칠의 설명은 계속 이어졌다.

"그리고 작곡가에게 주는 돈은 계약에 따라 다르기 때문에 생략하겠습니다. 일단 세션들부터 나열해 보면 드럼, 기타, 베이스, 건반 네 명의 세션을 사용합니다. 그리고 35 곱하기 4 해서 140만 원에, 녹음실 임대료 35만 원, 175만 원이 1%에 나갑니다. 그러니 3%면 525만 원이 되겠지요. 이론상으로는 이렇지만 세션을 3%에 전부 쓰지는 않습니다. 3%에서 녹음실을 빌리면, 10시간 30분 중 세팅하는 시간 30분 정도 빼고, 열 시간으로 치면 두 시간은 드럼, 두 시간은 건반, 두 시간은 베이스, 뭐 이런 식으로 나눠서 하기 때문에 실제 한 곡 녹음비는 300만 원 정도 들어갑니다. 음반에는 열두 곡 정도 들어가 있지요. 그게 3,600만 원이지요. 여기에 녹음하면서 주로 제작사에서 엔지니어, 세션들 밥 다 사줍니다. 차비하고 접대비 등등 하면 비슷한 금액이 소요됩니다."

이제야 설명이 끝나는가 싶었던 현중에게 김대칠은 다시 입을 열었다.

"거기에 작곡가비는 계산에 안 넣었으므로 그것을 포함하면 최소 1억은 충분히 넘어가지요. 여기에 홍보비도 포함됩니다. 음반을 구입해서 뒷면을 보면 혹시 마크 몇 가지 붙어 있는 거 보셨습니까? 그 마크를 사용하는 데 또 사용료를 내야 합니다. 방금 3%라고 말한 건 순수 녹음할 때 들어가는 시간이구요, 믹싱하는 시간도 추가되지요, 마스터링하는 시간도 추가되지요, 뭐 이것저것 전부 계산하면 최소 앨범 하나에 3억 정도 나갑니다. 하지만 팅클의 경우 우선 걸 그룹입니다. 각각 솔로곡도 하나씩 넣어야 해서 그걸 또 따로 곡을 받아야 합니다. 그렇게 되면 이것저것 다 해서 최소 4~5억이 들어갑니다."

　김대칠의 말을 간단하게 말하면 앨범 자체가 돈 먹는 괴물이라는 소리였다. 거기다 변수가 바로 작곡과 작사에 들어가는 비용이었다. 좀 잘나가고 히트곡 제조기라는 별명을 가진 유명 작곡가나 작사가에게 부탁하면 한 곡당 5천에서 1억을 넘는 경우도 있었다.

　어떤 작곡가는 당장 돈을 받지 않고 곡을 발표하고 난 뒤에 인센티브 식으로 받는 작곡가도 제법 있는 편이다. 하지만 그런 작곡가는 보통 초보나 이제 막 작곡가로 이름을 알리기 시작한 사람들이 대부분이었기에 아무래도 신인 가수가 아닌 이상 그렇게 곡을 받아서 앨범을 만드는 경우는 거의 없었다.

　앨범 하나에 4~5억이 그냥 깨지는데 만약에 실패하면 그 돈은 허공으로 사라진다. 그러니 성공이 보장된 스타 작곡가 노래를 쓰지 않고 굳이 인센티브 형의 싼 작곡가 돈을 쓰면서 모험을 할 이유가 없는 것이다. 그리고 팅클 하나로 소속사를 움직이는 이곳처럼 작은 곳은 앨범 한 번 실패하면 타격이 제법 컸다.

　"그래요? 자세하면서도 정확하게 알려주시는군요."

　현중은 김대칠이 두루뭉술하게 그냥 대충 얼마 들어갑니다, 이러면 소속사 사장을 확 갈아치울까 하는 고민도 했지만 이미 현중의 재력과 배경에 완전히 넘어가 버린 김대칠이 그런 바보 같은 짓을 할 리가 없었다. 물론 김대칠이 설명할 때 현중은 천심통으로 거짓인지 살폈고 한 치의 거짓도 없었기에 나름 괜찮은 소속사라고 생각하는 중이었다.

"그럼 앨범 한 장 제작비용 5억을 기본으로 지급해 드리죠."

"헉!!"

그냥 한 3억만 지원해 줘도 김대칠로서는 '성은이 망극합니다' 하면서 절을 해야 할 판인데 아예 앨범 전체 비용을 대주겠다고 한다. 그리고 기본으로 5억이라고 하는 것이다. 기본이라는 건, 잘하면 더 줄 수도 있다는 거 아닌가!

그런 김대칠에게 현중은 웃으면서 단호하게 말했다.

"단, 모든 사용 내역을 제가 알아볼 수 있게 정리해서 보여주셔야 합니다. 영수증을 첨부하면 좋지만 굳이 하지 않아도 상관없습니다. 다 알아볼 방법이 있으니까요."

"…네, 그거야 당연하죠."

현중은 테른을 시키면 된다는 생각으로 말했는데 김대칠은 탬플재단을 생각하고 있었다. 아마 이걸 보고 동상이몽이라고 하지 않던가?

"그리고 혹시나 마음에 드는 곡이 없다면 제가 아는 친구가 미국에서 작곡을 하는데 그 친구에게서 곡을 받아서 드릴 수도 있습니다."

"허걱!!"

오늘 김대칠은 완전 놀라는 일의 연속이었다. 혹시나 어제 황금돼지 꿈이라도 꾸었는지 생각해 보았지만 그저 똑같은 하루였을 뿐이기에 잠시 정신을 추스르고는 계약서를 보았는데, 의외로 단순했다.

"계약서에… 이게 다입니까?"

보통 스폰서 계약서는 없는 편이지만 굳이 쓴다면 거의 스폰서를 주는 사람이 유리하도록 되어 있는 게 기본이다. 하지만 김대칠이 본 계약서에는 전혀 처음 보는 내용뿐이었던 것이다.

기본 앨범 작업 소요 비용(5억)을 제공한다. 추가로 필요할 시에 합당한 이유와 그에 계약자가 수긍할 경우 지급한다.

*앨범이 손해를 입더라도 계약자는 소속사에 책임을 물을 수 없다.

*이 스폰서 계약은 법적으로 유효하며 팅클 멤버가 해체하는 순간 자동 소멸된다.

*이 스폰서 계약은 팅클 멤버가 소속사를 옮기는 순간 자동 소멸된다.

*앨범 판매 및 투자한 앨범에서 나오는 수익은 소속사가 5할을, 계약자가 5할을 가져간다.

이상 2001년 00월 00일.

"정말 이렇게 하실 겁니까?"

김대칠을 놀라게 한 것은 바로 수익 분배였다. 앨범에 필요한 모든 자금을 대주면서 그것에 나오는 수익을 5대 5로 한다는 것이다. 처음에 앨범에 들어가는 돈을 다 대준다기에 소속사 2할, 계약자 8할로 생각했던 것과 완전 차이가 컸다.

"네. 저도 땅 파서 장사하는 건 아니니까요. 어느 정도는 남겨야죠. 전 돈을, 그쪽은 노력을. 서로 윈윈하는 거죠. 싫으신가요?"

"아니요!! 절대로 좋은 조건입니다!"

누가 봐도 소속사가 손해 볼 게 없는 조건이었다. 앨범이 망해도 소속사에 책임을 물을 수 없다는 조건 때문에 마음 놓고 앨범 작업에 임할 수 있는 것이다.

그동안 앨범 하나 만들 때마다 얼마나 노심초사했던가. 하지만 우선 돈 걱정은 줄어들었다.

그렇다면 아주 공격적인 홍보와 마케팅도 충분히 가능하고, 잘하면 다음 앨범에서 승부수를 띄워볼 수 있다고 생각한 김대칠은 현중이 너무나 고마웠고, 그런 현중을 데려온 세희가 너무나 예뻐 보였다.

"그보다 팅클 멤버 계약 기간은 얼마나 남았죠?"

"네, 그것이… 앞으로 3년 남았습니다. 2년 전에 한 번 계약을 갱신했습니다."

보통 어느 정도 인기를 얻으면 돈을 더 주는 소속사로 옮기게 마련이다. 2년 전이라면 지구 시간으로 현중이 군대 막 입대했을 때다. 당연히 이미 그때부터 팅클은 나름 인기 있는 걸 그룹이긴 했다. 지금만큼은 아니지만 말이다. 하지만 좀 더 큰 소속사로 옮길 수도 있는데 옮기지 않았다는 것은 나름 이 바닥에서 의리가 있다고 생각해도 되었다.

"그럼 팅클 멤버와 소속사 간의 수익 분배는 어떻게 됩니까?"

현중은 생각없이 물어본 거지만 김대칠을 살짝 고민하는 듯했다. 이건 의외로 민감한 문제이기도 한 것이다. 하지만 현중이 해주는 것에 비하면 뭐 팅클 멤버와 소속사의 수익 배분 정도의 정보는 문제도 아니기에,

"멤버들이 4할, 저희 소속사가 6할을 가져갑니다. 앨범 작업 등으로 인해 아무래도 저희가 지출이 많다 보니 어쩔 수 없이⋯⋯. 최대한 생각한 분배율입니다."

"음⋯⋯."

현중은 잠시 생각하더니 팅클 멤버들을 한번 바라보다가 세희와 눈이 마주쳤다. 그리고 이왕 밀어줄 거, 확실하게 밀어줘서 한번 한국에서 대스타가 되는 기회를 줘보자는 생각이 굳어지자,

"앨범에 들어가는 비용은 전부 제가 부담할 테니 팅클 멤버 6할, 소속사 4할, 어떠십니까?"

"…전부 다 말입니까? 그럼 홍보 비용까지 말하는 겁니까?"

"네. 전부 제가 부담하죠."

김대칠은 현중을 보다가 세희를 물끄러미 봤다. 그리고는 도대체 세희가 어떻게 현중을 구워삶았기에…… 하는 생각이 들었다. 인기는 있지만 현중이 소속사에 쏟아붓는 돈을 생각하면 그만한 값어치가 있는 팅클이던가? 아무리 자기 소속사 간판스타지만 그건 아니었다. 하지만 현실은 현중이 거의 돈을 쏟아붓고 있는 것이다.

일 년에 한 번씩 앨범을 작업하고 어쩔 때는 두 번 할 때도 있다. 돈이 떨어지면 별수 없이 또 앨범을 작업해서 잠깐 한두 달 쉬었다가 다시 컴백하는 경우도 많았다. 그게 중소 소속사들의 현실이고 비애였는데 그 모든 걱정이 한 방에 사라진 것이다.

"알겠습니다. 저도 제가 키운 애들 이용만 해먹을 생각은 추호도 없습니다."

김대칠의 결정에 현중은 씨익 웃으면서 고개를 끄덕이고는 시원하게 계약서에 사인하자 김대칠도 사인했다. 그리고 테른의 품에서 현중의 인감도장이 나오자 김대칠도 재빨리 품에서 도장을 꺼내더니 서류를 나란히 붙여놓고는 중간에 진하게 두세 번 찍어 나눠 가졌다.

"그럼 계약이 성립된 기념으로 한 가지 선물을 드리죠."

그리고는 테른을 보고 고개를 까딱거리자 테른이 어딘가로 전화를 걸더니 곧 끊었다.

"통장을 확인해 보세요. 아마 슬슬 다음 앨범 준비할 시간이죠? 활동도 할 만큼 했으니까요. 그러니 천천히 앨범 준비하시라고 우선 5억을 사장님 통장으로 보냈습니다. 모자라면 연락주세요."

현중의 말이 끝나자 테른은 품에서 명함 하나를 꺼내 대칠에게 내밀었고, 대칠도 황급히 자신도 명함을 꺼내 테른에게 주었다.

"하하하하, 시원하십니다."

"남자가 질질 끌면 그것만큼 보기 흉한 게 없지요."

현중과 김대칠은 그렇게 서로 시원하게 웃으면서 계약을 끝냈고, 소속사 전 직원의 배웅을 받으면서 현중의 맥라렌 F1은 유유히 사무실을 떠나 N대학으로 향했다.

오로지 결석하지 않기 위해서 말이다.

하지만 현중이 떠나간 소속사는 거의 태풍이 휩쓸고 지나간 듯 모두의 머릿속이 멍해져 있었다.

"세희야, 저분과 어떻게 아는 사이야?"

세희가 데리고 왔으니 당연히 세희에게 그 자리에 있던 나머지 팅클 멤버와 매니저의 시선이 집중되었다. 듣긴 했지만 지금까지 간단하게 말했으니 알 수가 없었고, 결국 세희는 인질 사건 때부터 시작해서 이야기를 모두 했다. 현중에게 말한 자신의 과거와 복수를 위해서 연예계에 들어왔다는 것까지 말이다.

그런데 그 말을 다 들은 멤버들은 웃으면서,

"이제야 말해주는구나."

미희는 웃으면서 세희를 조용히 안아주었다.

"알고… 있었어?"

다들 놀라는 표정이 아닌 것에 오히려 세희가 놀랐다.

"당연하지, 바보야. 계약을 갱신하기 전에 스타 엔터테인먼트에서 너에게 접촉했을 때 너무 극단적으로 거부하고 싫어하길래 뭔가 있구나 정도는 다들 생각하고 있었어. 하지만 어머니와 연결된 사연이 있을 줄은 몰랐어."

국내 최고의 엔터테인먼트 회사인 스타 엔터테인먼트를 극도로 싫어하는 세희의 모습에 다들 뭔가 이유가 있을 거라고 짐작은 했다. 그런 세희 때문에 처음에는 팅클이 좀 더 큰 곳으로 옮기지 못해 아쉬워했지만 지금에 와선 오히려 크게 한 방 터뜨린 결과를 낳은 것이다.

그런데 그 와중에 소희가 약간 고민하는 듯한 표정으로,

"그런데 그 오빠… 세희 언니에게 반해서 그런 건 아닐까요?"

"……?"

소희의 말에 다들 세희에게 다시 한 번 시선이 집중되었지만 세희는 고개를 천천히 저으면서,

"저도 연예계 생활이 몇 년인데 그 정도 눈치도 모르겠어요. 절 여자로 보지도 않는 눈빛이었어요."

"크흐~!"

세희의 말이 끝나자 뭔가 아쉽다는 듯 크게 헛기침을 한 김대칠은 그래도 혹시나 현중이 세희에게 반했다면 좋겠다는 욕심을 약간은 드러냈다.

"자자, 다들 이제 정신 차리고 다음 앨범 준비하자. 이미 앨범 작업할 비용 5억이 내 통장에 고스란히 들어와 있다. 그럼 이제 뭘 해야 하는지 다들 알지?"

김대칠이 어깨에 힘이 잔뜩 들어간 채 큰 소리로 모두의 상념을 깨우자 팅클 멤버는 곧바로 다음 앨범 준비로 머릿속이 꽉 들어차 버렸다.

"이번에 돈이 부족해서 못해봤던 것을 다 해보는 거다. 인생은 기회의 연속이다. 기회가 왔을 때 잡느냐 놓치느냐는 모두 자신의 손에 달린 거지. 그러니 난 이번 기회를 이용해서 크게 한번 만들어보고 싶다는 생각이 든다. 다들 따라와 줄 거지?"

"네, 사장님!"

소희가 기운차게 소리치자 다들 웃으면서 분위기는 순식간에 부드러워졌다. 또한 한껏 들뜬 분위기 때문인지 뭔가 이뤄낼 수 있을 것 같다는 희망으로 가득 찼다.

그리고 그런 분위기를 소속사 구석 천장에 붙어 있는 아주 작은 거미 한 마리가 모두 테른에게 보고하고 있는 중이었다.

─마스터, 생각보다 괜찮은 인간들입니다.

"후후훗, 난 도와주지 않을 거면 아예 무시하지만 도와줄 거면 확실하게 도와준다는 걸 몰랐냐? 그보다 테른, 돈 많이 벌어야겠다. 처음으로 먹여 살릴 사람들이 생겼으니까."

뭔가 즐거운 듯한 현중의 말투에 테른도 입가에 미소를 지으면서,

─마스터에게 기쁨이 되는 일은 저에게도 기쁨입니다. 그리고 잊으셨습니까? 전 마족의 공작 지위에 있던 테른입니다. 인간들의 숫자놀음에 흔들리지 않습니다. 맡겨주십시오.

"그래, 이상하게 난 힘쓰는 거 외에는 젬병이란 말야. 쩝, 나도 그냥 적당하게 대학 졸업해서 사법고시나 볼까? 스펙이 좋잖아?"

처음으로 현중이 자신이 뭘 하고 싶다고 말하자 테른은 냉정하게 결론을 내렸다.

─마스터, 그건 좀 힘들 것 같습니다. 이미 마스터 명의의 재산만 해도 웬만한 그룹 총수들도 형님 할 수준입니다. 그리

고 칼리조 석유 개발 회사도 정부에서 가만히 두고 보지 않을
겁니다.

 확실하게 테른은 현중과 달리 현재 대한민국의 정세와 정
치의 모든 것을 파악하고 있었다.

 "그보다 인도 쪽에서 의외로 조용히 있네."

 ─…….

 현중이 모른 척 테른에게 물어보자 그가 처음으로 현중의
물음에 입을 다물었다. 현중이 씩 웃으며,

 "네가 다 알아서 하겠지만 넌 지금 겨우 1차 봉인이 풀렸을
뿐이다. 총칼에 죽진 않지만 움직이는 데 지장이 있을 정도의
타격을 당할 만큼 약해져 있다는 걸 잊지 마라."

 ─네, 마스터.

 "그리고 부하가 다치면 마스터로서 어떤 적이든 부숴주마.
그게 개인이든 나라가 되었든, 아니, 지구 전체를 상대하더라
도."

 현중이 나직하지만 확실하게 테른에게 말을 하자 테른도
조용히 고개를 숙이면서,

 ─제가 처리할 수 있는 한계에 도달하면 마스터께 말씀드
리겠습니다.

 "알았다. 무리는 하지 마라."

 ─네, 마스터.

이미 현중은 석유 개발 회사로 압력이 들어갔을 것이라고 충분히 예상 중이었다. 석유 개발 회사가 적을 두고 있는 나라가 바로 인도였다. 석유가 터지지 않았을 때야 아무도 신경 쓰지 않겠지만 석유와 천연가스가 동시에 터졌다. 그리고 주식이 500배나 뛰는, 완전 길가의 돌멩이보다 못한 존재에서 황금알을 낳는 거위가 되어버린 것이 바로 칼리조 석유 회사였다.

하지만 현재 현중이 상장 주식 대부분을 가지고 있고 개발 투자 계약까지 해서 모두 60%의 지분을 가지고 있다. 한마디로 현중의 동의나 의견 없이 인도에서는 아무것도 할 수 없는 것이다. 그리고 유전이 터진 곳이 인도도 아니고 베트남 쪽이라 확실하게 힘을 쓸 수도 없었다.

다만 아직 칼리조 석유 개발 회사의 지분 10%를 가지고 있는 칼리조라는 녀석이 현중이 봐도 왠지 이대로 물러날 것 같진 않았다.

자신은 완전히 망했는데 나중에 슬쩍 끼어든 현중이 대박을 터뜨려서 다 가져가 버린 모습으로 비춰지기에 충분하기 때문이다. 아니, 아마 그렇게 생각하고 있을 것이다.

하지만 크게 걱정하진 않았다. 테른을 죽일 수 있는 존재는 지구에 없었다.

아무리 힘이 봉인되어도 마족 서열 50위에 있던 서열 마족이다. 신성력이 존재하고 신이 있는 대륙에서도 서열 50위 마족은 거의 드래곤과 맞먹는 위력을 가진다. 하물며 신성력은 커녕 마나조차도 희박한 이곳에서 테른이 누구에게 다친다면 오직 한 가지 이유였다.

과학!

인간이 만들어낸 최고의 병기이자 제일 편한 병기인 총기류였다.

정신체라고 해도 타격을 받으면 당연히 흔적이 남게 된다. 오러나 신성력처럼 직접 타격은 주지 못하지만 회복하는 데 약간의 시간이 걸릴 것이다. 그렇지만 죽지는 않는다.

그렇기에 현중은 아직 처음 테른에게 했던 3단계 봉인 중 1단계만 풀어주고 나머지 힘의 봉인과 각성의 봉인은 그대로 둔 상태였다.

끼이익!

현중의 차가 학교 지정석에 도착했을 때 테른은 이미 현중의 그림자로 사라지고 난 뒤였다.

현중은 주차를 하고 차에서 내렸다. 그런 그를 기다렸다는 듯 들소처럼 달려와서 앞에 선 사람을 보는 순간 현중은 자신도 모르게 얼굴이 일그러졌다.

"현중 선배! 인터뷰 해주신다면서요!"

신문부 부장이었다. 이건 완전 찰거머리도 이런 찰거머리

가 없으니 아무래도 잠깐 시간 내서 해주긴 해야 할 것 같았
다. 물론 수업이 다 끝난 뒤에 말이다.

"수업이 끝나고 강의실로 와요."

"네, 현중 선배."

그렇게 현중은 무사히 수업을 모두 마쳤고, 곧장 인터뷰로
끌려갔다. 수업을 마치는 종소리가 울리자마자 강의실 뒷문
을 열고 쳐들어온 신문부 부장의 손에 이끌려 조용한 벤치로
간 그는 질문에 대충 대답해 주었다.

그리고 신문부 부장이 사라지자 현중은 그제야 한숨을 내
쉬면서,

"이거 원 힘으로 해결 못하는 문제는 똑같구만."

신문부 부장 같은 찰거머리를 또 상대하느니 차라리 마족
1,000마리와 주먹질하는 게 속편하다고 생각하는 현중이었
다.

"집에 돌아가서 좀 쉬자, 쉬어."

오늘은 다른 건 몰라도 그 신문부 부장 때문에 정말 정신이
피곤한 하루였다. 하지만 그런 현중의 작은 바람도 곧 차 앞
에 서 있는 미모의 여학생 때문에 쉽게 이뤄지지 않을 것 같
았다.

"현중 선배시죠?"

긴 생머리가 찰랑거리고 호리호리한 몸매에 하얀 피부가

학교에서 제법 인기 있을 법한 여학생이었다. 거기다 커다란 눈동자는 왠지 사람에게 호감을 느끼게 하는 마력까지 있어 보인다. 하지만 현중에게는 소용없었다. 한참 잘나가는 연예인을 보고도 무심한 현중에겐 그냥 예쁜 여자구나 정도일 뿐이었다.

"누구시죠?"

"후훗, 역시나 누구에게나 존댓말을 하시는군요."

"개인적인 성격입니다."

현중은 무심한 듯 말했지만 이미 현중에 대해서 어느 정도 알고 있는 듯 미모의 여학생은 현중 앞으로 다가오면서,

"현중 선배, 저 차 좀 태워주세요."

명백하게 여자가 먼저 프러포즈를 한 것과 마찬가지다. 미모의 여학생은 학교에서 이미 퀸카로 소문난 전유진이었다.

처음 맥라렌을 보는 순간 현중을 자신의 남자로 만들겠다고 다짐했던 전유진은 멋모르는 애들과 달리 차분히 현중의 일거수일투족을 모두 조사해 만반의 준비를 한 후 자연스럽게 접근하려고 했다.

하지만 세상일이라는 게 다 마음대로 되는 게 아닌 듯 미모의 외국인 여성과 차를 타고 나갔다는 소문이 들리고, 오늘은 모자와 선글라스로 얼굴을 가렸지만 굉장한 몸매의 여자와 차를 타고 또 나갔다고 하는 이야기가 들렸던 것이다.

당연히 알아보니 사실이었다. 본 사람이 한두 명이 아니니 당연했다.

그나마 연인으로 보이거나 사귀는 사이로 보이진 않는다는 말을 듣곤 안심했지만 그동안 느긋하게 현중을 공략하려던 전유진의 생각을 바꾸게 되는 계기가 된 것이다.

용기있는 자가 미인을 차지한다.

이 말이 그냥 나온 말이 아니었다. 그리고 지금까지 자신이 유혹해서 넘어오지 않은 남자가 없었기에 자신도 있었다. 거기다 그냥 무작정 현중에게 들이대는 것이 아니라 어느 정도 사전 정보를 가지고 있기에 충분히 자신 있었고, 그렇게 해서 내린 결론이 바로 맥라렌 F1 앞에서 기다렸다가 차 좀 태워달라고 하는 것이었다.

이미 전유진의 머릿속에는 현중과 저 멋진 슈퍼카를 타고 드라이브를 하는 상상의 나래를 펼치고 있지만,

"오늘은 피곤해서 죄송합니다."

그렇게 말하고 현중은 횡하니 차에 올라타더니 심장을 떨리게 만드는 엔진 소리를 남기고 유유히 사라져 버렸다.

"……."

처음이다, 지금까지 자신의 웃는 얼굴에 이토록 무심했던 남자는. 물론 꼴에 작전이라고 무심한 척을 했던 남자도 있었다. 하지만 그런 선수들을 수도 없이 겪어온 전유진은 그 정

도는 구분할 줄 알았다. 문제는 현중이 정말 피곤하고 관심이 없다는 말투였다는 것이다.

사람이 거짓말을 하게 되면 당연히 뭔가 목소리 톤이 어색해진다. 미녀를 꾀일 때는 차가운 척해야 한다는 인터넷 괴담 비슷한 이야기를 믿고 그렇게 접근하는 남자들이 너무 많다 보니 전유진은 자연적으로 귀가 열려 목소리 톤으로 진심인지 거짓인지를 구별하는 이상한 능력을 가지게 되었다.

물론 원해서 생긴 것은 아니었다. 하지만 하루에 5~8명에 달하는 남자들이 하나같이 차가운 척하면서 거짓말로 연기하는데 바보라도 익숙해질 수밖에 없었다.

"하아, 처음이네. 이렇게 확실하게 거절당해 보기는."

그냥 화가 나고 짜증나고 분할 줄 알았던 전유진은 오히려 편안한 마음이 드는 자신이 이상하면서도 왠지 현중에게 더욱 마음이 쏠렸다.

정말 자신에게 관심이 없는 남자였기 때문이다.

"좋아요. 현중 선배, 두고 봐요. 제가 꼭 현중 선배 옆에 있을 테니까."

어째 사랑이 아닌 이상한 방식으로 전유진은 불타고 있었지만, 그런 전유진의 불타는 의지를 받아야 할 현중은 정작 피곤해서 집에 오자마자 거실 소파에 벌러덩 누워버렸다.

무심결에 리모컨으로 TV를 틀자 미팅 프로그램이 나오고 있었다. 전에 본 적이 있던 '결혼하자' 라는 리얼 버라이어티 프로그램으로 정말 이곳에 나오는 사람들은 결혼을 목적으로 서로 조건과 스펙을 내걸고 상대를 찾고 있었다.

국내에서 이렇게 리얼한 프로그램은 처음인지라 방송하자 마자 대박을 터뜨렸고, 뒤를 이어 우후죽순처럼 다른 미팅 프로그램들이 생겨나는 결과를 낳은 장본인이었다.

그런데 어째 TV를 켤 때마다 저 미팅 프로그램이 나오는 것 같았다. 거기다 이상하게 본 것 같기도 하다는 느낌이 든 현중은 천천히 일어서서 TV 쪽으로 갔다. TV 주변을 잠시 살 펴보니 못 보던 비디오테이프가 보였고, 교묘하게 보이지 않 는 곳에 VCR 기계 세 대가 돌아가고 있는 것을 발견했다.

"……."

이런 짓을 할 녀석은 안 봐도 뻔했다.

"테른!"

─네, 마스터.

"설명을 바란다."

현중이 지금까지 우연을 가장해 계속 '결혼하자' 라는 미 팅 프로그램을 보여준 VCR 기계를 손가락으로 가리키자 테 른은 씨익 웃었다. 마치 현중이 웃는 것처럼 말이다. 주인을 닮아가는지 너무나 매력적이지만 안타깝게 그런 미소는 소용

없는 사람들이었다.

―마스터를 위해서입니다.

"미팅 프로그램하고 나를 위한 거랑 무슨 관계가 있는 거냐?"

―저번에 제가 말했던 마스터를 세계 최고의 남자로 만들기 2차 계획입니다.

"그래서 지금 나보고 결혼이라도 하라고?"

결혼하자라는 프로그램이니 당연히 이 말이 나올 만했다. 하지만 테른은 고개를 저으면서,

―그게 아니라 남녀가 서로를 탐색하면서 조율하는 방법을 익히는 데 용의하다고 제가 판단했습니다. 거기다 이곳에 나오는 여자들은 모두 지성인입니다. 지구에서 어느 정도 배우고 자란 여자와 남자들이니 이것보다 좋은 교육이 어디 있겠습니까?

"……"

현중은 테른을 보고 아주 쇼를 한다고 한소리 하고 싶은 것을 겨우 참았다. 미우나 고우나 자기 부하이니까 말이다.

―마스터, 어떠십니까? 아예 저곳에 한번 나가보시는 것이.

한술 더 떠서 부추기는 테른을 향해 현중은 조용히 입가에 미소를 지으면서,

"너, 오랜만에 맞아볼래?"

─마스터, 전 냉정하고 객관적으로 분석한 결과를 말씀드리는 겁니다. 세계 최고의 남자가 되기 위해서는 유명해지는 것도 필수적입니다.

"에휴, 테른, 그냥 조용히 살자. 나 아직 학교 졸업도 못했다."

─잘 알고 있습니다. 하지만 유명해지는 것과 졸업하는 것은 아무런 관계가 없지 않습니까?

도대체 테른이 어디서 뭘 봤길래 저렇게 자신을 최고의 남자로 만들지 못해서 안달이 났는지 이해할 수가 없었다. 물론 좀 맹목적으로 자신을 따른다는 것은 알고 있다. 하지만 그거야 혈족의 복수를 해주었으니 당연했고, 영혼의 계약으로 묶여 있으니 그럴 거라고 생각하고 그냥 대충 넘겼다.

그런데 지구로 와서 많은 정보를 받아들이더니 생각이 많아졌는지 아니면 머리가 복잡해졌는지 이상한 계획을 들고 와서는 현중 모르게 계획을 실행시키고 있는 게 아닌가?

뭐, 다 좋다고 치자. 지금 타고 다니는 맥라렌 F1이야 솔직히 남자의 로망이라는 거 현중도 인정했다. 물론 처음에 맥라렌 F1의 주문, 생산되는 특성상 먼저 주문했던 외국인 체형에 맞춘 것 때문에 살짝 어색했지만 이미 몸 자체가 최고의 모습으로 환골탈태한 상태라 키가 큰 외국인 체형에 적응하는 건 어렵지 않았다. 그리고 단 몇 번의 주행으로 완벽하게 자기 것으로 만들고 은근히 드라이브로 즐기는 개운함도 좋았다. 그래서 흔쾌히 받아들인 것이다.

하지만 두 번째 계획이라는 게 참 웃지도 못하고, 그렇다고 매몰차게 내치자니 테른이 다른 짓을 또 자신 몰래 저지를 것 같아서 조금은 불안했다.

뭐 자신에게 해가 가거나 안 좋은 일은 테른이 하지 않으니 괜찮은데 문제는 바로 모두 현중을 위해서 엉뚱한 일을 한다는 데 있다.

"테른, 내 나이가 벌써 126살이다."

—마스터, 전 1천 년을 넘게 살아왔습니다. 하지만 아직도 전 여자를 좋아합니다.

"……."

순간 넌 뱀파이어고 난 사람이라고 큰소리치고 싶은데 그러지는 못하고 살짝 답답했다. 오늘은 뭔 날을 잡았는지 학교에서부터 뭔가 계속 마음에 들지 않던 현중은 결국 일어섰다.

"잠깐 나갔다 오마."

—네, 마스터.

테른은 현중이 나간다고 하자 오히려 웃으면서 공손히 배웅까지 하는 것이다.

그런 테른의 모습에 현중은 한숨만 나왔다. 원래 머리가 굵어지면 생각이 많아지고, 그럴수록 능구렁이가 되어간다고 했던 어른들의 말이 생각났다.

한정된 정보가 대부분인 대륙에서 살아온 테른은 아무리 1천 년을 넘게 살아도 취할 수 있는 정보에 한계가 있었다. 하지만 지구는 달랐다.

하루마다, 아니, 매 시간마다 수많은 정보가 쏟아져 나오는 곳이 바로 지구였다. 거기다 거의 전 세계 언어를 할 수 있는 테른은 수많은 뉴스를 통해 보통 사람들이 평생 얻어야 할 정보를 단 며칠 만에 얻을 수 있을 정도로 끊임없이 흡수해서 자기 것으로 만들고 있는 것이다.

한마디로 테른 같은 머리 쓰는 천재에게 지구의 환경은 그야말로 물고기에게 드넓은 수족관을 주는 것이나 마찬가지였다.

시간이 지날 때마다 모든 게 끊임없이 새롭게 변화하는 지구는 신의 지배 아래 고정되어 있는 마계나 그나마 변화가 빠른 중간계의 대륙에 비교할 수도 없을 정도였다.

"어째 생각하던 거랑 너무 다르냐, 삶이……."

한숨을 쉬던 현중은 하늘을 쳐다봤지만 그저 대답없이 맑고 높고 조용할 뿐이었다.

그냥 평범한 삶을 생각했다. 말로는 평범하게 결혼해서 살고 싶은 마음뿐이었다. 대륙에 있을 때는 정말 그랬다. 하지만 정작 지구로 돌아오니 자신의 마음도 달라진 것이다.

아무리 미인을 봐도 이성으로 보이지 않고 그냥 예쁘구나, 미인이구나 이 정도다. 그렇기에 여자에 대한 관심을 쓰지 않게 되었고, 오히려 혼자가 편했다.

테른이라는 충실한 부하가 있다. 웬만한 가정부 저리 가라 할 정도로 만능인 녀석이 있는데 굳이 빈자리를 느낄 이유가 없는 것이다.

요리면 요리, 청소면 청소, 깔끔한 일 처리까지 무엇 하나 흠잡을 것이 없었다. 거기다 돈까지 입이 떡하니 벌어질 만큼 벌어다 주는데 보통 솔로들이 말하는 옆구리가 시리다는 느낌을 받을 이유가 없는 것이다.

이미 대륙의 드래곤 레어에서 수련할 때 80년 동안 죽을 고비만 수백 번 넘기면서 지금의 경지에 이른 현중이다. 사람이 죽을 고비를 한 번만 넘겨도 생각이 바뀐다고 하는데 수백 번이면 보통 사람이 생각하는 결혼에 대한 생각 자체가 무의미할 만도했다.

그리고 현중 스스로 자신의 수명이 과연 얼마나 되는지 알 수가 없다는 것도 한몫했다.

현중을 죽일 수 있는 존재도 없었다. 병이나 독으로 죽을 수도 없었다. 늙지도 않았다. 그리고 마음만 먹으면 나라 하나 무너뜨리는 건 일도 아니었다. 그런데 뭐가 부족해서 여자에게 신경 쓰면서 살겠는가? 대륙에서 황제 노릇하던 5년 동안 지겹도록 여인들의 추파를 받았고, 부하들의 옳는 소리도 들었던 현중은 진저리가 났다.

"참 조용하게 살기 힘들구나."

현중은 점퍼 안에서 담배를 꺼내 입에 물고는 그냥 걸었다. 하지만 곧 사람들의 시선이 느껴지면서 결국 자신도 모르게 사람이 적은 곳으로 발걸음이 움직였다.

"……."

담배를 피우던 현중은 조용히 피우던 담배를 바닥에 살짝 떨어뜨리고는 발로 비벼 끄면서 입가에 미소가 살짝 번졌다.

"오늘은 정말 무슨 날인가 보구만."

현중의 푸념과 같은 말이 끝나자마자 어디선가 검은 정장을 입은 녀석들 수십 명이 나타나더니 순식간에 현중을 둘러싸 버렸다.

사람들이 운동을 하던 곳인데 아까부터 사람이 한 명도 보이지 않는 것이 약간 이상했던 현중의 기감에 이 녀석들이 걸려들었다.

살기를 품고서 기다리는 사람이 바로 자신이라는 것을 알아내는 것은 그리 어렵지 않았다.

살기라는 것 자체가 목표가 있어야만 위력을 발휘하는 것이다. 특히나 수 십명이 동시에 현중을 향해 적개심 아니면 살기를 뿜어대는데 모르면 그게 더 이상했다.

"김현중, 널 찾느라 정말 애먹었어."

현중을 둘러싼 수십 명의 각두기 사이에서 모습을 드러낸 녀석은 바로 최 부장의 오른팔인 동철이었다.

어느 날 갑자기 사라져 버린 최 부장으로 인해 얼떨결에 조직의 1인자가 되어버린 동철은 조직을 정비하느라 애를 먹었다. 무엇보다 최 부장의 부재를 느낀 것은 바로 자금줄이었다.

그동안 대동그룹에서 어느 정도 자금을 가져다 쓰던 최 부장이 갑자기 사라져 버리자 조직은 자금대란이라고 부를 만큼 휘청거렸다. 동철은 그 사태를 무식하게 휘어잡아 대충 정리했다. 하지만 역시나 아무리 무식한 동철이라도 조직을 운영하는 데 돈이 얼마나 중요한지는 잘 알고 있기에 최 부장이 남긴 장부나 돈을 찾기 위해서 애를 썼다.

최 부장은 원체 의심이 많았다. 조직의 동생들도 모두 필요에 의해 쓰는 부하 이상으로 생각하지 않았기에 흔적을 남겨둘 리가 없었다. 거기다 이미 테른이 최 부장의 명의로 되어 있던 재산을 깡그리 처분해 현중의 돈으로 만든 지 오래되었으니 더욱 찾을 수 있을 리가 없었다.

그러다 보니 결국 동철은 최 부장이 가장 마지막에 찾던 현중을 기억해 내고 그를 조사했다.

“널 참 애타게 찾았어.”

진득하게 웃는 동철이 허리춤에서 곧바로 회칼을 꺼내자 현중을 둘러싸던 녀석들도 살짝 자기들끼리 거리를 벌렸다. 그들도 하나같이 회칼을 꺼내 들었다.

“주둥이를 찢어버리기 전에 한 가지만 물어보지. 박식 형님을 어디다 빼돌렸냐?”

“박식?”

현중이 처음 듣는다는 듯한 얼굴을 하자,

“이 새끼야!! 최박식 형님을 어떻게 했냐고!! 너랑 만나고 나서 잠적하신 형님 말야!!”

돈에 압박받고 있는 동철은 어떻게든 최 부장이 가지고 있던 자금줄을 찾아야 했다. 최대한 사람도 풀고 해서 현중의 학교까지 알아내었고, 현중이 혼자가 될 때까지 기다린 것이다.

그런데 드디어 현중을 잡았다고 좋아하는 동철과 달리 현중은 가볍게 손가락을 풀더니 주변을 한번 살펴보고 씨익 웃었다.

“오늘 참 기분 꿀꿀했는데 알아서 나와 주네.”

“이 새끼가 아직 분위기 파악을 못하는구만. 아그들아, 병신 만들어줘라.”

동철은 너무나 여유로운 현중의 모습을 오히려 허세로 생

각했다. 이런 조폭 생활을 하다 보면 허세를 부리는 녀석들을
제법 만날 때가 있었다. 하지만 지금과 같은 상황에서까지 허
세 부리는 경우는 없었다. 수십 명이 회칼을 꺼내 들고 사방
에서 둘러싸고 있는데 웃고 있다니, 허세도 상대에게 통할 때
나 좋은 방법이지 지금 동철에게는 절대 아니었다.

그런데 그런 동철의 웃는 얼굴이 사라지는 데 걸린 시간은
불과 2초였다.

퍼걱!

쿵! 우드득!

"뭐야? 겨우 한 방에 죽네?"

가볍게 칼을 세워 들고 찔러오는 녀석을 현중은 그냥 살짝
몸을 돌려 피했다. 그 동작과 연결해서 그대로 팔꿈치로 얼굴
을 찍어버렸다.

현중의 팔꿈치에 얼굴이 찍힌 녀석은 달려오던 힘과 현중
의 힘에 의해서 공중에서 한 바퀴 돌고 땅에 떨어졌다. 재수
가 없던 건지 머리부터 떨어지면서 목이 완전히 꺾여 그대로
즉사해 버렸다.

그런데 죽어버린 녀석을 본 현중의 반응이 정말 가관이었
다.

툭! 툭툭!

"쩝. 뭐 이리 약해?"

즉사해서 혀를 빼 물고 목이 완전 등으로 돌아간 녀석을 발로 몇 번 차본 그는 오히려 다른 녀석들을 향해 손가락을 들어 흔들면서,

"어서 와. 한꺼번에 덤벼도 돼."

한 방에 즉사한 조직원을 본 동철은 자신도 모르게 침을 꿀꺽 삼키고 주위를 둘러보았다. 분명 놈을 둘러싸고 있는 건 자신들인데 단 2초 만에 분위기가 완전 뒤바뀌어 버린 것이다.

거기다 지금 현중의 움직임을 본 사람이 없었다. 그냥 잠깐 사라지고 나서 타격음이 들리더니 가장 먼저 덤빈 녀석이 죽어버린 것이다.

"어이, 쓰레기들, 안 와? 그럼 내가 갈까?"

현중은 자신에게 덤빈 녀석을 살려줄 생각이 없었다. 뭐 실력이 좋아서 현중의 손아귀에서 살아남는다면 그건 제 복이지 자신이 상관할 바는 아니라고 생각하고 있는 상태에서 회칼까지 꺼내 들었으니 힘을 빼고 봐주고 할 이유가 없는 것이다.

움찔!

조폭이라고 죽는 게 두렵지 않을 리가 없다. 그건 당연했다. 쪽수로 밀어붙여서 싸우고 힘을 과시하는 것이 전부인 현대의 조폭에게 현중과 같은 일격필살의 기술이 있을 리가 없

었다.

이미 연장질에 익숙해져 버린 녀석들은 본능적으로 현중이 강하다고 느낀 것이다.

그리고 그 순간 이미 전세는 뒤집어졌다.

"이 새끼들이!! 장난하냐!! 쳐!!"

동철도 조직 생활이 벌써 10년이 넘었다. 아무리 멍청해도 그 정도 눈치는 있었다. 자신의 부하들이 겁을 먹었다는 것은 이미 표정만 봐도 알 수 있다. 하지만 이대로 물러난다면? 절대로 있을 수 없는 일이다.

최 부장이 가지고 있는 자금줄을 찾아내기 위해서는 김현중을 어떻게든지 잡아 족쳐서 최 부장이 숨어 있는 곳을 알아내야 했다. 그렇기에 엉덩이를 걷어차면서 한 녀석을 밀어버렸더니 엉겁결에 녀석이 튀어나갔다.

퍼걱!

털썩!

나가자마자 현중의 주먹에 얼굴을 얻어맞았다. 안면이 함몰된 채 그대로 주저앉은 녀석은 경련이 일으키며 온몸을 바들바들 떨어댔다.

"젠장, 또……."

동철은 이미 살인을 몇 번 해봤다. 그렇기에 한눈에 그가 즉사했음을 알아보았다. 보통 사람은 인간이 죽으면 그냥 쓰러져 움직이지 않을 것이라고 생각한다. 영화에서 그렇게 보여주기에 인식이 그러한 것은 당연하지만, 실제로는 달랐다.

사후경련이라고 해서 사람은 죽어도 짧게는 몇 분에서 길게는 몇 시간까지 온몸을 부들부들 떨면서 경련을 일으킨다. 이건 실제로 사람을 죽여 본 경험이 있는 녀석만 알고 있는 것이다.

그런데 의외로 두 번째 녀석까지 죽어버리자 조폭들의 몸에서 살기가 폭발적으로 늘어나기 시작했다.

"내 주먹이 보였다고 생각하는군. 크크큭."

첫 번째 공격은 너무 빨라서 어떻게 공격했는지 모르기에 조폭들이 겁에 질렸지만 두 번째는 주먹을 뻗는 게 보였다. 보이지 않는 것과 보이는 것의 차이는 하늘과 땅 차이였다. 즉, 알 수 없는 현중의 힘에 대한 공포가 사라진 것이다.

하지만 이 모든 것은 현중의 계산이었다. 첫 번째 공격에 조폭들이 겁을 먹고 움직이지 않자 자신이 직접 뛰어들까 했다. 하지만 그럼 도망가는 녀석이 생길 것이고, 또 귀찮아질 수가 있었다. 그렇다면 힘을 최대한 빼고 다시 공격해서 해볼 만하다는 생각을 심어주면 된다.

인간이란 동물은 너무 강하면 아예 대항할 생각조차 버리지만 자신의 눈에 보이는 힘이라면 오히려 하이에나같이 달려들어 물어뜯는 버릇이 있다. 이미 이런 건 대륙에서 수도 없이 겪었고 깨닫고 한 거라 작전의 축에도 끼지 못하는 거지만 조폭들에게는 절묘하게 먹힌 것이다.

"죽여 버려!!"

"배때지를 쑤셔주자!!"

해볼 만하다는 생각과 동료가 죽었다는 생각이 겹치자 갑자기 조폭들 사이에 투지가 솟아나기 시작했다. 동철이 굳이 명령하면서 닦달하지 않아도 알아서 현중을 향해 수십 개의 회칼이 날아들었다.

퍼걱! 퍼걱!!

투앙! 투앙!

조폭들이 달려드는 것과 동시에 현중이 사라졌다. 그리고 온갖 타격음, 효과음이 뒤엉켰다.

바람!

조폭들에게 현중은 보이지 않고 잡을 수는 없지만 느낄 수 있는 바람이었다.

퍼걱!

처음 조폭들이 회칼을 휘두를 때만 해도 현중은 그냥 서 있었다. 지척까지 회칼이 찔러들어 오는 상황에도 가만히 서 있던 현중이 움직인 것은 칼날이 거의 닿을 무렵. 입가에 미소가 번지면서 아주 작게 한마디 했다.

"문곡(文曲), 방위(方位), 점(占), 출(出)."

뜻을 알 수 없는 그 한마디와 함께 현중은 조폭들 시야에서 바람과 같이 사라져 버렸다. 지옥이 펼쳐진 것은 그 다음이었다.

현중이 서 있던 지점을 중심으로 한 번에 한 방, 원샷 원킬이라는 말이 딱 어울리는 상황이 연출됐다. 현중이 보이는 순간 가볍게 휘두른 주먹 한 방에 시위를 떠난 화살과 같이 밖으로 튕겨 날아간 조폭은 더 이상 움직이지 못했다.

그렇게 1분가량 지났을까? 그 넓은 공터에 서 있는 것은 현중과 동철뿐이었다.

"정확하게 예순일곱 번이라……."

현중이 중얼거렸다. 자신이 주먹을 휘두른 횟수를 말하는 것이지만 그건 정확하게 지금 바닥에 누워 있는 조폭들의 숫자와도 같았다. 하지만 현중의 주먹은커녕 옷 어디에도 피 한 방울 튀지 않았다.

슬쩍 고개를 돌려 현중이 동철을 바라보자,

부르르르르.

현중과 눈이 마주친 동철은 불과 1분이라는 이 짧은 시간에 자신의 조직에 있는 타격대 녀석들이 모두 당했다는 게 믿을 수가 없었다.

"너, 이리 와봐."

까닥까딱.

　현중이 손가락으로 동철을 향해 살짝 움직여 보이자 동철
은 온몸이 감전된 듯 한 번 크게 떨었다. 짧은 순간이지만 이
대로 도망칠까, 그냥 공격할까 하는 고민으로 눈동자가 심하
게 흔들렸다. 그렇지만 현중에게 그런 게 통할 리가 없었다.

　"도망치면 이놈처럼 되고."

　툭!

　현중은 가장 먼저 덤볐다가 목이 꺾여 즉사한 녀석을 발로
찼다.

　"덤비면 저놈처럼 되고."

　툭!

　두 번째로 덤볐다가 얼굴이 함몰된 채 이제는 경련까지 멈
추고 완전한 시체가 된 녀석을 가볍게 발로 찼다.

　"그냥 오면 최소한 아프진 않을 거야. 어쩔래?"

　"……."

　할 말을 잃어버린 동철은 결국 기죽은 강아지마냥 현중 앞
으로 재빨리 뛰어 다가갔다.

　"대형을 몰라뵀습니다."

　"대형?"

　"하하하! 저희 주먹밥 먹는 녀석들은 대형 정도의 실력있
는 분을 함부로 하진 않습니다. 그저 귀띔이라도 해주셨으면
제가 실수하지 않았을 텐데, 죄송합니다, 대형."

대형이란다. 현중은 그런 뻔히 보이는 아부를 하는 동철을 보면서 속으로 한번 가볍게 웃어주고는,

"나를 왜 찾았지? 그리고 박식? 그게 누구야?"

현중은 최 부장의 본명이 뭔지 몰랐다. 아니, 관심도 없었다. 이미 사라진 적에게는 관심 두는 것 자체가 시간낭비인 것이다.

"저번에 미친 흑인하고 같이 대형에게 덤볐던… 최박식이라고 있지 않았습니까?"

"흑인이면 제이슨, 그 녀석이랑 같이 있던… 아, 그 녀석?"

현중은 그제야 최 부장이 생각났다. 그리고 동철의 얼굴도 기억났다. 분명히 그때 그 녀석이다. 골목에서 자신을 향해 덤비라고 지시하고는 그 뒤로 기억나는 게 없다. 제이슨 때문에 동철 같은 녀석은 아예 관심조차 없었으니까 말이다.

"하하하! 네, 그렇습니다."

"그런데 이미 물고기 밥이 됐을 녀석은 왜 찾아?"

"헉!!"

현중은 테른이 동해 바다에 던져 버렸다는 말을 생각해 내고 가볍게 말했지만 그 말을 들은 동철의 등으로 식은땀이 흘러내리고 있었다. 너무나도 자연스럽게 물고기 밥이 되었다고 말한 것이다.

그 말은 간단하게 죽었다는 것과 같았다.

"그 녀석 찾는 것과 내가 무슨 관계야? 말해봐."

"그게… 박식 형님이 관리하던 자금 때문에……. 지금 조직이 조금 어려워서……. 헤헤헤, 대형, 하지만 이제 그냥 깨끗하게 잊겠습니다."

한순간 눈치만으로 자신이 살 궁리를 하던 동철은 곧바로 현중에게 알랑방귀를 뀌어댔다. 꼬리만 없다 뿐이지 개처럼 꼬리가 있다면 지금 먼지 나도록 흔들고 있을 것이 분명했다.

"그래, 그럼 잊어라. 나 간다."

현중은 아무 일 없었다는 동철의 어깨를 몇 번 두드리고는 다시 편안하게 걸어서 사라졌다. 현중을 바라보던 동철은 그가 공원을 완전히 벗어나 시야에서 보이지 않자 겨우 서 있던 다리에 힘이 풀리면서 주저앉아 버렸다.

"괴물… 이다."

지금까지 전국에서 알아주는 전문 싸움을 포함해서 수많은 싸움꾼도 봐왔지만 현중과 같은 주먹을 쓰는 사람은 본 적이 없다. 이건 인간이 아니다. 움직임이 보이지 않거니와 악과 깡으로 살아가는 조폭들을 주먹 한 방에 다시는 일어서지 못하게 만들어 버리는 능력이라니. 상상도 생각해 본 적이 없는 실력인 것이다.

거기다 호흡조차 평온한 상태 그대로였다. 즉, 놀면서 상대했다는 말이 되는 것이다. 동철은 똑똑하진 않지만 본능적으로 강자를 알아보는 눈치로 지금까지 조직에서 살아남았다.
그리고 그 눈치와 본능 모두가 현중을 두려워하고 있는 것이
다.

"젠장, 조직은 끝났군, 이제."

설마 자신이 데리고 온 타격대 전부가 사라질 줄은 생각도
못했다. 이제야 겨우 조직의 수장이 되었는데 이제는 그 조직
을 유지하기도 힘들게 된 상황에 동철이 한숨을 쉬는데,

저벅!

주저앉은 그의 시야에 누군가 나타났다.

"뭐야!"

가뜩이나 현중 때문에 기분이 더러운데 누군가 자신 앞에
서 있다는 것에 불쾌한 동철이 소리치자,

―마스터께서 설마 자신을 공격한 적을 살려주실 것이라
고 생각했나?

씨익~

색기가 넘쳐 흐르는 미소를 보인 테른을 보는 순간 동철은
온몸의 털이 곤두서는 느낌을 받았다.

―네 녀석이 그렇게 찾아 헤매던 최박식 뒤를 따라 똑같이
만들어줄게.

"누, 누, 누구… 헙!"

뭔가 말하려던 동철은 순식간에 자신을 둘러싼 검은 어둠

에 목소리마저 빨려들어 갔다. 동철을 시작으로 공원에 쓰러져 있던 조폭들의 시체도 모두 피 한 방울 남기지 않고 깨끗하게 테른의 품속으로 사라졌다.

―마스터께서 이곳에 오시고 힘을 많이 조절하시는군. 시체가 온전하게 남아 있다니 말야.

일반 사람들이 보기에는 목이 꺾이고 얼굴이 함몰되고 사지가 다 기이하게 꺾여 죽은 녀석들뿐이었다. 하지만 그래도 사지가 멀쩡하게 남아 있는 시체라는 사실이 테른이 보기에는 현중이 힘을 많이 조절하고 있다고 생각한 이유였다.

원래대로라면 현중의 주먹에 맞는 즉시 폭발해서 온전한 시체를 찾기도 힘들었을 것이 분명한데 확실히 대륙에서 지구로 돌아온 현중은 조금은 달라져 있었다. 원래 실력이 너무 없는 적을 상대할수록 힘 조절하기가 힘든 법이다.

지금의 상황만 봐도, 현중으로서는 조절했다고 하지만 그의 주먹을 맞은 조폭 중에 살아남은 녀석이 하나도 없다는 게 그 증거다. 한마디로 현중은 대한민국 법률로 보면 연쇄 살인마가 되는 것이다.

하지만 이미 현중은 법의 범위에서 벗어나 있었다. 이미 법이란 개념 자체가 현중의 안중에 없었다.

―이번에는 상어가 자주 나온다는 서해 쪽으로 가볼까?

아무도 없는 공원을 가벼운 발걸음으로 걷던 테른은 그렇게 나무가 우거진 곳으로 들어가더니 흔적도 없이 사라져 버렸다.

한편 현중은 조용히 공원을 나와 다시 정처없이 걸었다. 그러다 문득 카페가 보였다.

"커피나 한 잔 할까."

이상하게 꼬인 오늘 일로 인해 기분 전환이 필요했던 그는 가볍게 커피나 한잔하자는 생각에 카페로 들어갔다. 현중이 카페로 들어가는 순간 언제나처럼 카페에 있던 모든 사람의 시선이 현중에게 고정되었다.

하지만 현중은 모두의 시선을 무시하고 카운터로 가서는 아메리카노를 시켰다. 그리고 조용히 자리에 앉아서 창밖을 바라봤다.

"비주얼 장난 아니다."

"누구지? 못 보던 얼굴인데?"

"와, 키도 훤칠하고… 뭣보다 그냥 티셔츠에 청바지 차림이 저렇게 맵시 나는 사람 첨 봤다."

오죽하면 원래 이 카페는 셀프로 커피를 받아가야 하는 곳인데, 직원이 일부러 진동 벨을 주지 않고 서빙해 주는 친절까지 보여주었다.

"고마워요."

씨익~

고맙다는 인사치레에 살짝 웃어주자 직원은 바로 얼굴을 붉히면서 다시 카운터로 돌아갔다. 그 후로도 여자들이 현중을 보면서 수군거리는데 시간이 갈수록 점점 심해졌다.

"나가야 하나."

뭔가 조용한 곳에서 생각하고 싶은 생각에 카페를 왔는데 은근히 주위의 시선이 신경 쓰이는 것이다.

혼자 카페를 와본 사람은 어떤 기분인지 알 것이다.

그때 가장 구석에서 한참 현중을 바라보던 30대 초반의 깔끔한 투피스 정장 차림의 미녀가 일어서더니 현중에게 다가왔다.

"잠시 합석해도 될까요?"

친절한 미소를 짓고 있는 미녀는 아마 웃는 얼굴만으로도 충분히 이성에게 호감을 불러일으킬 만한 매력이 있었다. 하지만 현중에게는 그저 웃는 여자일 뿐이었다.

"싫습니다."

창밖을 보던 시선을 돌리지도 않은 채 대답하자 여자는 살짝 당황했다.

설마 대번에 거절할 줄은 몰랐던 여자는 그래도 웃으면서 그냥 무작정 앉았다.

그런 그녀의 모습에 현중은 창밖을 보던 시선을 그제야 돌려 허락 없이 맞은편에 앉은 여자를 바라보았다. 살짝 식은 아메리카노를 한 모금 마시고는 똑바로 그녀를 보면서,

"싫다고 했을 텐데요."

"알아요."

여자는 오히려 그런 현중의 반응은 안중에도 없다는 듯 자신의 작은 백에서 명함 한 장을 꺼내 현중에게 내밀었다.

하지만 현중은 그녀의 명함을 쳐다보지도 않은 채 무시하고 다시 창밖으로 시선을 돌리고 입을 다물었다.

"원래 그렇게 말이 없나요?"

지금까지 그 누구도 그녀를 이처럼 함부로 대한 남자가 없었다. 아니, 지금 현중 앞에 내민 명함을 본다면 활짝 웃으면서 마치 100년 만에 찾아오는 손님을 맞이하듯 반가워하는 게 대부분이었지만 현중은 완전 달랐다.

고의적으로 무시한다? 아니었다. 아예 관심이 없는 것이다.

사람을 상대하는 것이 직업인 그녀에겐 지금 현중이 무심한 척 연기를 하는지 아닌지 알아챌 눈썰미가 충분히 있었다.

"……."

현중은 여전히 대답이 없었다. 아예 없는 사람 취급하는 것이다. 하지만 그녀도 현중이 어떻게 하든 말든 자리에 앉은 채 자신의 할 일을 했다. 조용히 작은 메모 북을 꺼내더니 뭔

가 열심히 정리하는데, 그 모습은 주위에서 보면 참으로 이상한 장면이었다.

남자는 창밖만 보고 여자는 자신의 할 일만 하고, 그렇게 한 시간이 넘게 두 사람은 한마디도 하지 않았다.

절대로 연인처럼 보이지 않는다. 남자인 현중은 20대 초반이라고 해도 믿을 정도로 어려 보이고 훤칠한 키에 미남, 한눈에 대학생이라고 생각될 옷차림이다. 하지만 맞은편에 앉은 여자는 투피스 정장에 말끔하게 올린 머리부터 스쳐 가듯 봐도 커리어우먼의 모습이 아니던가? 한눈에 봐도 나이 차이가 많아 보였고, 저렇게 어색한 연인 사이가 있을 리가 없었다.

스윽.

현중은 커피를 다 마시고 자리에서 일어섰다. 그리고 무심하게 그녀의 곁을 지나 카페 밖으로 나가자 그녀는 차분하게 자신의 가방을 챙기고 현중에게 주었던 명함을 회수해 현중을 따라 카페 밖으로 나왔다.

"전 관심없습니다."

카페 밖에서 현중이 뒤따라 나온 그녀를 보면서 처음 한 말이다.

"내가 누군지 알고 있군요?"

"옆에서 그렇게 수군거리는데 모르면 바보죠."

"호호호, 하긴 그러네요."

처음에는 현중도 이 여자가 누군지 몰랐다. 하지만 그녀가 앞에 앉고 한참 지났을 때 멀리 있던 카페 손님 중 한 명이 그녀에 대해서 말해준 것이다.

"스타 엔터테인먼트. 아마 국내에서 가장 큰 곳이라죠?"

현중이 한마디 하자 여자는 자신의 명함을 다시 내밀면서,

"어때요? 생각 있어요? 당신이라면 국내에서 가장 잘나가는 배우로 만들어드리죠. 그것도 1년 안에!"

자신있게 말하는 그녀의 모습에 현중은 씨익 웃었다.

그리고 그런 웃음을 본 여자는 자신의 짐작이 정확했다는 것을 확인할 수 있었다. 저 웃는 얼굴에는 마력이 있었다. 마치 보호받는다고나 할까? 아니면 마음을 알아준다고나 할까? 뭔가 복잡한 모든 뜻을 웃음 하나에 담고 있는 것 같은 느낌을 받은 것이다.

그런데 지금 여자가 본 게 틀린 것은 아니었다.

처음 현중이 대륙으로 날아갔을 때 당연히 대륙공용어를 몰랐다.

그러다 보니 대륙공용어를 배우면서 완벽하게 익숙하기 전까지는 웃는 걸로 웬만한 의사 표현을 대신했던 것이다. 그렇게 습관이 된 것이 벌써 100년이었다.

대륙에서 현중의 웃는 얼굴을 죽음의 낫이라고 부르기도 했지만 여자들은 달을 베는 선율이라고 시적으로 표현하기도

했다. 그만큼 보는 사람에 따라 여러 의미를 담고 있는 미소
가 현중의 미소였다.

잘생기기만 해서는 연예계에서 살아남기 힘들다. 하지만
남들이 가지지 못한 특기 한 가지만 있다면 그건 대스타로 가
는 지름길인 것이다. 특히나 여심을 흔들기에는 멋진 남자의
미소만큼 좋은 게 없었다. 살인미소라는 게 그냥 생긴 게 아
니다. 현중의 미소는 정말 여자들에게는 살인적인 매력을 가
진 것이었다.

"관심없습니다."

현중은 단호하게 거절하고는 몸을 돌렸다.

"전 포기하지 않아요. 그리고 나중에 고마워할 거예요."

"그럴 일은 없을 겁니다."

"조선미, 기억해요. 스타 엔터테인먼트 스카우트 담당 실
장으로 있는 조선미예요. 지금까지 내가 찍어서 스타가 되지
않은 사람이 없어요. 그리고 당신은 제가 지금까지 본 최고의
남자예요."

몸을 돌려 몇 걸음 걷던 현중은 고개만 살짝 돌려서 인사하
고는,

"칭찬은 고맙습니다. 하지만 전 연예계에 관심없습니다.
그럼."

"……."

　조선미는 마지막까지 자신을 바라보던 현중의 무심한 눈빛을 보면서 쉽지 않을 것을 예상했다.

　하지만 아마 그녀의 예상보다 더 힘들 것이다. 돈, 능력, 외모, 뭐 하나 아쉬울 게 없는 현중이 귀찮게 사람들 시선을 끌고 다니는 연예인을 왜 한단 말인가? 지금도 학교에서 귀찮아 죽을 판인데 말이다. 사생활도 없는 연예인 생활, 절대로 사양이었다.

　그런 현중의 성격을 모르고, 그저 자신을 믿지 못해서 그럴 것이라고 생각하는 조선미였다. 요즘 워낙에 사기꾼들이 많다 보니 명함 한 장 내밀어서는 절대로 믿지 않았다.

　계약도 사무실로 직접 불러야만 겨우 믿을 정도로 기가 막힌 사기가 횡횡한 시대이니 당연했다.

　"오늘은 계속 뭔가 꼬이는군."

　별수 없이 현중은 그대로 집으로 돌아왔지만 웃기게도 TV를 켜자 테른의 녹화 방송이 아니라 정규 방송으로 미팅 프로그램을 방송하는 시간대였던 것이다. 어떻게 이렇게 절묘할 수 있는지 잠시 속으로 한숨을 내쉰 현중은 결국 TV를 끄고 책을 펴들었다.

Chapter 06
농구 천재?

　며칠 전에 있었던 조폭들과의 일 빼고는 평온한 일상을 보내고 있던 현중은 오늘 모든 수업이 끝나자 다시 집으로 돌아가기 위해 가방을 정리 중이었다.

　그나마 현중의 인기가 조금 식었는지 처음처럼 현중을 보기 위해 도강을 하는 인원으로 강의실이 꽉 차거나 하진 않았고 쉬는 시간마다 여자들이 강의실로 몰려드는 일도 많이 줄어들었다.

　하긴 연예인도 처음에나 신기하지 자꾸 보면 별 느낌이 없어지지 않던가?

그걸 현중도 알고 있기에 그냥 내버려 둔 것이다. 사람의 관심이란 원래 금방 뜨거워졌다 식어버리는 게 보통이니까.

그런데 사람들의 관심은 식어서 좋긴 한데, 다른 데서 현중을 귀찮게 하는 녀석이 나타난 것이다.

"선배님."

"응? 과대표구나. 왜?"

군대 때문에 휴학한 경우는 선배 대접을 잘해주는 편이다. 어차피 가고 싶어 가는 것도 아니니까 말이다. 거기다 남자라면 누구나 가야 하는 것이라 과대표라고 해도 별수 없었다.

거기다 학교의 이슈 메이커인 현중이 자신의 강의실에 있는 것만으로도 학교 내에서 제법 얼굴 반반하다고 알려진 여학생은 모두 볼 수 있으니 일문과 남학생들은 오히려 현중이 제발 졸업하지 말았으면 하는 마음까지 있었다.

"선배님, 미팅하실래요?"

"미팅?"

"캠퍼스의 3대 낭만 중 하나가 바로 미팅 아닙니까?"

캠퍼스의 낭만이라는 것은 그저 놀기 좋아하는 애들이 맘대로 찍어다 붙인 것이지만 대학교 가면 꼭 해봐야 한다고 떠드는 것들이긴 했다.

미팅, CC, 아르바이트를 보통 꼽는데, 그중에 아르바이트는 그저 경험 삼아 하는 애들과 생계를 위해서 하는 애들로 나뉘어져 있다. 대학생의 50%는 경험을 위해서 하는 경우고, 30%는 용돈을 위해, 나머지 20% 정도가 생계형이다. 그리고 현중은 바로 그 20%에 들었던 과거가 있다.

지금이야 돈을 펑펑 써도 오히려 매일 현중 명의로 재산이 쌓이고 있으니 먼 과거의 일이긴 했다.

"싫어."

역시나 현중이 별로 내키지 않는다는 생각에 거절하자 과대표도 그럴 줄 알았다는 듯,

"현중 선배님, 이번 미팅은 저희 학교 내에서 하는 게 아니에요. K대 쪽 애들이랑 하는데, 어떠세요?"

"K대? 그쪽에서 우리랑 미팅을?"

현중이 의외라는 듯 과대표를 바라보자 그제야 현중이 관심을 보인다는 생각에 기회가 이때다 싶었는지 쏟아내는 과대표였다.

"이번에 그쪽에서 먼저 저희에게 연락이 왔습니다. 단 현중 선배가 꼭 나와 주셔야 한다는 조건에서요. 선배~ 저희들도 다른 학교와 미팅 좀 해보게 도와주세요. 과 선배이신데 후배들 좀 도와주세요. 네?"

과대표의 말을 들은 현중은 고개를 갸웃거리면서,

"K대 애들이랑은 오래전부터 우리랑 앙숙일 텐데?"

K대, 그건 국내에서 N대와 마찬가지로 알아주는 명문대였

다. 사립 중에서 최상위 클래스의 대학이었고, 국립대인 S대
를 빼고는 대학의 4대천왕이라고 불리는 대학 중 하나이기에
그렇게 꿀릴 건 없는 미팅이었다. 하지만 문제는 현중이 다니
고 있는 N대와 이번에 미팅이 들어온 K대는 서로 앙숙이라는
데 있었다.

그게 참 웃기게도 옛날 프로농구 구단이 없던 시절로 거슬
러 올라가는데, 그 시절 국내 대학농구 시합은 정말 전 국민
적인 인기를 끌었다.

그리고 그 인기의 주축이 바로 N대 농구부와 K대 농구부
였다.

특히나 기량과 선수들의 실력이 비슷했던 관계로 근소한
차로 서로 이기고 지는 경우가 많다 보니, 그게 쌓이고 쌓여
서 몇 년이 지나자 서로 보기만 해도 으르렁거리는 라이벌이
되어버린 것이다. 누가 일부러 그렇게 만든 게 아니라 분위기
와 시대적 흐름이 그렇게 된 거라 하나의 전통처럼 지금까지
이어져 왔다.

특히나 N대와 K대는 서로 미팅도 하지 않기로 유명했기에
의외라고 생각했다.

거기다 자존심 높기로는 둘째가라면 서러운 K대에서 먼저
미팅 주선을 해오다니 이걸 믿어야 할지 말아야 할지 살짝
의심이 들었지만, 과대표의 눈동자로 현중이 본 것은 진실이

었다.

"그거 이제 옛날이야기예요. 작년부터 몇 번 미팅을 했어요. 아~ 선배님은 모르시겠네요, 그때 군대에 있으셨으니. 정확하게 작년부터일 거예요. 저희 경제학과 애들이랑 그쪽 경제학과 애들이랑 한 번 미팅을 하고 난 뒤로 가끔 했어요. 이제 프로농구단도 생겨서 대학농구는 인기도 없으니 자연스럽게 라이벌이라는 게 사라지고 있는 듯해요."

"그런가?"

작년부터 교류가 있었다면 현중이 모를 만도 했다. 기록상 작년까지 현중은 휴학으로 학교를 나오지 않았으니까. 하지만 역시나 귀찮았다.

"귀찮아."

"선배~ 제발 저희 과 후배들 기 좀 살려주세요. 그 있잖아요, 선배 맥라렌, 그거 몰고 가서 K대 녀석들 코를 납작하게 해주시면 안 돼요? 저번에 그쪽에 퀸카인 천유화라는 애가 나와서는 완전 우리 쪽 애들 박살 났거든요."

"천유화?"

순간 어디선가 이름을 들어본 적이 있는 것 같은데 과대표의 설명에 누군지 기억났다.

"그 천산그룹의 유명한 피아니스트 있어요. 천산그룹의 손녀라고 하던데 피아니스트로 더 유명해요. 일 년의 반은 외국에서 공부하는데 이번에 돌아왔나 봐요. 어때요? 뭔가 남자로서 오기가 생기지 않아요? 천유화라면 남자 보기를 벌레 보듯 한다고 유명하거든요."

"응? 그런가?"

저번에 미팅 프로그램에도 나온 적이 있는 것을 봐서는 과대표가 했던 말과 좀 달랐다.

"아~ 현중 선배도 그거 보셨죠? 결혼합시다인가, 그 머시기요? 그거 방송국에서 제발 한번 나와 달라고 사정해서 나간 거예요. 그날 하루 녹화하고 천유화는 방송에서 빠졌다고 하더라구요. 그보다 선배~ 선배가 가서 이번에 천유화라는 그 애 코를 좀 납작하게 해주세요. 네? 이거 원, 저희 학교는 머리가 텅텅 빈 김주현이라는 녀석 빼고는 딱히 내세울 만한 녀석이 없어서요. 그리고 김주현은 이미 작년에 첫 번째로 천유화한테 매몰차게 딱지 맞고 나가떨어져서 희망은 이제 현중 선배뿐이에요."

완전 막무가내로 현중에게 매달리는 모습을 보이는 과대표의 모습에 현중은 매몰차게 뿌리칠까 말까 고민했다. 그냥 귀찮을 뿐이지 미팅을 나가지 말아야 할 이유는 없었다.

테른이 이걸 안다면 당연히 쌍수를 들고 환영할 건 뻔하다. 하지만 문제는 현중이 미팅을 해본 적이 없다는 것이다.

대학 들어와서 알바하느라 시간을 최대한 활용해서 쓰는

편이고, 그 와중에 잠깐씩 홍지연을 만났던 현중이다. 그때 이미 홍지연이라는 여자친구가 있었으니 굳이 미팅을 할 이유도 없었고, 워낙에 강의실에서도 존재감이 적은 현중이라 미팅 주선이 들어오지도 않았기에 한 번도 해보지 못한 것이다.

지금 그런 과거를 말한다면 아마 아무도 믿지 못할 것이다. 동기들은 이미 다 졸업해서 학교에 남녀 구분 없이 한 명도 없으니 말이다.

"선배, 저희 N대의 명예를 드높이는 일입니다. 암, 그렇고말고요. 천유화의 코를 납작하게 해줘야 한다니까요."

"……."

물끄러미 과대표를 바라본 현중은 도대체 아까부터 떠들어대는, 천유화의 코를 납작하게 만들어줘야 한다는 말뜻이 뭔지 이해가 가지 않았다. 뭣 때문에 저렇게 침을 튀기면서까지 열변을 토하는지 모르겠다. 하지만 단 한 가지, 무조건 현중을 데리고 가야 한다는 열정만 과대표 눈 안에서 활활 타오르고 있었다.

"알았다."

"야호~! 선배, 감사해요!"

"하지만 이번뿐이다. 난 밀린 공부로 정신없으니까."

"여부가 있겠습니까. 이번에 천유화의 코를 납작하게 해주고 나면 다시는 선배님 귀찮게 안 할게요. 약속합니다."

자신의 가슴을 두드리면서 리액션까지 취하는 모습에 현중은 그냥 피식 웃었다. 뭐, 말이 좀 많고 오지랖이 넓긴 하지만 착한 녀석이란 건 이미 알고 있기에 한 번은 과대표의 기를 살려줄 겸 나가기로 한 것이다.

"선배, 꼭 맥라렌 타고 오셔야 해요?"

"응? 왜?"

"이번 미팅 장소가 서울 외곽이거든요. 각자 차를 타고 장소에 모일 겁니다."

뭐 미팅이 선보는 자리도 아닌데 각자 차를 타고 이동하다니, 현중은 무슨 말인지 이해를 못했다.

"뭐 미팅을 차를 타고 가야 하냐?"

"이런, 현중 선배님, 요즘 미팅은 만나서 인사하고 각자 파트너 정해서 바로 찢어지는 게 유행이에요. 그러니 당연히 각자 차가 있어야 여자를 에스코트하죠. 저도 아버지 차 빌려 타고 갈 거예요. 후후훗, 천유화 고것, 이번에는 한 방 먹겠구나."

현중은 도대체 과대표가 천유화에게 무슨 일을 당했기에 저렇게 못 잡아먹어 안달인지 궁금하긴 했지만 굳이 알고 싶지도 않았다.

오빠, 전화 받아~ 오빠, 전화 받아~

"선배, 전화 왔네요. 전 이만 가볼게요. 꼭 잊지 마세요?"

그렇게 소기의 목적을 달성한 과대표가 사라지자 현중은 조용히 휴대폰을 꺼내 열어보았다. 액정에 선명하게 마리아 스핀 바로슈란 이름이 찍혀 있었다.

"어쩐지 조용하다 했지."

대련을 하고 싶다고 그렇게 난리치기에 당장 다음날 연락이라도 올 줄 알았는데 한동안 조용하던 마리아가 드디어 현중에게 연락을 한 것이다.

"늦었군요. 네. 하지만 자세한 위치는 모릅니다. 좋아요. 그럼 학교로 오세요. 기다리죠."

정말 용건만 간단히라는 말이 딱 맞게 통화를 한 현중은 휴대폰을 접어서 주머니에 넣고는 갑자기 시간이 남아버린 상황이라 뭘 할까 고민했다. 그러다 전에 학교 입학하고 나서 자주 갔던 곳이 생각나 예전에 자주 가던 작은 연못가로 향했다.

"여전하구나."

이곳은 커플들 빼고는 사람의 발길이 생각보다 그리 많지 않는 곳이었다. 의외로 약간 학교 부지 외곽에 있는 곳이라 한적하니 현중이 좋아하는 곳 중 하나였다.

거기다 맥라렌 F1을 주차해 놓은 주차장과도 가깝고 마리아에게서 연락이 오면 바로 움직일 수 있는 곳이기도 했다.

현중은 이곳에서 조용히 시간을 때울 생각으로 주변을 살펴
보는데, 옆의 농구장에서 한참 농구하는 학생들이 보였다.

"열심히 하는군."

대학농구의 인기가 식었다고 하지만 바로 프로 농구선수
로 가는 가장 빠르고 확실한 길이기에 선수는 많은 편이었다.
아직 대학농구의 강자로 꼽히는 N대학이기에 농구선수 특기
생으로 들어오는 학생도 제법 많을 정도였으니 운동장에 대
충 만들어놓은 농구대에서 하는 학생들이라도 몸놀림 자체가
이미 준 프로 수준이었다.

"발이 느리군. 박자가 한 박자 어긋나고."

현중의 눈에는 그들의 움직임이 한없이 느렸다. 손가락 하
나, 발동작 하나까지 모두 정확하게 보이기에 그냥 혼잣말처
럼 잘못이나 실수를 짚어냈다.

그냥 하고 싶어서 한 게 아니라 심심한 상황에 재미삼아 시
작한 것이다.

그런데 그런 현중의 혼잣말에 귀를 기울이는 사람이 있었
다.

"누구지?"

현중은 아무 의미 없이 한 혼잣말이지만 그의 뒤편에 앉아
서 책을 보던 여대생은 현중의 말을 듣고 슬쩍 농구선수들의
움직임을 살폈다. 정말 미묘하게 어긋나고 있었다.

거기다 발을 잘못 내딛는 습관을 지니고 있는 것도 정확하게 짚어냈다.

"손목을 너무 꺾는군."

또다시 들리는 현중의 말에 자세히 손목을 집중하자 역시나 보통 선수들이 알고 있는 동작보다 좀 더 심하게 손목이 꺾이는 게 보였다.

"정확해."

그녀가 결국 고개를 돌려 현중을 바라보자 현중도 마침 일어나려다 우연히 그녀를 바라보고 있었다.

"시끄러웠다면 미안해요."

현중은 그냥 자신의 혼잣말이 시끄러워서 보는 줄 알고 자리를 벗어나려고 했다. 그런데 그녀는 현중을 향해 다급하게,

"잠깐만요. 혹시 농구선수세요?"

"농구요? 음, 보는 건 좋아합니다."

"아니, 조금 전에 한 말 들었는데, 어떻게 그렇게 정확하게 보시는 거예요?"

현중은 초롱초롱한 눈으로 자신을 바라보는 여학생을 보고는 잠시 생각하는 듯하다가,

"그냥 보이니까요."

"네?"

현중의 대답에 어이가 없다는 듯 여학생은 다시 현중을 자

세히 살피는 듯했다.

"전 저희 대학 농구부 선임 매니저 이선정이라고 해요. 체육학과 4학년이구요."

씩씩하게 손을 내밀면서 악수를 청하는 모습에 현중은 살짝 웃으면서,

"김현중이에요. 일문학과 4학년이죠."

"아! 선배가 바로 그 소문의 주인공이군요?"

현중의 얼굴은 모르는 듯했지만 이름을 듣자 바로 누군지 알아보는 이선정의 모습에 현중은 이놈의 소문이란 게 얼마나 무서운지 새삼 다시 느꼈다.

"음……."

이선정은 잠시 현중을 물끄러미 바라보면서 아래위로 훑어보더니,

"농구, 해보실래요?"

"아니요. 전 약속 때문에 잠시 기다리는 중이라……."

현중은 자신에게 이상하게 관심을 보이는 이선정이 귀찮아서 가능하면 예의를 차려 거절했지만 이선정은 그렇지 않는 듯했다.

"현중 선배, 어때요? 선배 정도 키면 농구선수라고 해도 충분할 듯한데요."

확실히 현중의 키는 얼핏 봐도 188센티미터 정도는 되어

보였다. 농구선수치고는 크지도 않지만 작지도 않은 적당한 키인 것이다.

하지만 현중은 그냥 웃어 보이며 거절했다. 자신이 마음만 먹으면 농구는 애들 장난이고 전 세계의 모든 스포츠를 좌지우지할 수 있는 능력을 가지고 있었다. 그건 보통 사람과 다른 힘이었다. 그렇기에 하지 않으려고 한 것이다.

"미안해요."

끝까지 거부한 현중이 고개를 돌리려는데 농구장에 있던 녀석들이 전부 다가왔다.

"선정 누나, 무슨 일이에요?"

다들 1~2학년인 듯한 그들은 선정이 남자와 이야기하는 것을 우연히 보고 다가온 것이다. 그들은 부상이 완치되지 않아 작년부터 마음껏 연습도 못하고 답답해하던 이들이었다. 기분 전환 겸 건물 뒤쪽 야외 농구대에서 농구를 하고 있다가 이선정과 현중을 발견한 것이다.

이선정의 성격상 남자에게 부탁이란 걸 쉽게 하지 않는데 멀리서 봐도 현중에게 뭔가 부탁하는 듯한 모습이기에 모두 뛰어오게 된 것이다.

은근히 이선정도 나름 귀여운 인상이라 농구부원들 사이에서 인기가 있는 편이었다. 하지만 털털한 성격 탓에 남자를 이성으로 보지 않고 동생 아니면 친구로 보기에 여러 명이 쓰디쓴 실패의 잔을 마시고 나서야 더 이상 접근하는 남자가 없었다.

하지만 그래도 선임 매니저의 위치가 결코 낮은 것은 아니었다. 그런데 그런 이선정이 남자에게 부탁을 하고 있으니 상대가 누군지 궁금하기도 해서 잠시 쉴 겸 다가온 것이다.

"잠시만요. 어디 가지 말아요?"

이선정은 바로 현중에게 한소리 하고는 현중이 혼잣말했던 것을 그대로 지금 뛰어온 농구부원들에게 말해주자 다들 놀라는 눈치였다.

"선정 누나가 그걸 어떻게 알았어요? 나 손목 인대가 약간 늘어나서 힘이 좀 빠지거든요."

"전 발목을 며칠 전에 겹질러서 통증 때문에 그런데…….
근데 어떻게 알았어요?"

그런데 이선정은 대답 대신 고개를 돌려 현중을 바라봤다.

그리고 다들 그제야 현중과 얼굴이 마주쳤는데, 가장 뒤에 있던 키가 큰 녀석 하나가 현중을 보더니 소리쳤다.

"김현중 선배다!"

"김현중? 아, 그 선배?"

"아, 그 희대의 바람둥… 헙."

순간 가장 앞에 있던 녀석이 입을 급하게 막았지만 이미 늦었다.

“훗.”

소문 정도야 이미 현중이 관심없으니 별 상관 없는데 의외로 다른 쪽에서 현중의 관심을 끌 만한 일이 생겼다.

“현중 선배가 여자에게 인기가 많은 건 아는데 농구에 대해서 조언을 할 수준은 아니라고 생각되는데요. 안 그런가요?”

조금 전 발목 부상 때문에 발 위치를 자주 벗어나던 녀석이 현중을 향해 도발적으로 나섰다. 키도 현중과 비슷해 보이는 게 오랫동안 운동으로 다져진 몸답게 다부지고 건강미가 넘쳤지만 역시나 현중과 가까이 서 있으니 귀공자와 머슴으로 보일 만큼 확연한 차이가 보이는 얼굴이 안타까울 뿐이다.

“훗, 수준이라……..”

현중은 자신 앞에 당당하게 나서며 일부러 시비 거는 듯한 모습의 녀석의 눈동자를 보고 천심통을 발휘했다. 녀석이 현중을 도발한 이유는 정말 하찮았다.

바로 이선정을 좋아하고 있는 것이다. 남자에게 뭔가 관심을 표한다는 것 자체가 없던 이선정이 현중에게 부탁을 하는 모습을 본 녀석은 질투에 그만 판단력을 잃어버린 것이다.

거기다 시빗거리를 찾던 녀석에게 현중이 했던 조언은 그야말로 적절한 기회를 가져다 준 꼴이 되어버렸다. 그래서 바로 나섰는데 이런 녀석 1,000명이 덤벼도 옷깃 하나 건드리지 못한다는 건 누구보다 현중 자신이 잘 알고 있기에 웃기만 했다.

"그래요, 수준. 선배가 어떤지는 몰라도 우리에게 이래라저래라 말할 수준이 된다고 생각하십니까?"

녀석이 총대를 메고 앞으로 나서자 나머지 녀석들도 은근히 동의하면서 현중을 향해 시선을 쏟아냈다. 이런 상황을 본 이선정은 웃고 있었다.

이미 선임 매니저로 개개인의 성격을 다 파악하고 있던 이선정은 오히려 이런 상황을 유도한 것이다. 그리고 현중은 이선정과 도발하고 있는 농구부를 보면서 결국 고개를 잠시 흔들더니 한 발짝 앞으로 나서면서,

"잘난 척, 자기가 우월한 척, 자신만이 최고라는 자만심, 그걸로 나를 어찌해 보겠다는 건가?"

겨우 한 걸음 앞으로 현중이 나섰을 뿐인데 농구부원 전체가 갑작스런 기운에 서너 발자국 뒤로 물러서면서 놀랐다.

"……!!"

무언의 압력이라고 해야 할까? 현중의 웃는 얼굴이 그냥 웃는 얼굴로 보이지 않았다. 현중이 고개를 돌려 이선정을 슬그머니 바라보더니,

"사람을 가지고 놀 때는 상대를 봐가면서 하도록. 마지막 충고니까 말야."

　잠깐이지만 같잖은 장난을 친 이선정이 곱게 보일 리가 없었다. 하지만 상대가 도발했다면 피하지 않는 게 현중이었다. 그리고 이따위 자만심으로 가득 찬 녀석들을 확실하게 밟아주지 않으면 뒤가 시끄럽다는 건 이미 경험으로 알고 있지 않던가.

　저벅!

　현중이 먼저 앞으로 나가면서,

　"나에게서 공을 뺏기라도 한다면 1년 동안 농구부원 운영비를 내가 대신 내주지."

　"흥! 역시 소문대로 돈 많은 선배군요. 하하하!"

　자신의 도발에 현중이 넘어갔다고 생각한 녀석이 바로 코웃음을 치면서 곧바로 현중의 뒤를 따르자 모든 농구부원이 다 현중을 따라 움직였다.

　그리고 모두가 움직일 때 현중은 다시 말을 이었다

　"단 한 명도 나를 막지 못하면 이선정 씨가 나에게 사과하길 바랍니다. 어때요?

　이선정을 바라보면서 현중이 말하자 이왕 자신이 원하는 대로 현중이 움직였다는 것에 만족하는지 그녀가 고개를 끄덕였다.

　하지만 오히려 그런 현중의 말은 시비를 건 농구부원, 이현도의 자존심과 질투심을 더욱 건드리는 것밖에 되지 않았다.

그러다 보니 현중과 이현도는 농구를 놓고 서로 적이 되어버렸고, 현중은 적이라고 판단되면 절대로 살살 하는 법이 없었다. 확실하게 눌러 버려서 다시는 우는 소리도 못하게 만들어 버려야 하는 것이다.

그리고 치우천황무를 배울 때 드래곤 로드인 발리스터가 했던 말이 있다.

"적에게 자비를 베풀지 마라. 곧 그건 비수가 되어 심장으로 되돌아온다."

살인이란 게 극도로 일어나지 않는 지구에서 온 현중을 위해서 했던 말이지만 그 말이 지금은 현중이 적을 상대하는 데 있어서 아주 작은 대결이라도 확실하게 적과 아군을 구분하는 기준이 되었다.

특히나 겨우 질투심에 눈이 멀어서 나대는 소인배 녀석들은 나중에 상당히 골치 아픈 짓을 자주 저지른 경험이 있기에 현중이 극도로 싫어하는 부류 중 하나였다.

힘으로 상대가 자신을 도발한다면 똑같은 힘으로 완전히 찍어 눌러 버린다. 이게 현중의 방식이었다. 복잡하게 머리 쓰고 상황을 만들고 뭐하러 그렇게 한단 말인가? 그건 힘이 없는 자들이나 하는 방식이다. 머리에는 머리로, 힘에는 힘으로가 가장 확실하니까 말이다.

통통.

현중은 농구장에 서서 농구공을 살짝 튀겨보면서 공의 감촉을 느껴봤다.

생각보다 거칠고 탄력이 강해서 실수로 공을 잘못 받기만 해도 손가락 정도는 쉽게 부러질 만큼 단단했다.

그런데 저들은 몰랐다. 현중이 농구공을 손으로 만져보는 것 자체가 처음이라는 것을.

"누가 먼저 나설 거지?"

"흥! 선배는 나 혼자면 충분하죠. 나중에 울지 마쇼."

이미 이긴 듯 자신만만하게 현중을 막아서기 위해서 나선 녀석은 역시나 가장 먼저 현중을 도발했던 이현도였다.

"넌 이름이 뭐지?"

"이현도. 체육학과 2학년입니다, 선배."

존댓말로도 상대를 얼마든지 기분 나쁘게 할 수 있다는 것을 보여주는 이현도의 말투에 현중은 천천히 야외 농구장 시멘트 바닥에 튕기던 농구공을 양손으로 잡고서,

"막아봐."

획!

다른 말도 필요없었다.

그대로 농구공을 바닥에 힘껏 튕기자 단단한 시멘트 바닥

에 튕긴 공은 허공을 향해 포물선을 그리면서 날았다. 그리고 현중은 이현도가 어떻게 막고 할 사이도 없이 이미 그를 지나 농구 골대 밑에 도착해서는 그대로 뛰어올랐다. 하늘을 날아 간 공이 정확하게 농구 골대 위로 떨어지는 걸 잡아서 한 손 으로 앨리후프 덩크를 해버린 것이다.

덜컹!

덜덜덜덜!

현중이 얼마나 강하게 덩크를 내리찍었는지 현중이 땅에 내려서고 나서도 농구 골대가 한참이나 흔들리다가 멈추었 다.

그런데 쇼에 가까운 현중의 셀프 앨리후프 덩크를 바라본 농구부원들은 할 말을 잃었다. 분명히 본 것이다. 얼마나 높 이 점프를 했는지. 현중의 팔뚝이 농구 골대보다 위에 있었 고, 그렇게 높이 뛰었기에 덩크의 위력이 일반 선수들과는 비 교도 되지 않을 만큼 파워풀했다.

"다음은 누구?"

별거 아니라는 듯 다시 공을 주워서 자리로 돌아온 현중이 서 있는 자세에서 움직이지도 못한 이현도를 지나치면서 말 하자 선뜻 누구도 나서지를 못했다.

셀프 앨리후프는 하고 싶다고 해서 할 수 있는 게 아니다. 공을 바닥에 튕기는 각도와 공이 정확하게 농구 골대로 향하

게 하는 기술, 그리고 정확한 거리, 타이밍 계산을 포함한 점
프 능력 등 농구선수로서 가져야 할 모든 기술이 다 들어 있
는 게 바로 셀프 앨리후프 덩크가 아니던가?

실제로 지금 현중을 도발했던 이현도가 발목을 다친 이유
는 바로 셀프 앨리후프를 연습하다가 다친 것이었다. 그렇기
에 현중이 한 것이 얼마나 어렵고 힘들고 난이도 높은 기술인
지 누구보다 잘 알고 있었다.

"없어? 그럼 다 나와."

아직 경기장에 서 있는 이현도를 제외한 나머지 일곱 명을
향해 현중이 손가락질하면서 도발했다. 처음에 놀랐던 마음
도 잠시였고, 곧 자신들을 무시한다는 것에 발끈한 녀석들 모
두 벌떡 일어서더니 경기장으로 뛰어들듯 나왔다.

"선배, 아무리 그래도 좀 심하십니다."

자신들은 대학농구 1군 선수들이다. 그런 선수 여덟 명을
전부 나오라고 하다니 이건 자존심 문제인 것이다. 이들은 방
금 전 현중의 셀프 앨리후프 덩크에 기가 죽어서 아무도 나서
지 않았다는 사실이 이미 머릿속에 없는 듯했다.

스포츠 선수들은 자존심이 강한 편이다. 특히나 지기 싫어
하는 성격이 대부분이다. 스포츠 자체가 경쟁이다 보니 지기
싫어하는 성격을 가진 사람이 아무래도 두각을 나타내는 경
우가 많기 때문이다.

"단 한 번이야. 난 이대로 너희들을 뚫고 골밑에서 덩크를 할 거다. 막아봐."

"허."

"장난하나."

야구로 치면 그 옛날 베이브 루스가 했다는 예고 홈런이나 마찬가지의 말을 하고는 조용히 공을 튕기는 현중을 바라본 농구부원은 기가 막히다 못해 자존심이 심하게 구겨졌다.

체육특기생, 그것도 농구특기생으로 학교에 들어온 자신들이다. 초등학교 때부터 농구를 했고 전국에서 내로라하는 애들과 경쟁해 실력을 인정받아 이곳 N대에 들어왔다. 그런데 얼굴 반반하고 돈도 많다는 소문은 있지만 겨우 일문학과를 다니는 나이만 많은 선배가 완전 자신들의 자존심을 발로 밟고 있는게 아닌가. 그런 기분이 들자 조금 전까지 없던 투기까지 그들의 몸에서 스멀스멀 피어올랐다.

"그래야 나도 할 맛이 나지."

현중은 일부러 도발시키고는 모두를 한번 스윽 훑어본 다음 공을 바닥에 살짝 튕기면서 시동을 걸기 시작했다. 현중의 허리가 살짝 굽어지는 듯하더니,

"간다. 막아봐."

그 말이 시작이었다. 완벽하게 드리블을 하면서 가장 앞에 있던 이현도를 향해 정면으로 뛰어들더니,

탕탕탕!

단 세 번 공을 튕기는 소리가 들린 뒤 이미 이현도 뒤에 현중이 서 있었다.

"언제?"

디펜스 자세를 취하면서 한껏 자세를 낮췄던 이현도는 자신이 어떻게 뚫렸는지도 몰랐다.

이들에게는 이것이 불행의 시작이었다. 하나의 바람과 같은 현중의 움직임은 눈으로 본다고 쫓을 수 있는 수준의 것이 아니었다. 보이지 않고 만질 수도 없지만 느낄 수는 있는 것이 바람이다.

농구공을 들고 있지만 농구의 드리블이 아니라 마나를 활성화한 보법을 펼친 현중을 평범한 농구선수가 막는다는 건 애초에 불가능했다. 당연히 여유가 있는 현중은 다리 사이로 공을 튕기고, 허리로 돌리고, 등 뒤에서 공을 하늘로 올리고, 완전 프리 스타일 농구 쇼를 보는 듯한 기술을 펼치면서 여덟 명의 농구선수를 모조리 뚫어버렸다.

골 밑까지 달려온 그는 달리던 속도 그대로 점프해서 농구공을 양손으로 움켜쥐었다. 그리고 허리까지 힘껏 뒤로 꺾은 뒤 골대가 부서질 정도로 강하게 내리찍었다.

쾅!!

도저히 사람의 손으로 했다고 믿을 수 없는 엄청난 굉음이

야외 농구장 전체에 울려 퍼졌다. 잠시 농구 골대에 매달렸다 가볍게 바닥에 내려선 현중은 땅바닥에 힘없이 굴러다니는 농구공을 한 손으로 집어 들었다.

가볍게 공을 들고 뒤를 보니 아직도 선수들이 멍하니 서 있었다.

휙!

현중이 집어 든 농구공을 그대로 이선정에게 가볍게 던졌다. 얼떨결에 농구공을 받아 든 이선정은 너무나 놀라서 움직일 수가 없었다.

"굉장해요."

다른 말이 뭐가 필요하겠는가? 현직 대학 농구선수 중 날고 긴다고 하는 여덟 명을 보란 듯이 돌파해 덩크를 성공시킨 현중 같은 경우는 지금까지 수많은 농구 경기를 봐온 이선정도 본 적 없는 일이었다.

"그럼, 수고."

조건이었던 사과도 듣지 않고 현중이 자연스럽게 몸을 돌려 농구 경기장을 벗어나는데도 그 누구도 움직이지 못했다. 그렇게 현중이 모두의 시야에서 완전히 사라졌을 때 이선정이 가장 먼저 정신 차리고 일어서더니,

"야! 뭐야? 얼이 빠져서!"

이선정이 한소리 하자 그제야 정신 차린 녀석들. 모두 그제

야 호들갑을 떨면서 이미 사라진 현중을 찾아 두리번거렸다.
그 모습을 보던 이선정은 한숨을 내쉬었다.

"병신들."

독설에 가까운 한마디에 다들 고개를 숙였다. 하지만 그 속
에서도 이현도는 고개를 들고는,

"누나, 말이 좀 심하네요."

"시끄러! 대학농구 들어오기 전에 날고 긴다고 자랑할 땐
언제고! 아무튼 아직 어려요, 어려."

완전 애 취급하는 이선정의 모습에 분했지만 할 말이 없었
다.

지금 서 있는 여덟 명 중 그 누구도 현중을 막아선 이가 없
었고, 디펜스는커녕 서 있는 자리에서 발 한 번 떼지 못하고
그대로 뚫려 버렸으니까 말이다.

"그보다 누나, 현중 선배랑 아는 사이예요? 아까 이야기하
던데."

"몰라."

"네?"

이현도는 이선정과 현중의 사이에 뭔가 있는 줄 알고 질투
했는데 너무나 태연하게 모른다고 하니 오히려 기운이 빠져
버렸다.

"그럼 모르는 사람한테 그렇게 매달린 거예요?"

이현도의 말을 듣던 이선정이 갑자기 눈썹을 치켜세운 채
노려보면서,

"너 어째 말이 이상하다? 내가 매달리다니? 한 명한테 시원
하게 뚫린 주제에 말이 많구나. 응? 코치님한테 오늘 있었던
일 그대로 말해줄까?"

움찔!

이선정의 말에 다들 온몸을 떨면서 1초도 생각할 것도 없
이 고개를 강하게 저었다.

"절대로 안 되는 거 알잖아요, 누나~ 제발~"

"누님, 코치님 귀에 들어가면 저희 여름방학 때 죽어납니
다."

코치라는 말이 나오자 다들 얼굴이 창백해지면서 오히려
이선정에게 매달리기까지 했다.

"으이구, 병신들아."

가느다란 팔과 손으로 주먹을 쥐고는 골고루 한 대씩 꿀밤
을 먹여주면서 이선정이 일어섰다.

"받아."

자신이 안고 있던 농구공을 이현도에게 던져주고는 잠시
현중이 사라진 방향을 보았다.

"아무튼 열심히 연습해. 일반인한테 깨지는 농구부는 나도
취미 없으니까."

"네, 누님."

모두 대답만큼은 정말 잘했다. 물론 털털한 성격도 한몫하긴 했지만 은근히 리더십도 제법 있는 여장부에 가까운 이선정이기에 선임 매니저를 하면서도 농구부원 전체를 휘어잡고 있는 것이다.

보통 매니저는 심부름이나 빨래 등 선수들의 운동 외적 환경을 관리하는 것이 보통이지만 이선정은 달랐다.

농구 시합이 있을 때는 때로는 코치보다 더 날카롭게 조언하는 것은 기본이고, 선수들의 상태도 코치보다 더욱 정확하게 판단해서 뒤를 받쳐주는 등 여러 가지로 농구부에 없어서는 안 될 사람이었다. 코치 매니저라고도 불릴 정도였으니, 선수들이 그녀를 함부로 대할 수 없는 게 당연했다.

거기다 현재 N대 농구부 코치가 바로 이선정의 아버지인 이혁준이기에 농구부에서만큼은 입김이 최고였다.

하지만 이선정의 말이 아니라도 도통 자신들이 현중에게 어떻게 뚫렸는지 이해조차 못하고 있으니 농구공이 손에 잡힐 리가 없었다.

곧 연습을 이어나갔지만, 드리블을 해도 갑자기 손이 굳은 듯 잘 움직이지 않았고, 발을 헛디딘 것은 기본이고 슛도 번번이 빗나갔다. 오죽하면 성공률이 가장 높다는 레이업슛도 열 번에 일곱 번을 실패할 정도였으니 무슨 말이 필요하겠는가?

"거기 다들 기가 죽었구만."

"응? 누구? 신문부 부장이 여긴 웬일이에요?"

이선정이 떠나서 농구부원만 남은 농구장에 낯익은 목소리가 들려왔다. 현중을 그렇게 쫓아다니던 신문부 부장이 갑자기 야외 농구장에 모습을 드러내자 본능적으로 말투가 거칠어지는 농구부원들이다.

워낙에 사람 뒤나 캐고 떠벌리기 좋아하는 성격이라 웬만해서는 좋아하지 않지만 적으로 둬서도 안 되는 사람 중 한 명이 바로 신문부 부장이었다.

한데 하필 현중에게 완전히 깨지고 나서 이선정까지 없어지자 기다렸다는 듯이 나타난 것을 보니, 이선정이 갈 때까지 어디선가 보고 있었다고밖에 생각할 수 없었다.

"궁금하지 않아?"

"뭐가요?"

퉁명스럽게 이현도가 한마디 하자 신문부 부장은 뒤쪽에 살짝 감추고 있던 캠코더를 꺼내더니 몇 번 흔들어 보였다.

"방금 그 대결 녹화했거든."

"젠장."

"니미럴."

신문부 부장은 바로 인상이 일그러지는 여덟 명의 모습이 참 재미있긴 했다. 하지만 신문부 부장이 동영상을 녹화해서 교내 사이트에 올릴 생각이었다면 농구부원들에게 말하지도 않았을 것이다.

"그렇게 인상 찡그리지 마라. 그냥 도움이 될까 해서 왔더니만. 뭐 싫으면 그냥 가고."

오히려 튕기면서 몸을 돌려 사라지려는 신문부 부장의 모습에 별수 없이 붙잡아야 하는 사람은 자신들이기에 이현도는 신문부 부장에게 다가갔다.

"일부러 말해준 것을 보니까 뭔가 얻고 싶은 게 있나 보죠?"

현중의 농구 대결 동영상은 올리면 조회수는 많이 나올 것이다. 그만큼 앞으로 농구부 감독이나 코치에게 신문부에 대해 안 좋은 인사만 전해줄 것이다.

그렇다면 간만에 괜찮은 동영상을 건졌으니 그것을 빌미로 다른 거래를 하는 게 더 이득이라고 생각한 신문부 부장은 과감하게 이선정이 사라지고 나서 모습을 드러낸 것이다.

이선정의 성격상 신문부 부장이 협박해도 오히려 콧방귀를 뀌면서 캠코더를 통째로 발로 차버릴지도 모르기에 숨어 있다가 이제 나타난 것이다.

서로 윈윈하자는 게 신문부 부장의 생각이었다.

"그냥 누가 누구랑 사귀는지 정도만 알려주면 돼. 조용히 말야. 가능하면 이름값 좀 하는 선수면 더 좋고. 호호호.”

가증스럽게 웃는 신문부 부장의 모습에 다들 다시 한 번 인상이 찡그려졌지만 어쩔 수 없었다. 지금 테이프를 뺏자니 주위에 보는 눈이 많았고, 그냥 보내자니 뒤가 무서웠던 것이다. 그리고 현중과의 대결이 녹화되었다는 말에 호기심도 일었다.

“테이프를 통째로 줄게. 그럼 믿음이 가?”

“좋아요. 나중에 메일로 보내 드릴게요.”

이현도가 가장 먼저 나서서 허락하자 다들 이현도만 바라봤다.

어쩌자고 그런 약속을 했냐는 식으로 바라보는 듯했지만 어차피 현중과의 대결 자체가 자신의 책임이라고 생각하고 있었기에 나서서 약속해 버린 것이다.

이유야 어찌 되었든 현중과의 대결이 녹화된 테이프는 충분히 가치가 있다고 스스로 판단했기에 가능한 것이다.

“그럼 마음껏 봐.”

캠코더를 통째로 이현도에게 주고는 돌아서면서,

“나중에 캠코더 돌려주는 거 잊지 말고~”

목적을 달성한 신문부 부장은 기분 좋게 가벼운 발걸음으로 시야에서 사라졌다. 남은 농구부원들은 모두 한쪽으로 가서 캠코더를 켜고 녹화된 테이프를 확인했다.

“…….”

“…미친. 이게…….”

“…말도 안 돼. 이런 움직임이…….”

“이거 조작 아니야?”

“바보야, 방금 한 거 녹화한 건데 언제 조작하냐?”

녹화된 동영상을 확인한 이현도를 비롯해 농구부원들은 할 말을 잃었다.

현중의 움직임은 느린 재생으로 자세히 봐야만 보일 정도로 빨랐다. 정확한 드리블로 이현도를 비롯한 여덟 명을 확실하게 제치고 골 밑으로 가더니 뒤쪽을 한 번 돌아보고 웃는 여유까지 보였다.

그리고 양손으로 농구 골대가 부서지는 착각을 일으킬 정도로 강력하게 덩크를 내리꽂아 버리고는 여유있게 바닥에 착지하는 모습까지가 동영상의 전부였다. 이걸 본 농구부원은 모두 할 말을 잃었다.

“현도야, 넌 드리블하면서 3점슛 라인에서 골밑까지 몇 초 걸리냐?”

“나? 대충 2초 정도?”

“그럼 너, 우리 여덟 명 뚫고 골밑까지는?”

질문에 잠시 생각해 본 이현도는 고개까지 흔들었다.

“못하지. 10분을 줘도 못할 거다.”

　냉정하게 자신을 판단한 이현도가 사실대로 말하자 다들 고개를 끄덕였지만 처음 질문한 녀석은 동영상의 위쪽 재생 시간을 손가락으로 정확하게 가리키며,

　"현중 선배, 우리 여덟 명을 뚫고 투 핸드 덩크까지 성공시키는 데 걸린 시간이 5초다."

　꿀꺽!

　재생 시간을 확인해 본 결과 정확하게 5.24초였다.

　거기다 너무나 부드럽고 자연스럽게 움직이는 모습에 캠코더 배터리가 다 닳아서 전원이 꺼질 때까지 몇 번이고 되돌려 보기까지 했다.

　"젠장, 이런 사람이 왜 일문학과에 간 거야?"

　"이거 어떻게 하지……."

　동영상을 확인해 본 결과 그냥 없애 버리기에는 너무나도 아까운 영상이었다. 하지만 자신들의 쪽팔리는 모습이 고스란히 담겨 있으니 누구에게 공개하기도 그렇고 참 난감한 상황인 것이다.

　"야, 그냥 코치님한테 한번 보여드릴까?"

　이현도의 갑작스런 말에 다들 이현도를 바라보면서,

　"미쳤냐? 아까 선정 누나한테 그렇게 빌어놓고 왜 갑자기 마음이 바뀐 거야?"

　가장 먼저 도발하고 시비 건 것도 이현도였는데 갑자기 마

음이 바뀌다니 다들 이해를 못하는 것이다.

"쪽팔리긴 한데 너희들, 생각해 봐. 현중 선배랑 같이 코트에 섰다고 말야."

이현도는 좀 더 크게 생각하기로 마음을 바꾼 것이다. 사랑 때문에 질투에 눈이 멀어 성질 급하게 행동하긴 하지만 그렇게 나쁜 녀석만은 아니었다.

이현도의 말에 다들 잠시 생각하더니 온몸에 소름이 돋았다. 현중과 같이 코트에 나서서 상대편을 바보처럼 가지고 논다고 생각하니 이건 놀라움을 넘어서 전율까지 일어나는 것이다.

"까짓것, 어차피 선정 누나가 이미 다 봤잖아. 우리가 못해서 깨진 것도 아니고 말야. 안 그래?"

동영상만 보면 정말 NBA에서 날고 긴다는 선수들이 와도 현중에게 상대가 될까 하는 생각을 잠시 했다. NBA 플레이어들의 시합을 이미 초등학교 때부터 수십 번, 아니, 수백 번 봐 온 그들이다. 그런 그들의 눈에도 현중의 움직임은 이미 상대조차 되지 않았기에 다들 결심을 굳혔다.

"코치한테 나 이 테이프 드릴래. 너희는 어때?"

"저도 좋아요."

"저도 이왕 쪽팔림 당한 거, 뭐 무서울 게 없죠."

다들 코치에게 테이프를 보여주기로 의견을 모으고 곧장

코치에게 달려갔다. 하지만 그 누구도 정작 중요한 건 몰랐다, 그렇게 엄청난 대결을 했던 현중이 호흡 하나 흐트러지지 않고 농구장을 벗어났다는 것을.

동영상은 현중이 덩크를 성공시키고 나서 착지하는 순간 끝났었고, 이선정은 현중의 실력에 놀라서 미처 알지 못했다. 당연히 상대했던 농구부원들은 자신들이 어떻게 뚫렸는지도 모르는데 현중의 호흡이 어떤지 생각할 겨를도 없었다.

Chapter 07
마이스터

　학교에 파란을 일으킨 현중은 농구부원들이 코치를 찾아 뛰어가던 시각 주차장으로 들어서고 있었다.

　마리아는 현중이 매번 세워두는 곳을 알기에 먼저 주차장으로 와서 기다리고 있었다.

　"그렇게 평범한 옷이 좋아요?"

　현중의 재산을 알고 있는 마리아가 매번 청바지에 그냥 평범한 차림인 현중에게 장난삼아 말했다. 그러자 현중은 예의 그 웃음을 보이면서,

　"편하니까요. 돈이란 필요한 곳에 쓰면 되지 않나요? 그런

데 다시 존댓말을 하시는군요? 전에 누나로서 반말을 하겠다
고 하시더니."

친한 척하면서 반말을 서슴지 않던 마리아가 갑자기 다시
존댓말을 하기에 물어보자,

"어느 분의 명령으로 이제 현중 씨에게 반말은 못해요."

살짝 힘이 빠진 듯한 목소리였지만 어차피 마리아에게 계
속 존댓말을 했던 현중이라 별 관심을 두지 않았다.

현중이 맥라렌 F1의 문을 열어주자 그녀는 한번 타봤을 뿐
인데도 능숙하게 운전석 바로 뒤쪽에 편하게 앉았다.

"그래서 팅클 소속사 미림 엔터테인먼트에 돈을 투자한 거
예요?"

현중은 이미 탬플재단이 자신에 대해서 신원 조회를 했으
니 당연히 알고 있을 것이라고 생각했다. 테른도 탬플재단에
대해서 별 말이 없기에 현중도 귀찮게만 하지 않으면 그냥 놔
둘 생각이었다. 그리고 원래 이런 큰 단체를 알고 있는 것도
도움이 되면 됐지 나쁠 건 없다는 생각도 있었다.

"사업이란 건 원래 그런 거니까요. 남들이 이해 못해도 제
가 보기에는 성공할 걸로 보이거든요."

"호호호, 그러네요. 뉴욕에서 아라크네라면 망해가던 회사
도 살린다는 소문이 돌고 있으니 지켜보면 재미있겠네요."

"그보다 어디로 가죠?"

“우선 서울 외곽으로 빠져야 해요. 그리고 대전 쪽으로 조금만 내려가면 괜찮은 무도관이 하나 있어요. 그곳에 준비를 해놨으니 거기로 가죠.”

“좋아요.”

현중의 맥라렌 F1이 시원한 엔진음과 함께 학교를 나와 서울을 벗어나 고속도로를 탔다. 그때부터 맥라렌의 진가가 나타나기 시작했다.

얼마 밟지도 않았는데 부드럽게 앞으로 나가면서 현중이 밟으면 밟는 대로 쭉쭉 뻗어 나가는 것이 확실히 슈퍼카라는 이름이 뭔가 다르긴 다른 모양이었다.

거기다 현중의 맥라렌 F1이 지나가면 다들 운전 중에 한눈팔 정도로 시선이 집중되는 일도 종종 있었다.

그만큼 맥라렌 F1은 운전을 해본 남자들이 꿈의 슈퍼카라는 별명을 왜 붙였는지 알 만했다.

한마디로 로망인 것이다. 일반 스포츠형의 자가용도 젊은 남자들은 좋아서 미치는데 국내 한 대뿐인 슈퍼카 맥라렌 F1이니 오죽했겠는가?

생전 처음 보는 차가 고속도로를 미끄러지듯 달리니 시선이 가지 않을 수가 없었다.

“여기는……”

현중이 마리아의 안내로 도착한 곳은 고풍스런 기와 대문이 있고 그 양옆으로 끝없이 이어진 담이 무슨 옛날 사대부 양반 집을 온 것 같은 착각을 일으키는 저택이었다. 차를 몰고 기와 대문을 지나 안으로 들어가자 길 양쪽으로 대나무가 우거져 있고 조금 더 들어가니 6층짜리 건물 하나가 현중을 반겼다.

맥라렌에서 현중과 마리아가 내리자 건물 안에서 기다렸다는 듯 집사 옷을 입은 60대 정도의 백발 노인이 다가와서는 마리아, 현중에게 인사했다.

"전 바로슈 가문의 집사로 있는 로이첼입니다. 모시게 되어 영광입니다. 우선 이쪽으로 오시죠."

로이첼의 몸에 배어 있는 절제된 동작과 걸음걸이는 한순간 현중이 대륙의 황궁에 와 있는 착각을 불러일으킬 만큼 정돈되어 있었다.

집사의 몸가짐과 행동, 그리고 말투부터 일거수일투족을 살펴보면 그 가문의 힘과 역사를 알 수 있다고들 한다.

그리고 현중의 눈에 보인 로이첼 집사는 바로슈 가문이 결코 신흥 가문이 아님을 여실히 보여주는 결과물이었다.

보통 그런 가문에는 몇 대를 걸쳐 집사를 해오는 경우가 대부분이었으니 아마 로이첼도 몇 대째 이어온 집사 가문 출신일 것이다.

현중이 마리아와 헤어져 조용히 로이첼을 따라 이동해 들어간 곳은 응접실로 보이는 방이었다.

그런데 이미 그곳에는 먼저 온 손님이 있었다. 방 안에 들어선 현중의 시선이 응접실에 앉아서 홍차를 마시고 있는 노인에게 가 닿았다.

"응?"

노인도 홍차를 마시던 손길을 멈추고 천천히 고개를 돌려 현중을 바라보았다.

그렇게 둘의 눈이 마주치자 잠시 정적이 흘렀는데, 그런 정적을 깬 것은 로이첼 집사였다.

"이곳에서 기다리시면 됩니다. 곧 주인님이 오실 겁니다."

"네."

현중이 고개를 숙이면서 정중하고 정확하게 대륙의 예법대로 인사를 하자 로이첼의 눈빛이 이채롭게 빛났다.

사실 동양에서 서양 귀족들의 예법을 아는 사람은 거의 없다시피 했기에 현중의 예법에 맞춘 인사는 특이하기도 했지만, 급하게 배운 것이 아니라 몸에 익은 듯한 기품까지 흘러나온 것이다.

로이첼이 나가고 현중은 조용히 응접실 소파 중 비어 있는 곳에 가서 앉았다. 마시던 홍차를 조용히 내려놓은 노인이 현중을 바라봤다.

"자넨 누군가?"

흰 머리와 얼굴로 봐서는 확실히 노인이지만 목소리와 눈빛에서 좌중을 압도하는 기운이 자연적으로 뿜어져 나오는 것이 딱 봐도 보통 노인은 아니었다.

그리고 노인이 보기에도 현중 또한 보통이 아니었다. 소파에 앉을 때까지 걷는 동안 몸의 중심이 한 번도 한쪽으로 기운 적이 없기 때문이다.

보통 사람은 걸을 때 내딛는 쪽에 몸의 무게를 더 주게 마련이다. 그건 걸을 때 본능적으로 몸의 부담을 줄이기 위해 어릴 시절부터 몸이 편한 쪽으로 발달했기 때문이다.

하지만 내공법을 익힌 사람들은 달랐다. 몸의 중심이 어딘가로 치우친다면 그건 이미 내공법을 익힌 사람이 아니었다. 단전을 배꼽 밑에 만드는 이유가 바로 몸의 정중앙이 그곳이기 때문이다.

"김현중입니다, 어르신."

"허허허, 이곳이 어딘지는 알고 왔는가?"

노인의 물음에 현중은 고개를 저으면서,

"모릅니다. 그저 이곳 주인을 따라왔을 뿐입니다."

노인은 현중의 대답을 듣고는 눈빛이 이채롭게 빛났다. 뭔가 아는 것이다.

"그렇다면 자네, 마스터인가?"

노인의 직접적인 질문에 현중은 웃으면서 고개를 저었다.

정확하게 말해서 현중은 마스터가 아니다. 마스터의 단계를 몇 단계나 뛰어넘었으니 마스터라고 할 수 없는 것 아닌가? 하지만 노인은 오히려 그런 현중의 대답에 크게 웃었다.

"허허허허허, 마스터가 아닌데 내가 기운을 읽을 수 없다……. 재미있군."

"그럼 어르신은 누구십니까?"

현중이 정중하면서도 미소를 잃지 않은 모습으로 묻자 노인의 눈빛이 바뀌었다.

아까부터 자신의 기운을 현중에게 뭉쳐서 보내고 있는데 현중은 그 모든 기운을 자연스럽게 받아들이면서 거슬리거나 거부감없이 허공으로 흩어버리고 있기 때문이다.

일반 무술을 좀 했다는 사람들도 지금 노인이 보낸 기운을 정면으로 받으면 숨이 막히고 온몸에 마비가 온 듯 꼼짝도 못할 텐데 전혀 그런 기색이 없었다.

그런데 현중은 오히려 노인이 자신에게 보낸 기운을 보고는 웃었다.

'오러 필드군.'

마스터만이 쓸 수 있는 기술로 일정 영역 안에 마나를 펴뜨려 그 안에 들어온 상대를 꼼짝 못하게 하는 기술이다. 대륙에서는 상대의 오러 필드 안에서 자유롭게 움직인다면 상대보다 자신이 상급이라 가늠할 수 있었다.

마스터란 지구나 대륙이나 귀한 존재였다. 그렇기에 서로 대결을 하지 않고도 기량을 겨뤄야 했기에 궁여지책으로 나온 방법이 바로 오러 필드를 사용해 우위를 결정하는 것이었다.

"나? 이곳 주인의 스승이지."

"그러시군요. 처음 뵙겠습니다."

현중은 자연스럽게 일어나 고개 숙여 인사하자 노인은 그런 현중의 모습에 기분이 좋은 듯 웃으면서,

"누구에게 가르침을 받았는가? 나보다 우위에 있는 듯한데."

자신이 쏘아 보낸 기운을 아무런 움직임 없이 흩어버렸으니 최소한 한 수 위의 상대라고 판단한 것이다.

"가르침을 받은 적은 없습니다. 그냥 기연이 조금 닿았을 뿐입니다."

"음?"

노인은 현중의 대답에 잠시 바라보더니 눈을 돌렸다.

"뭐, 상관없겠지 상대의 사문을 알아보는 건 서로 등을 맞댈 수 있는 사이여야 하니까 말야. 그보다 자네가 바로 마야가 입이 닳도록 이야기하던 청년이었군. 생각보다 너무 젊은데……."

현재 현중이 있는 곳은 탬플재단 한국 지부의 핵심이었다. 이곳은 현재 마리아가 살고 있고 웬만한 정보는 모두 이곳에서 움직이고 있었다.

그만큼 믿을 수 없다면 데리고 올 수 없는 곳이기에 노인은

현중을 유심히 보고 있었다. 지금까지 마리아가 누군가를 그렇게 칭찬하며 관심을 가진 적이 없었기에 스승인 자신이 데리고 와보라고 했지만 설마 이처럼 젊은 남자일 줄은 몰랐기 때문이다.

딸각!

커다란 문이 열리고 마리아가 간편한 도복으로 갈아입고 응접실로 들어왔다.

"스승님, 어때요?"

마리아가 들어오자마자 바로 물어보자 노인은 고개를 끄덕이면서,

"최소한 나보다 한 수 위다. 도대체 어디서 찾은 거냐?"

"운이 좋았죠."

"허허허허, 그 넉살은 여전하구나. 그보다 보여준다는 것은 조금 더 기다려야 하느냐?"

"아니요. 바로 도장으로 가죠. 현중 씨도 괜찮죠?"

현중은 대답과 함께 일어섰다.

"가죠."

"그런데 대련하기 편한 옷 드릴까요?"

자신은 도복을 입고 있지만 현중은 청바지에 그냥 티셔츠였다. 사람들이 청바지가 편하다고 말하긴 하지만 그건 일상생활에서나 편하지 실제로 대련에서는 청바지만큼 불편한 옷

도 없었다.

하지만 현중은 고개를 저으면서

"괜찮아요. 어차피 가벼운 대련일 테니."

아무렇지 않게 생각하는 현중과 달리 마리아는 입가에 미소를 띠면서 현중을 가만히 보더니,

"대련이긴 하지만 전 최선을 다할 텐데, 괜찮겠어요?"

"편하실 대로."

현중의 간단한 승낙, 이 한마디로 바로 몸에서 투기를 발산한 마리아는 조금 전에 나긋하게 웃던 그녀가 아니라 웨펀 마스터의 칭호를 받은 마리아 스핀 바로슈 백작으로 변해 있었다.

"쯧쯧, 저 다혈질을 어찌할꼬."

마리아의 스승은 벌써부터 투기를 발산하는 마리아의 모습에 혀를 차면서 한소리 했지만 얼굴은 웃고 있었다. 이미 투기만으로도 스승인 자신을 어느 정도 뛰어넘고 있었기 때문이다.

마스터에게 배웠으니 마스터가 되는 건 당연했다. 거기다 그 기간은 확실히 줄어들 것이다. 시행착오를 거치지 않고 꼭 필요한 것만 배우게 되니까 말이다. 하지만 나쁜 경우도 있었다. 즉, 시행착오를 거치지 않기에 돌발 상황이나 갑작스런 변화에 무방비해지는 것이다.

아무튼 투기를 풀풀 날리는 마리아를 따라 건물을 나오니 뒤쪽에 기와로 지은 커다란 도장이 보였다.

안으로 들어오니 나무로 바닥이 잘 정리되어 있고 주변의 통풍까지도 정말 신경을 많이 쓴 곳이란 것을 한눈에 알 수 있을 만큼 괜찮은 곳이었다.

스르릉!

그리고 현중이 도장을 잠시 구경하는 사이에 마리아는 벽에 있던 커다란 바스타드 소드를 꺼내 들고는 현중을 보면서,

"아무거나 마음에 드는 걸 고르세요. 연습용이라 날은 세우지 않았지만 무게는 진검과 똑같을 거예요."

굳이 무기를 고르라는데 마다할 필요가 없는 현중은 자신 옆에 있는 무기 진열대를 바라봤다.

바스타드 소드부터 롱 소드, 일본식 카타나와 한국식 도까지 모두 종류별로 구비되어 있었다.

하지만 현중이 잡은 것은 마리아가 든 것과 같은 바스타드 소드였다.

"일부러 한국의 도(刀)를 준비했는데 괜찮겠어요?"

현중이 한국 사람이니 당연히 한국도(韓國刀)에 익숙할 거라는 판단에 마리아는 일부러 대련 시간을 늦추면서까지 주문 제작해서 준비했다. 그런데 현중은 허무하게 바스타드 소드를 집어 든 것이다.

물론 마리아가 보기에는 현중의 행동이 허무하겠지만 현중이 대륙에서 쓴 검이 바로 바스타드 소드 형태의 신검 카일

라제였다. 이미 무기를 가리는 경지는 넘었지만 대륙에서도 상대의 무기에 맞춰서 대련을 했던 습관 때문에 바스타드 소드를 집어 든 것이다.

그리고 대련 때 꼭 상대 무기와 같은 것을 선택하는 데는 어쩔 수 없는 이유도 있었다. 그래야 나중에 뒷말이 없기 때문이다. 무기의 차이로 졌다느니 하는 치졸한 녀석들의 입방아에 오르기 싫어서 대륙에서부터 그렇게 해온 것이다.

마리아야 원래 바스타드 소드를 썼으니 상관없지만 현중이 바스타드 소드를 고르는 순간 노인의 눈빛이 약간 흔들렸다. 대련에서만큼은 바스타드 소드가 객관적으로 불리하기 때문이다. 일본식 카타나는 베기와 찌르기에 특화된 도(刀)였다. 당연히 리치가 길어도 무겁고 느린 바스타드 소드를 상대로 카타나 아니면 한국도를 잡는 게 보통이었다.

일대일 대련은 자신의 기술과 함께 무기도 많은 비중을 차지한다. 가볍고 빠르고 날카롭다는 게 동양식 도의 특징이라면 무겁고 느리지만 리치가 길고 파괴력이 강한 게 서양식 검의 특징이었다.

당연히 서양식 검은 전쟁 중에 철갑옷을 파괴하기 위해서 개발되다 보니 바스타드 소드 같이 크고 무거워졌고, 동양식 도는 서양과 다른 경우로 발전되어 만들어지다 보니 카타나 같은 베고 찌르는 것에 특화된 무기로 발전한 것이다.

"시작하죠."

현중은 바스타드 소드를 오른손으로 잡고 어깨에 걸쳐 놓은 채 거의 무방비 상태로 가만히 서 있었다.

"그것이 현중 씨의 대련 자세인가요?"

"만류귀종이라고 하는 말이 있죠. 결국 그 끝은 모두가 같다는 뜻이에요. 그리고 자세는 어차피 자신이 편하고 구애받지 않으면 된다는 게 저만의 생각이죠."

누가 봐도 현중의 자세는 검을 전혀 잡아본 적이 없이 그저 겉멋만 든 사람들의 포즈였다. 특히나 정식으로 수련을 받은 사람은 절대로 검을 현중처럼 어깨에 걸쳐 놓지 않는다. 반응하기도 힘들고 뭣보다 자신이 상처 입을 가능성이 많기 때문이다.

그러나 그런 것을 일일이 설명하기에는 현중의 경지가 그리 낮지 않기에 마리아는 그냥 그러려니 하고 넘겼다.

하지만 옆에서 구경하던 마리아의 스승은 현중의 그 모든 것을 파헤치기라도 하려는 듯 집중하고 보고 있었다.

'영감이 내 사문이 어딘지 궁금한 모양이군.'

보통 검을 쓰는 것을 보면 대충 원류가 어딘지 짐작할 수 있기에 현중에게 집중하는 것이리라. 하지만 현중은 이곳에서 치우천왕무를 선보일 생각이 없었다.

절대적으로 패도적이고 파괴적인 무공인 치우천황무를 사용했다가 잠깐의 실수만 해도 마리아는 아마 고기 조각 하나

남기지 않고 소멸할 게 뻔하기 때문이다.

이미 지구로 넘어올 때 웬만하면 치우천황무를 쓰지 않으려고 결심했다. 단 상대가 죽여야 하는 적이라면 상관없지만 대련은 아니었다.

그러다 보니 자연적으로 현중은 다른 무술을 선택했다. 대륙에서 인간 중 유일하게 현중 다음으로 서열 마족을 죽인 공을 세워 통일 제국의 공작이 되었던 세인트 드 갈릭 버틀러의 독문 검술이었다.

상대가 마족이다 보니 보통 귀족들이 배우면서 기본으로 취한다는 준비자세의 기수식도 없고, 오히려 상대의 방심을 유도해서 역공을 취하는 것이 주특기인 검술이었다. 그렇기에 대륙에서는 용병 검술의 극의를 이루면 아마 갈릭 공작의 독문 검술이 될 수 있을 것이라는 말이 떠돌 정도로 자유분방했다.

그와 반대로 마리아는 정자세로 서서 검을 몸의 중앙에 세워 잡고 검끝을 현중에게 향한 기수식이었다. 전형적인 귀족의 검술이었다.

"하수인 제가 먼저 가죠."

마리아에게서는 귀족 특유의 자만심 따위는 애초에 찾아보기도 힘들었다. 검을 손에 잡는 순간 이미 자신은 귀족이 아니라 검사라는 생각이 뿌리 깊게 자리 잡았다는 말이다.

곧바로 단전의 내공을 활성화시키자 온몸으로 퍼지면서

세포 하나하나까지 활성화되었다. 몸 주변으로 마나의 향기가 가득 퍼지자 그마저 유형화되어 산들바람이 불 듯 마리아의 금발이 팔랑거리며 흔들렸다.

"마야가 전력을 다하는군. 흠."

마리아의 스승은 처음부터 단전의 내공을 모두 뽑아 온몸에 퍼뜨려 전력을 다하려는 마리아의 모습에 도대체 현중의 실력이 어느 정도인지 궁금했다. 마스터에 오른 지 제법 되어서 거의 완숙한 경지에 이른 마리아가 전력을 다할 정도라는 것인가?

그런데 상대인 현중은 지금까지 그 어떤 변화도 보이지 않았다.

하다못해 내공을 움직이는 낌새조차도 보이지 않는 것이다.

"실력인가, 아니면 허세인가."

상대는 웨펀 마스터라 불리고 영국 왕실에서 왕실의 검으로 인정받은 실력자다. 자신이 가르친 것이기에 마스터가 되는 것은 당연한 순서였지만 자질부터가 남달랐던 마리아다.

이미 일곱 살에 검을 잡았고 내공 수련을 기본으로 했기에 젊은 나이에 마스터의 경지에 올라 있는 것이다. 그런 마리아가 현중에게 느낀 힘이 어느 정도이기에 저렇게 뒤를 생각하지 않고 성급하게 공격하는지 이해가 되지 않았다.

검을 잡는 순간 검사로서 살아가겠다고 했던 마리아다. 그리고 그 말대로 지금까지 저렇게 성급하게 누군가를 향해 공

격한 적이 없는 마리아가 실수를 연발하는 것을 보면서 베이
스퍼는 스승으로서 마리아를 탓하기보다 오히려 상대인 현중
에게 호기심을 느꼈다.

"하압!"

마리아의 몸이 움직인다 싶은 순간 흐릿한 잔상만 남기고
사라졌다. 제이슨이나 알렌 스핏의 보디가드들은 아예 상대
도 되지 않는 수준이었다.

그리고 다시 나타난 것은 현중의 바로 코앞이었다.

"핫!"

일갈과 함께 죽일 듯 힘차게 현중의 머리 위로 바스타드 소
드를 내려쳤다. 기술이랄 것도 없었다. 너무나 빠른 속도와
마스터에 이른 내공이 만들어낸 결과였다. 그런데 현중은 자
신의 머리 위로 바스타드 소드가 쪼갤 듯 날아드는데 미동도
없었다.

현중의 머리에 닿기 직전 마리아의 바스타드 소드가 순간
흔들리는 듯 보였다. 마치 신기루처럼 검이 흐릿해지는 찰나
현중의 어깨에 놓여 있던 바스타드 소드가 움직였다. 그런데
머리가 아니라 오른쪽 옆구리로 비스듬히 세우는 것이다.

쾅!

현중이 오른쪽 옆구리를 바스타드 소드의 검면으로 막는
순간 엄청난 굉음과 함께 마리아의 몸이 뒤로 밀렸다.

"크윽……."

오히려 공격한 것은 마리아였는데 타격을 입은 것도 마리아였다.

잠시 배를 움켜쥔 마리아는 씨익 웃었다.

그 짧은 순간 현중은 그녀가 잔상을 남길 만큼 빠르게 검을 틀어 머리가 아닌 옆구리를 노리는 것을 알았고, 그것을 막으며 왼손으로 마리아의 복부에 일격을 먹인 것이다.

그 모든 것이 불과 1초도 걸리지 않았다.

휘잉~

잠시 도장 안에 정적이 흘렀다. 무려 5미터 거리에 떨어져 있다 단번에 뛰어들어 공격한 마리아도 대단했지만 그걸 마지막까지 보고 막은 다음 오히려 카운터를 먹인 현중은 뭐라 표현할 방법이 없었다. 이번 한 번의 공격으로 현중과 마리아의 실력 차이가 어느 정도인지 대충 알 만했다.

"후웁."

단번에 마나를 쏟아부은 마리아는 이미 단전이 허전해지고 있는 것을 느꼈다. 하지만 현중은 호흡 하나 흐트러지지 않고 고요하기만 했다.

좀 전의 2단 공격은 아무리 마스터에 이른 마리아라도 마나를 쓰지 않고는 어려웠다. 인간의 순수한 근육의 힘만으로는 절대로 불가능한 기술이었기 때문이다.

“그만할까요?”

현중은 마리아의 마나의 파장이 흔들리는 것을 보고 급하게 마나를 끌어올려 승부를 보려 한 탓에 지친 것이라 판단했다. 하지만 마리아는 고개를 저으면서,

“이 한 번으로 끝내려고 했으면 현중 씨를 이곳까지 모시고 오지도 않았겠죠.”

몇 번 심호흡 하더니 곧 마리아의 마나가 안정되었다. 현중은 두 번 물어보지 않았다. 현중도 이 정도가 지구의 마스터의 실력이라면 실망했을 테니까.

“레이디 퍼스트, 할까요?”

현중이 장난스럽게 농담을 하자 마리아는 웃으면서 바스타드 소드를 몇 번 휘두르더니,

“안타깝게 전 레이디가 아닙니다. 나이트(Knight)거든요. 그러니 레이디 퍼스트가 아니죠. 하지만…….”

휙!

말하는 것과 동시에 또다시 현중의 품으로 파고든 마리아의 보법은 정말 현중으로서도 칭찬해 줄 만큼 빠르고 정확했다. 하지만 현중에게 같은 기술을 두 번 보여주는 것 자체가 바보 같은 짓이었다. 단 두 번의 움직임만으로도 벌써 마리아의 보법의 약점을 눈치챈 현중은 방어하기보다 오히려 슬쩍 옆으로 피해 버렸다.

"헛!"

검을 내려치려고 시작하는 순간 현중이 절묘하게 피하자 당황한 건 오히려 마리아였다. 현중이 눈치챈 마리아의 보법의 단점은 바로 직선거리에서는 현중도 놀랄 만큼 빠르고 정확하다는 점이었다.

하지만 너무 정확한 직선이라 타이밍만 안다면 오히려 너무 피하기 쉬웠다.

그리고 두 번째는 직선거리만 빠르다는 것이다. 그 속도를 다른 방향으로 적용할 수 없기에, 첫 번째 직선 움직임만 피하면 바로 무방비 상태가 되었다.

훅!

이번에도 가볍게 한 방 먹여줄 생각으로 현중이 왼쪽 주먹을 내질렀는데 의외로 허공을 찔렀다.

"헉헉, 정말 현중 당신은… 도대체가……."

이미 도장의 구석에서 가쁜 숨을 몰아쉬고 있는 마리아의 모습이 보였다.

"임기응변, 좋았습니다."

현중은 칭찬했다. 현중이 주먹을 내지르는 순간 마리아는 자신의 공격 타이밍과 약점을 현중이 두 번 만에 모두 읽고 있다는 사실을 간파했다. 그래서 지체할 것 없이 공격하는 힘을 그대로 이용해 오히려 앞으로 튀어나간 것이다.

그 결과 현중의 공격을 피할 수 있었지만, 갑작스런 변화 때문에 호흡이 흐트러진 걸 다시 다스리느라 한동안 애를 먹어야 했다.

현중이 보기에 마리아는 처음부터 실수를 했다. 천천히 탐색전을 하면서 검술로 다가왔다면 아마 아직도 현중과 검을 맞대고 있을 것이다. 하지만 힘의 차이가 크다는 것을 느끼고 있던 마리아는 너무나 성급하게 초반에 힘을 쏟아부었다. 덕분에 자신의 기술을 너무 일찍 보여주는 바람에 벌써 밑천이 바닥나 버렸다.

물론 현중의 경지 정도 되니 이렇게 쉽게 피하고 반격했지, 마리아와 비슷하거나 같은 경지의 마스터라면 피하기는커녕 처음의 2단 잔상 공격에 쓰러졌을 것이다.

바로 머리 위에서 검을 회수해 옆구리를 공격하는 것은 아무리 마스터라도 피하기 힘들었다.

"아무래도 제가 성급했네요."

마리아는 두 번의 공격이 실패로 돌아가고 나서야 자신의 실수를 깨달았는지 잠시 호흡을 가다듬고 마나를 안정시켰다. 다시 자리로 돌아온 그녀는 현중 앞에서 기수식을 취했다.

"이제는 검술을 겨루는 대련을 하죠. 내공으로는 도저히 현중 씨를 어떻게 해볼 도리가 없으니까요."

완벽하게 자신의 필살기를 모두 피하고 오히려 약점까지

알아채고는 반격하니 아무리 마스터에 영국 왕실의 검이라는 마리아라도 방법이 없었다.

그러다 보니 결국 일반 대련처럼 검술을 겨루는 것으로 돌아온 것이다.

애초에 마리아는 현중을 잘못 본 것이다. 마스터라고 다 같은 경지일 리가 없다. 하물며 마스터의 경지를 까마득하게 넘어선 현중에게 기습과 일격필살이라는 방법으로 이겨보려고 했으니 먼저 지칠 수밖에 없었다.

"그럼 저도 거기에 맞게."

현중은 어깨에 걸치고 있던 바스타드 소드를 한 손으로 세워 잡고 왼손은 뒷짐을 지듯 뒤로 돌렸다.

"뭐죠?"

현중의 자세가 너무 이상해서 마리아가 물어보자,

"이거면 충분하니까요. 그리고 마리아는 저에게 가르침을 받기 위한 대련이라고 했죠? 그럼 이게 맞아요."

소드 마스터의 자존심을 건드리는 말이었지만 인정할 건 해야 했다.

그래야 발전이 있는 법이고, 그건 이미 수차례 검을 손에 잡으면서 배웠던 것이 아니던가? 바스타드 소드를 한 손에 든 현중의 표정은 결코 얕보거나 깔보는 것 같지 않아 마리아는 오히려 허탈했다.

“오늘 웨펀 마스터라는 이름이 울겠군요.”

오늘 하루 확실하게 현중에게 깨지고 있는 마리아였다.

캉캉캉!

캉캉캉캉캉캉ー!

정식으로 검술을 배운 마리아의 검은 화려하면서도 절도가 있고 그러면서도 변화가 많았다. 반대로 현중의 검은 막으면서도 빈틈만 보이면 파고들어 가 마리아의 간담을 서늘하게 했다. 조금은 특이하면서도 변화가 너무 많아 30분 동안 검을 나누고 있는데도 현중의 검술이 어디에 원류를 두고 있는지 도통 짐작도 못하고 있었다.

직접 상대하는 마리아가 이 정도였으니, 옆에서 구경하면서 살피던 마리아의 스승은 현중의 검술 원류를 알아보려는 시도를 일찌감치 포기해 버렸다.

형식도 없고 정해진 검로도 없다. 그때그때 수시로 변하면서도 정확하게 마리아의 검에 맞춰서 움직이는데 마리아의 검술을 미리 알고서 대비한 것 같은 느낌을 받을 정도였다.

“헉헉헉! 그만하죠.”

결국 백기를 든 것은 마리아였다.

처음의 실수 때문에 마나를 많이 소모해서 이미 지친 상태였지만 역시나 왕실의 검이라는 칭호를 그냥 받는 게 아닌 듯 검술로만 30분 넘게 현중을 상대한 체력도 대단했다.

“이 늙은이도 상대해 주겠나? 지친 것 같진 않은데…….”

마리아가 물러나자 물끄러미 구경하던 그녀의 스승이 연습용 카타나를 집어 들고 현중 앞으로 나섰다. 현중은 고개를 끄덕이면서 이번엔 바스타드 소드 대신 카타나를 집어 들었다.

“응? 자네 바스타드 소드를 사용하는 게 아니었나?”

너무나 능숙하게 사용하길래 바스타드 소드가 주무기인 줄 알았는데 카타나를 집어 들자 의아한 것이다.

“명장은 도구를 가리지 않는 법이지요.”

대충 얼버무리듯 현중이 한마디 하자 그 말을 듣던 노인의 표정이 점점 살아났다.

“명장이란 말이지. 클클클, 그렇지. 만류귀종이라고 했으니 결국은 하나인 것을…….”

별것 아닌 현중의 한마디에 지금 마리아 스승은 뭔가 깨닫는 게 있었다.

“그래, 그런 것이야. 결국은 하나야. 가리지 않는 것, 그것이 핵심이었어.”

현중이 아무렇지 않게 하는 행동 하나에서 자신이 기존에 가지고 있던 틀 하나가 깨지는 것을 느꼈다.

“내 어찌 잊었단 말인가. 베이스퍼야, 너도 참 바보 같았구나.”

자신의 이름을 부르면서 한탄을 한 베이스퍼는 잠시 생각을 정리하고서 현중을 바라봤다. 그리고 그때서야 현중이 어떤 경지에 이른 존재인지 어렴풋이나마 느낄 수 있었다.

까마득히 먼 곳. 검을 지향하는 자들이 생각만으로 이룰 수 있다고 꿈꿔오던 곳에 발을 디디고 서 있는 현중의 모습이 보인 것이다.

마스터가 보통 화경의 경지에 이른 능력자라고 한다면 베이스퍼는 화경의 끝에 있었다. 다만 그 경지를 넘어설 계기가 없었을 뿐이다. 그리고 스스로도 포기하고 있었다.

별짓을 다 해도 깨어지지 않는 벽이 하늘을 가득 채우고 있기에 포기했을 때 받아들인 제자가 바로 마리아 스핀 바로슈였다. 워낙 자유분방하고 여행 다니길 좋아하던 베이스퍼였지만 늘그막에 제자를 키우면서 뭔가 배울 게 있지 않을까 하는 마음에서였다. 당연히 소속 국가에서는 베이스퍼가 다른 나라의 사람을 제자로 받아들이는 것을 반대했지만 반대하면 영원히 숨어버릴 수도 있다는 협박을 하자 국가에서도 묵인할 수밖에 없었다.

그가 굳이 그렇게까지 해서 제자를 키우는 이유는 옛 선인들이 가르치면서도 배운다고 했기에 그걸 실현해 본 것이다.

그러다 마리아의 재능에 빠져서 자신의 모든 것을 전해주었다. 하지만 베이스퍼의 벽은 여전히 크고 높고 단단했다.

그런데 그 벽에 금이 가기 시작한 것이다.

깨달음 자체가 불현듯 찾아온다고 했던가. 지금 베이스퍼가 그 상황이었다.

화경의 벽을 깨고 현경으로 발을 내딛는 중이었다.

현중은 조용히 베이스퍼의 곁으로 가서는 주변을 살폈다. 마리아는 지금 갑자기 왜 자신의 스승인 베이스퍼가 눈을 감고 가만히 서 있는지, 그리고 현중이 갑자기 그를 지키듯 서 있는지 이해를 못했다.

깨달음의 벽을 깨는 것은 순전히 스스로의 힘이다. 이곳에서 그걸 알아볼 수 있는 사람은 현중이 유일했다. 이미 세 번의 벽을 깨뜨렸으니 이미 낌새만으로도 알아챈 것이다.

"헉! 스, 스승님."

현중이 베이스퍼의 호법을 선 지 얼마 지나지 않아 눈을 감고 가만히 서 있던 베이스퍼의 백발이 선명한 금발로 변해갔다. 거기다 얼굴의 주름과 검버섯도 점점 사라지더니 피부 자체가 탱탱하게 변하고 온몸의 주름이 사라졌다. 70대 노인에서 40대 중년의 모습으로 변해 버린 것이다.

아무리 마스터라고 해도 노화를 막을 수는 없었다. 수명이 늘어나고 노화가 더디게 진행될 뿐이다. 그걸 되돌리는 것은 오직 한 가지뿐이었다. 깨달음으로 벽을 깨는 것, 그리고 마스터를 뛰어넘은 존재.

"설마… 스승님, 마이스터(Meister)가 되신 겁니까?"

　마스터보다 상위의 존재, 아직 나타난 적이 없는 존재, 그게 바로 마이스터였다.

　현재 지구에 공개된 마스터는 총 네 명이었다. 그중에 미국의 마스터가 바로 베이스퍼인 것이다.

　그런데 그 마스터가 그 위의 경지인 마이스터가 되었으니, 뒤늦게 그 사실을 알게 된 마리아는 놀랐다. 아직 마리아는 자신의 벽을 마주한 적이 없기 때문이다. 벽을 마주하는 순간 마스터의 경지는 완전히 자기 것이 되기에 아직 마리아는 미흡하기만 했다.

　"후우……."

　그리 길지 않은 시간, 대략 10분이었을까? 백발의 노인에서 금발의 40대 초반의 미남자로 변신한 베이스퍼는 변해 버린 자신의 모습을 보고 기뻤다. 한편으로는 겨우 아무것도 아닌 것이 자신의 발목을 그동안 잡고 있었다는 사실에 허탈하기도 했다. 말로는 표현하기 조금 힘든 미묘한 기분이었다.

　고개를 들어보니 자신의 앞에 호법을 서고 있던 현중이 보였다.

　"고맙네."

　베이스퍼가 어찌 모르겠는가, 자신에게 깨달음이 찾아왔다는 것을. 누구에게 알릴 수도 없었다, 너무나도 갑자기 찾아온 것이기에. 하지만 현중은 그것을 알고 호법을 서준 것이다. 그 말은 현중도 이미 깨달음을 겪었다는 말이 되었다.

"별말씀을 다 하십니다. 깨달음이란 바람과 같은 것. 그것은 언제든 찾아오지만 그걸 잡는 것은 본인의 능력입니다."

"허허허허, 정말 자네는 도대체… 얼마나 높은 경지에……."

마이스터의 경지에 오르고서야 현중의 뒤에 눈이 부시도록 밝게 빛나는 후광을 보았다. 이건 경지가 낮거나 아예 모르는 자들은 알 수도 없는 것이다.

베이스퍼는 현중의 경지를 조금이나마 볼 수 있는 자격을 가지게 된 것이다.

"높구먼, 높아."

정말 순수하게 현중의 경지에 감탄하고 있는 베이스퍼였다.

"높은 경지에 한 발짝 다가오신 것을 축하드립니다."

어떻게 보면 너무나 간단한 인사였지만 현중이 한 말의 무게는 베이스퍼의 가슴을 울리기에 충분했다. 베이스퍼에게 현중은 평생의 은인이 된 것이다. 그리고 자신이 가야 할 목표를 일깨워 준 존재이기도 했다.

"하지만 늙은이와 좀 놀아주어야겠는데, 괜찮겠는가?"

"물론이죠. 얼마든지."

현중은 다시 호법을 서던 자세에서 대련을 서는 자세로 돌아왔다. 카타나를 오른손에 들고 가볍게 한 번 휘두르고는 허리 쪽으로 돌려 마치 발검하기 바로 전 단계의 자세를 취했다.

"자네, 진심이군."

화경인 마스터의 경지에 있는 마리아와 비교하면 현경의 경지인 마이스터에 오른 베이스퍼는 이미 그 수준 자체가 달랐다. 물론 현중에게 위협이 되거나 그런 건 아니지만 그래도 지구에서 마이스터라면 충분히 그만큼 대우를 받을 자격이 있었다.

이건 깨달음의 벽을 먼저 넘은 현중의 배려였다.

"그만한 자격이 있으니까요."

현중의 말에 베이스퍼는 고개를 한 번 숙이고는 카타나를 허리 쪽으로 돌리면서 현중과 똑같이 발검 자세를 취했다.

"한 번이면 되네."

"저도 그렇게 생각했습니다."

마이스터에 오른 베이스퍼에게 검술 대련은 의미 자체가 없었다. 그렇기에 베이스퍼가 전력을 쏟아부을 수 있는 발검 자세를 취할 것이라 현중은 판단했다. 그래서 먼저 그 자세를 취한 것이다.

그 말은 곧 진심으로 자신에게 덤벼도 된다는, 말로는 하지 않은 현중의 허락이었다.

"합!"

베이스퍼가 기합 소리와 함께 직선으로 빠르게 뻗어왔다.

마리아와 같은 직선 움직임이었다. 현중 바로 앞까지 다가온 그가 허리의 힘을 실어 온몸의 마나를 카타나에 밀어넣었다. 자연스럽게 카타나 모양의 오러 블레이드가 만들어졌다.

"검강(劍罡)!"

카타나보다 두 배는 두껍고 커다란 베이스퍼의 푸른색 검강이 현중을 향해 빛과 같은 속도로 쏟아져 나왔다. 그런데 놀랍게도 현중의 카타나에서도 똑같이 검강이 뿜어져 나오면서 한 치의 오차도 없이 베이스퍼의 검강과 똑같은 크기와 위력으로 맞받아쳤다.

콰쾅!!

검과 검이 부딪쳐서 생긴 소리라고는 믿을 수 없을 만큼 엄청난 굉음이 도장의 벽을 사정없이 때렸다. 정확하게 똑같은 위력의 검강이 서로 부딪치면서 엄청난 소리가 끊기자, 검강은 이미 사라지고 없었다.

너무나 똑같은 위력에 상쇄된 것이다.

현중의 검강이 아주 눈곱만큼이라도 조금 더 강했다면 검강끼리 부딪친 파괴력이 고스란히 베이스퍼에게 쏟아져서 지금쯤이면 단전이 진탕되었을 것이다.

굉음이 사라진 후 도장 중앙의 베이스퍼와 현중은 발검 자세에서 서로 검을 마주하고 있는 포즈로 멈췄다.

"하하하하하하! 정말… 대단하군, 대단해."

베이스퍼는 정말 전력을 다했다. 그렇기에 자연스럽게 검강이 만들어진 것이다. 만들려고 했으면 처음부터 검강을 만들어서 공격했겠지만 무의식적으로 검강을 만들다 보니 이렇게 된 것이다.

그렇게 무의식적으로 만든 검강의 위력은 아무리 고수라도 측정하기 힘들었다. 그런데 현중은 오히려 발검을 베이스퍼보다 늦게 했음에도 위력을 정확하게 맞췄다.

"생각보다 높은 경지셨군요."

현중도 살짝 놀라긴 마찬가지였다. 설마 무의식중에 발검하면서 검강을 만들어낼 줄이야. 이건 대륙에서도 본 적이 없는 기술이다.

사실 이건 베이스퍼가 만들어내려고 한 것이 아니다. 자신이 가진 기술 중 최고로 빠르고 위력이 강한 기술을 마스터하면서 자연스럽게 생긴 일종의 부산물이었다.

화경인 마스터 경지에서는 내력도 부족하고 내공의 운용도 미흡해서 아무리 극에 다다랐지만 발검하는 순간 검강을 만들어내진 못했다.

하지만 이제 현경의 경지인 마이스터가 되었다. 내력도 몇 배나 늘어났고 무엇보다 자신이 막연히 생각했던 것 이상으로 내공의 운용이 쉬웠기에 가능한 것이다.

"방금 기술의 이름을 일섬강(一閃罡)이라고 부르겠네."

　오늘이 바로 베이스퍼의 독문 기술이자, 그의 등장 이후로 마이스터에 오른 이들이 가장 먼저 습득하려고 하는 기술로 알려질 '일섬강(一閃罡)'이 탄생한 날이었다.

　"느낌이 다르군. 너무 달라."

　베이스퍼는 감회가 새로웠다. 마이스터의 경지에 오르자 검강이 소멸되는 타격을 입었는데도 앞으로 서너 번은 일섬강을 시전할 수 있을 만큼 내공에 여유가 있었다.

　마스터 시절에는 그렇게 하려고 해도 안 되던 기술이 벽을 깨뜨리자마자 마치 수십 년 수련한 것 같이 자연스럽게 시전되기에 스스로도 놀라고 있는 것이다.

　"처음에는 다 그렇습니다."

　현중은 세 번의 벽을 깨뜨린 경험으로 베이스퍼가 지금 느끼는 감정을 충분히 알고 있었다.

　그냥 간단한 말 몇 마디지만 베이스퍼의 가슴을 울리기에 충분했다.

　"허허허허허, 그렇다면 나도 자네에게 사과해야겠군."

　"……?"

　갑자기 베이스퍼가 검을 왼손에 잡은 채 정중하게 허리를 90도로 숙였다.

　"모르는 눈치구만."

　당연히 현중은 살짝 당황했다. 마이스터의 경지에 오른 베이스퍼가 갑자기 현중에게 사과한다니 고개를 갸웃거렸다.

"영문을 모르겠습니다."

"사실 자네를 이곳으로 데리고 온 것은 이유가 있었네."

"그렇군요."

현중은 이미 대충 눈치를 챘기에 모른 척했다.

"사실 마야가 자네를… 험험, 마야는 그냥 내가 애칭으로 부르는 이름이네. 뭐 본인은 싫다고 하지만 말야."

베이스퍼의 마야라는 말이 나올 때마다 마리아의 눈빛이 살짝 변하던 이유가 바로 그것 때문이었다.

"아무튼 난 자네를 우리 조직 사람으로 끌어들일 만한 가치가 있는지 없는지 시험을 해보고 싶었거든. 크크큭, 결국 번데기 앞에서 주름잡은 꼴이 됐지만 말야."

20대 남자가 강해봐야 얼마나 강하겠냐고 생각했던 베이스퍼는 벽을 깨고 현중의 경지를 알고 나자 간계나 속임수 따위는 통하지 않으리란 것을 조금 전 마이스터에 오르면서 알았다.

강자에게 속임수를 쓴다는 것은 한마디로 기름을 가지고 불속에 뛰어드는 것이나 마찬가지였다. 특히나 현중은 더욱 그랬다.

"괜찮습니다. 어차피 저도 마스터라는 존재가 궁금했기에 따라왔을 뿐입니다."

"아니야. 자네 정도의 경지를 이룬 강자를 상대로 잔머리 굴린 것을 사과해야겠지. 받아주겠나?"

웃으면서 사과를 받아달라고 말하는데 면상에서 싫다고 말하기도 그렇다. 노인치고 정말 머리 잘 굴리고 임기응변이 대단하다고 생각하는 현중이었다.

굳이 지금 이들과 척을 질 필요도 없기에 그냥 현중은 웃으면서 고개를 끄덕였다.

마스터와 마이스터, 그 이름값만 해도 현중이 사과를 받을 만한 자격이 있었다.

만약에 그냥 조폭 같은 녀석들이 베이스퍼가 했던 잔머리를 썼다면 현중보다 먼저 테른의 손에 전멸당했을 것이다.

사실 잔머리랄 것도 없었다. 시험이니까.

"그냥 간단한 시험을 치렀다고 생각하겠습니다."

"허허허, 그렇게 받아준다면 나야 감사하지. 오히려 그 시험 때문에 내가 벽을 깨뜨렸으니까 말야."

지금 베이스퍼는 세상의 모든 것을 가진 것 같은 기분이기에 뭘 하든 좋았다.

그때 도장의 문이 열리면서 현중도 아는 얼굴이 들어왔다.

"마스터, 왕실에서 연락이 왔습니다."

도장의 문을 열고 들어온 남자는 바로 페이토였다. 이미 현중에게 당했던 후유증은 말끔히 털고 일어섰는지 멀쩡해 보였다.

하지만 현중을 알아보는 순간 몸이 움찔거리는 것은 감출 수 없었다.

"오랜만이군요."

현중이 웃으면서 인사하자,

"그때는 실례 많았습니다. 마스터의 경지에 오르신 분인 줄 몰랐습니다."

마리아의 곁에 자주 있었기에 현중에 대해서 대충 알고 있는 듯했다. 하지만 페이토의 말을 들은 베이스퍼는 큰 소리로,

"갈!! 네 녀석이 어디 함부로 저분의 경지를 가늠하는 것이냐!"

베이스퍼의 갑작스런 일갈에 놀란 페이토는 즉시 무릎을 꿇고 머리를 도장 바닥에 찧으면서 소리쳤다.

"죄송합니다!"

"험! 아무리 내 제자의 가르침을 받고 있다지만 앞으로 이분에게 함부로 대하지 말거라! 알겠느냐?"

"네! 명심하겠습니다!"

한 편의 신파극을 보는 듯한 장면에 현중은 그냥 멍하니 보다가 베이스퍼와 눈이 마주쳤다. 그런데 굳어 있던 그의 얼굴이 바로 풀어지면서 현중을 향해 윙크를 하는 것이 아닌가?

"응?"

하지만 곧 다시 표정을 굳히고는 페이토에게 호통 쳤다.

"그만 나가보거라!"

"네!"

베이스퍼의 호통 한 방에 완전 고양이 앞의 쥐 꼴로 도장 밖으로 나간 페이토는 급하게 사라졌다.

"스승님, 좀 심하셨어요."

마리아는 이미 베이스퍼가 일부러 페이토에게 화난 척하면서 호통을 쳤다는 것을 알고 살짝 한마디 했다. 베이스퍼는 순식간에 웃는 얼굴로,

"험험, 이제 현중 자네를 함부로 하는 녀석은 우리 탬플재단에는 없을 걸세. 페이토 저 녀석이 보기에는 저래도 우리 탬플재단의 정보를 담당하고 있거든."

한마디로 베이스퍼의 연극이었던 것이다.

현중의 의중은 아예 생각하지도 않고 자기 혼자 현중을 탬플재단에서 조심해야 할 인물 1위로 만들어 버렸다.

탬플재단의 이사장인 소드 마스터 마리아 스핀 바로슈 백작의 스승이 바로 베이스퍼였다.

페이토에게는 스승의 스승이 바로 베이스퍼인데, 그런 베이스퍼가 현중을 그분이라고 호칭하면서 말 한마디 잘못한 것으로 크게 호통까지 쳤으니 당장 현중에 대한 모든 정보와 조치를 바꿀 게 뻔했다.

"전 그냥 조용히 사는 게 좋습니다, 어르신."

"허허, 주머니 안의 송곳이라고 했네. 나도 마스터의 경지
에 오르고 나서 그랜드캐니언에서 그냥 수련이나 하려고 했
지만 세상살이가 그리 호락호락하지 않더군. 그건 나보다 자
네도 잘 알 것 같은데, 안 그런가?"

이미 자신보다 높은 경지에 있는 현중이 베이스퍼 자신이
겪은 일을 겪지 않았을 리가 없기에 한마디 했다.

"물론 그렇습니다만, 전 부모님의 유언 때문에 대학 졸업
장은 따야 하거든요."

"뭐? 대학 졸업장? 허……."

전혀 예상치 못한, 현중이 조용하게 살고 싶어하는 이유를
듣고는 또다시 놀라는 베이스퍼였다. 하지만 마리아는 이미
현중에 대해서 어느 정도 조사를 했기 때문에 왜 현중이 대학
졸업장에 저렇게 집착하는지 대충 이해가 되었다.

"그보다 자네, 다른 마스터를 만나보고 싶지 않은가?"

"네? 다른 마스터라면… 마스터의 경지에 오른 사람이 또
있습니까?"

현중은 그냥 있을 것이라고 생각만 했지 베이스퍼의 입에서
다른 마스터를 만나고 싶지 않느냐는 질문이 나오자 조금 의아
했다. 마스터가 그리 쉽게 나올 만한 세상이 아니기 때문이다.

"나는 공식적으로 미국의 마스터로 등록된 사람이고 마리
아는 영국에서 공식적으로 인정한 마스터지. 그리고 중국에

백호연이라는 영춘권의 고수가 한 명 있네. 마지막으로 일본에 이도류의 달인으로 알려진 카이쇼 무사시가 있지.”

영춘권은 이미 알 만한 사람은 다 알고 있는 권법이었다.

절권도를 창시한 이소룡의 스승인 엽문이 바로 영춘권 종사로 유명했다.

그리고 카이쇼 무사시라는 이름과 이도류와 연관된 일본 제일의 무사는 한 사람밖에 없었다.

미야모토 무사시. 죽을 때까지 싸웠고 단 한 번도 패한 적이 없다고 소문이 나 있는 일본 최고의 칼잡이가 아니던가?

물론 실제로 미야모토 무사시가 한 번도 패한 적이 없다는 공식 기록은 없었다. 소문이 그렇다는 것이다.

아무튼 중국의 마스터는 피스트 마스터로 충분히 예상되었고, 일본은 당연히 일본식 카타나를 쓰는 소드 마스터일 것이다.

“이름만으로도 대충 어떤 원류를 가진 마스터인지 짐작이 가는군요. 영춘권의 마스터라면 피스트 마스터겠군요. 엽문과 관련이 있겠죠?”

“허허허, 그렇다네. 엽문이란 사람의 제자들이 영춘권을 이어오면서 최근에 공식적으로 인정받은 마스터가 되었네. 실제로 마스터로 인정받은 것은 10년도 되지 않았지만 영춘권의 역사와 중국 무술가들의 역사를 보면 결코 쉽게 볼 수 없는 법이지. 그리고 일본의 마스터는 설명이 필요없겠지?"

미야모토 무사시라면 당연히 한국에서 태어나고 자란 현중이라도 한 번은 들었을 것이라고 생각했다. 일본의 만화가 이미 오래전부터 한국에 뿌리내리고 있기 때문이다.

"알고 있습니다. 미야모토 무사시의 직계 후손이겠군요."

"뭐, 반은 맞네. 직계 후손은 아니지만 스스로의 실력으로 무사시의 이름을 되찾은 인물이니까. 특히나 이도류를 창시한 미야모토 무사시의 후손답게 이도류를 기가 막히게 다룬다고 하더군. 특히 소태도를 다루는 실력이 일본, 아니, 세계에서도 제일이라는 평가를 받고 있지."

소태도(小太刀)는 장도(長刀)와 단도(短刀)의 중간 길이의 검이다. 미야모토 무사시가 이도류를 만들어내기 전까지는 보통 할복용이나 방어용으로 사용하는, 일종의 여분의 검이었다.

그걸 적극적으로 활용한 사람이 바로 전신, 투신이라 불리는 미야모토 무사시였다. 하나의 검술을 창안하고 자신이 만든 검술로 일본 전역을 돌아다니면서 도장 격파라는 무사들의 꿈과 같은 일을 이룩한 사람이니 그것 하나는 존경할 만했다.

뭐 국내에도 최배달이라는 분이 일본의 극진가라데를 창시하고 일본 전역의 도장을 격파하고 다녔기에 한때 미야모토 무사시와 비교되면서 떠들썩하게 했던 일이 있다.

그만큼 미야모토 무사시란 이름이 주는 무게는 일본에서

는 대단한 것이다.

"어떤가? 궁금하지 않은가?"

베이스퍼는 왠지 현중을 꼬드기는 분위기였다.

하지만 중국이나 일본, 먼 곳은 아니지만 한번 가게 되면 어떻게 일정이 변할지 모르는 곳이라 지금은 아니었다.

"졸업하기 전까지는 어디로 움직일 생각이 없습니다."

"쳇, 역시 안 되나."

베이스퍼는 뭔가 아쉬운 듯한 마음으로 현중의 대답에 한숨을 쉬고는 곧 고개를 들었다. 그가 다시 현중을 조심스럽게 살펴봤다.

"왜 그러십니까?"

"음……."

현중의 물음에 대답도 하지 않고 계속 현중을 바라보기만 하던 베이스퍼는 마리아를 보면서,

"전에 마야 네가 준 현중의 정보, 정말 사실이냐?"

"네? 네, 스승님. 모두 사실입니다."

"그래?"

여전히 현중만 살펴보던 베이스퍼는 그의 눈을 똑바로 바라보면서,

"현중 자네… 당연히 나보다 먼저 벽을 깨뜨렸겠지?"

"네."

"그런데 말야, 그럼 자네도 젊어졌을 것이 아닌가? 그럼 도대체 자네 나이가 몇인가?"

"네?"

전혀 예상하지 못했던 베이스퍼의 질문에 현중도 잠시 멀뚱하니 바라만 봤다.

분명 기록상으로는 현재 스물여섯 살의, 군대까지 갔다온 건실한 청년이다.

하지만 현경의 경지인 마이스터에 오른 베이스퍼는 자신이 젊어지는 것을 경험했으니 당연히 현중도 젊어졌을 거라고 생각하게 된 것이다.

현중도 마리아도 전혀 생각조차 못했던 의문을 베이스퍼는 떠올리고 있었다.

"하하하하, 제 나이가 궁금하십니까?"

"그렇다네. 아무리 봐도 자네, 나보다 많을 것 같아. 그냥 느낌이지만."

경지가 올라가면서 직감도 같이 늘어난 건지 날카롭게 말하는 베이스퍼를 보면서 현중은 굳이 자신의 나이를 숨길 이유가 없기에 대답하기로 했다.

다만 이들이 과연 이해할 수 있을지는 의문이라 차원 이동해서 대륙으로 넘어갔다는 것은 그냥 빼기로 했다.

"제 신체 나이로는 올해 백스물여섯 살입니다. 하지만 대한민국의 나이로는 스물여섯 살입니다.”

“…무슨 말이 그런가? 신체 나이는 백스물다섯 살인데 대한민국 나이로는 스물여섯 살이라니? 이해할 수 있게 말해보게.”

하지만 차원 이동 같은 복잡한 걸 설명하자면 정말 끝도 없기에 현중은 그냥 씨익 웃으면서,

“말 그대로입니다. 기록은 스물여섯 살, 제 몸은 현재 백스물여섯 살입니다.”

끝까지 말하지 않는 현중의 대답에 결국 베이스퍼는 혀를 찼다.

“쯧쯧, 뭐가 그렇게 비밀이 많은 건가? 그리고 백스물여섯 살이라면 나보다 훨씬 선배구만? 안 그런가?”

“그렇기도 하지만 아니기도 하지요 그냥 편하게 하대하셔도 됩니다. 그게 저도 편하거든요.”

“그래? 뭐 본인이 편하다면야… 나야 좋지.”

완벽한 20대의 모습에 기록까지 말끔한 현중에게 존대하는 게 내키지 않는 베이스퍼였다.

“그보다 이만 볼일이 끝났으면 전 집으로 돌아갔으면 합니다.”

“왜? 급한 볼일이라도 있는가?”

“그건 아니지만 집이 편하거든요 내일 학교도 가야 하구요.”

“허허허허, 초인이 학교 때문에 일찍 돌아간다라…… 다

른 마스터들이 들으면 땅을 치면서 웃겠지만 뭐 본인이 가겠
다는데야……."

현중은 웃으면서 베이스퍼와 마리아에게 인사를 하고는
맥라렌 F1을 타고 서울로 향했다.

"마야."

"네, 스승님."

베이스퍼는 현중의 기척이 완전히 떠난 것을 느끼고는 마
리아를 불렀다.

"가능하면 저분과 적으로 돌아서지 마라."

"네, 저도 그럴 생각입니다."

이미 베이스퍼의 명령이 아니라도 마리아는 어느 정도 현
중에게 호감이 있는 상태였다. 마리아의 나이 스물일곱 살이
다. 비슷한 나이의 마스터라고 부를 수 있는 사람은 현재 아
무도 없었다.

중국의 마스터도 마흔 살이 넘은 유부남이고 일본의 마스터
도 쉰 살을 바라보는 사람이었다. 보기에는 30대로 보일지 몰라
도 실제 나이는 모두 먹을 만큼 먹었고 유부남인 것이다.

그렇기에 애초에 남자에 대한 관심을 끊었던 마리아에게
현중은 신선한 자극이나 마찬가지였다.

물론 베이스퍼도 현중에게 마리아가 호감을 가지고 있다

는 것을 알고 있지만 당부할 건 해야 했다.

"마야, 너는 내가 왜 현중 군을 그분이라고 말하는지 아느냐?"

"네? 그러고 보니… 왜 저에게도 현중 씨를 그분이라고 하시는지?"

베이스퍼의 속뜻을 알기에는 마리아의 경지가 아직은 낮은 편이었다.

"내가 아주 잠깐이지만 그분, 아니, 현중 군의 경지를 볼 수 있었다. 그리고 그 힘은… 상상을 넘어서는 것이었다."

"그게 무슨 말씀이세요?"

개인이 아무리 강해봐야 한계가 있다는 것을 마스터에 오른 마리아도 알고 있었다. 아무리 잘나고 강해 총알을 피한다 해도 수천, 수만 발의 군대가 쏟아내는 자동소총의 총알 세례와 미사일, 전차 같은 무력 앞에서는 그저 많이 강한 개인일 뿐이다.

그건 마스터에 오른 마리아도 잘 알고 있다.

다만 국가적으로 마스터를 중요하게 생각하는 이유는 오직 하나, 방어력 때문이다.

아무리 군대가 강하고 많다고 해도 열 명의 경비병이 한 명의 암살범을 막지 못하는 법이다. 국가의 중요 위치에 있는 사람들은 모두 암살 위험에 노출이 되어 있는 것이나 마찬가지였다.

그런데 마스터라면? 적국의 대통령이나 총리 등을 암살하려고 마음만 먹으면 얼마든지 가능했다. 즉, 마스터라는 존재는 암살이란 한계에서 자유로운, 일종의 보험과 같은 것이다. 만약에 누군가에게 영국의 총리가 암살당했다고 한다면 즉시 마리아가 그 주범이나 해당 국가에 날아가 주요 인사를 모조리 쓸어버릴 수 있기 때문이다.

베이스퍼도 마찬가지였다. 그것이 바로 국가에서 마스터가 인정받고 여러 가지 해택을 받는 이유였다.

한편 서울로 올라가던 현중은 휴대폰이 울려 전화를 받아보니 팅클의 소속사였다.

"어쩐 일이시죠? 네? 만나서 할 이야기라……. 알겠습니다. 지금 대전에서 올라가는 중이라 곧장 소속사로 제가 가죠. 네, 그럼 그때 뵙죠."

갑자기 현재 스폰서 계약을 한 소속사에서 걸려온 전화에 현중은 집에서 소속사로 진로를 바꿨다.

『현중 귀환록』 3권에 계속…

장강삼협 長江三峽

조돈형 新무협 판타지 소설

『궁귀검신』,『마도십병』,『운룡쟁천』의
작가 **조돈형**
그가 장강의 사나이들과 함께 돌아왔다!

굽이쳐 흐르는 거대한 장강의 흐름 속에서
선혈처럼 피어나 유성처럼 지는 사내들의 향취!

장강삼협(長江三峽)!

하늘 아래 누구보다 올곧았던 아버지의 시신을 이끌고
고향으로 돌아온 유대웅을 기다리고 있던 것은
천오백 년의 시공을 뛰어넘은 패왕(霸王)의 무(武)와 검(劍)!

패왕칠검(霸王七劍)과 팔뢰진천(八雷振天)의 무위 아래
천하제일검(天下第一劍)으로 우뚝 설 한 소년의 일대기!

장강의 수류는 대륙을 가로질러
이윽고 역사가 된다!

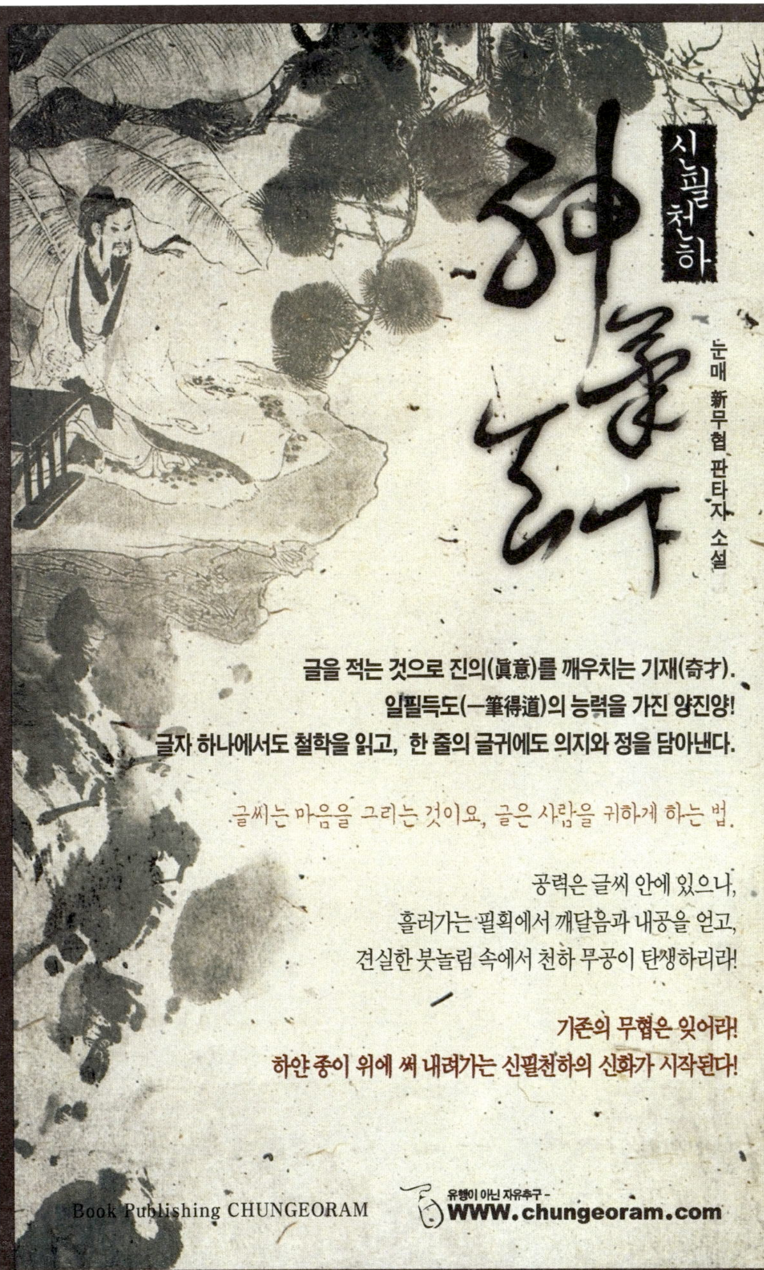
신필천하
神筆

눈매 新무협, 판타지 소설

글을 적는 것으로 진의(眞意)를 깨우치는 기재(奇才),
일필득도(一筆得道)의 능력을 가진 양진양!
글자 하나에서도 철학을 읽고, 한 줄의 글귀에도 의지와 정을 담아낸다.

글씨는 마음을 그리는 것이요, 글은 사람을 귀하게 하는 법.

공력은 글씨 안에 있으니,
흘러가는 필획에서 깨달음과 내공을 얻고,
견실한 붓놀림 속에서 천하 무공이 탄생하리라!

기존의 무협은 잊어라!
하얀 종이 위에 써 내려가는 신필천하의 신화가 시작된다!

Book Publishing CHUNGEORAM
유행이 아닌 자유추구 -
WWW.chungeoram.com